Margaret Mahy
Töchter des Mondes

Die Neuseeländerin *Margaret Mahy* ist eine der bedeutendsten Kinder- und Jugendbuchschriftsteller/innen des englischsprachigen Raumes. Bislang veröffentlichte sie fast fünfzig Bücher, von denen etliche in verschiedene Sprachen übersetzt wurden.
Ihr Buch »Barneys Besucher« wurde 1982 mit der Carnegie Medal ausgezeichnet. Bereits zwei Jahre später erhielt sie für »Töchter des Mondes« erneut diesen wichtigsten Preis für englischsprachige Kinder- und Jugendliteratur.

Von Margaret Mahy sind in den Ravensburger Taschenbüchern außerdem erschienen:
RTB 1869   Barneys Besucher
RTB 4103   Das gesammelte Universum

Margaret Mahy

Töchter des Mondes

Ins Deutsche übertragen von
Cornelia Krutz-Arnold

Otto Maier Ravensburg

Dieser Band ist auf 100 % Recyclingpapier gedruckt.
Bei der Herstellung des Papiers
wird keine Chlorbleiche verwendet.

Lizenzausgabe
als Ravensburger Taschenbuch Band 4091,
erschienen 1992

Die Originalausgabe erschien 1984
bei J. M. Dent & Sons Ltd. London
unter dem Titel »The Changeover«
© 1984 Margaret Mahy

Die deutsche Erstausgabe erschien 1987
im Spectrum Verlag
© 1987 für die deutsche Textfassung
Spectrum Verlag Stuttgart

Umschlagillustration: Klaus Steffens

Alle Rechte der vorliegenden, bearbeiteten Ausgabe
vorbehalten durch
Ravensburger Buchverlag Otto Maier GmbH
Gesamtherstellung: Ebner Ulm
Printed in Germany

6 5 4 3 2   98 97 96 95 94

ISBN 3-473-54091-9

Inhalt

Warnungen 7

Wie ein Springteufel aus dem Kästchen 22

Ein Gast zum Abendessen 35

Das Lächeln auf Jackos Gesicht 47

Janua Caeli 70

Verschiedene Richtungen 93

Die Carlisle-Hexen 109

Verwandlung auf ewig 135

Hexenwerdung 158

Carmody Braque wird gestellt 186

Der Wendepunkt 201

Schuhe voller Blätter 215

Stachelbeercreme 235

Warnungen

Auf der Shampooflasche stand *Paris*, und auf dem Etikett ragte der Eiffelturm hinter der nackten Schulter eines bildschönen Mädchens auf, aber unter dem Bild kam dann doch die Wahrheit ans Licht. *Made in New Zealand*, hieß es da in winziger Schrift, *Wisdom Laboratories, Paraparaumu*.

Einen Augenblick lang hatte Laura davon geträumt, nach einer Haarwäsche unter der Dusche hervorzukommen und nicht nur umwerfend schön zu sein, sondern sich außerdem noch mitten in Paris zu befinden. Aber wenn sie sowieso nur in Paraparaumu landen würde, lohnte es gar nicht, die Haare überhaupt erst zu waschen. Abgesehen davon würden ihre Haare nicht mehr rechtzeitig vor der Schule trocken werden, und dann müßte sie den halben Vormittag lang mit feuchtkalten Ohren herumlaufen. So sah die Realität aus, und daß das Shampoo in Neuseeland hergestellt war, gehörte ebenfalls dazu. Man konnte nun mal kein anderer Mensch werden, indem man sich in ihn hineinversetzte, und plötzlich einen ganz anderen Vormittag vor sich haben. Und man konnte sich auch nicht einfach in eine herrliche Stadt hineinshampoonieren – nach Paris, wo die Künstler waren und Wein tranken und Pfannkuchen aßen, die in Kognak herausgebacken waren.

Draußen in der Küche kreischte der Kessel in den höchsten Tönen los, weil er unbedingt vom Herd genommen werden wollte. Laura fuhr erschrocken zusammen und kam unter der Dusche hervor, mußte aber feststellen, daß kein Handtuch am Haken hing. Nebenan hörte sie Kate, ihre Mutter, wie sie hin und her ging und den Kessel aus seinem Elend erlöste. Laura versuchte, sich wie ein Hund trockenzuschütteln, obwohl sie von vornherein wußte, daß das nicht klappen würde.

»Es ist kein Handtuch da, Mama«, rief sie knurrig, aber im

selben Augenblick sah sie ein zusammengeknülltes Handtuch neben der Tür liegen und griff schnell danach. »Ist schon gut, ich hab eins! Oh, verflixt, das ist ja naß!«

»Wer zuerst kommt, kriegt das trockenste Handtuch!« rief Kate aus der Küche zurück.

Der Spiegel hing dort, wo es im Badezimmer am dunstigsten war. Er zeigte ihr eine verschwommene Geistergestalt. Aber Laura war das nur recht. Bei ihrem Spiegelbild war sie unsicher, und deshalb hatte sie es undeutlich oft lieber als allzu scharf. Sosehr sie sich auch anstrengte, sich einmal ganz unvermutet ins eigene Gesicht zu sehen – es wollte ihr nie so recht gelingen. Sie konnte nicht beurteilen, wie sie eigentlich aussah, wenn sie sich keine Mühe gab. Bei ihrem Körper dagegen war es leicht, sich Gewißheit zu verschaffen, und was sie von ihm wußte, ließ eine zarte Hoffnung in ihr keimen.

»Von weitem siehst du allmählich schon ganz passabel aus«, hatte ihre Schulfreundin Nicky gesagt. »Nur aus der Nähe geht dieser Eindruck wieder flöten. Du bist viel zu unauffällig. Krieg doch mal deine Mutter dazu, daß sie dir einen echt schicken Haarschnitt erlaubt oder vorn eine blonde Strähne oder so.«

Laura wollte keine blonde Strähne. Meistens war sie ganz glücklich und zufrieden damit, so unauffällig zu sein und mit ihrer Mutter und ihrem kleinen Bruder Jacko ein schlichtes, einfaches Leben zu führen. Aber manchmal, vor dem Spiegel, kam ihr Nickys Bemerkung wieder in den Sinn, wie ein Kompliment, eine Verheißung auf Veränderungen, die jetzt möglich waren, wenn sie Lust dazu bekommen sollte.

Draußen in dem großen Zimmer auf der anderen Seite des engen Flurs war jetzt Kate mit Jammern dran.

»Ich kann doch nicht bloß mit einem nach Hause gefahren sein«, sagte sie gerade. »Das hätte ich beim Schalten doch gemerkt.«

»Schuh verloren!« verkündete Jacko, als Laura, in das feuchte Handtuch gehüllt, an ihm vorbei in ihr Zimmer lief.

Gleich hinter der Tür hielt sie an. Einen winzigen Augenblick lang war ihr ein Schreck in die Glieder gefahren, obwohl sie überhaupt nichts Besonderes gehört oder gesehen hatte. Und doch spürte sie es auch jetzt wieder, wie das Vibrieren einer gespannten Saite oder Schnur, an der gezupft wird.

»Ich habe schon überall gesucht«, sagte Kate. In ihrer Stimme schwang jetzt bereits der wohlbekannte Tonfall von Morgenpanik mit.

Laura wischte dieses unerklärliche Zittern tief in ihrem Innern mit einem Schulterzucken beiseite und machte sich daran, ihre Schuluniform anzuziehen – alle Kleidungsstücke nach Vorschrift, bis auf die Unterhose. Unter den Mädchen in der Schule galt es nämlich als Ehrensache, nie und nimmer die Unterhosen der Schulkleidung anzuziehen. Das war eine viel strengere Regel als jede Vorschrift, die sich die Schulleitung ausdenken konnte.

»Es wird passieren«, sagte eine Stimme.

»Was wird passieren?« fragte Laura, und erst dann wurde ihr bewußt, daß die Stimme in ihrem Innern gesprochen hatte und nicht draußen im Zimmer.

Es ist eine Warnung, dachte Laura beklommen. Solche Warnungen hatte sie auch schon früher bekommen, nicht oft, aber doch so, daß sie es nie vergessen hatte. Hinterher kam es ihr immer so vor, als ob sie nun in der Lage sein müßte, den Lauf der Dinge zu ändern, nachdem sie doch gewarnt worden war. Aber es stellte sich dann stets heraus, daß das nicht im Bereich ihrer Möglichkeiten lag. Immerhin versetzten sie solche Warnungen in die Lage, ihre Kräfte zu sammeln und sich auf alles gefaßt zu machen.

»Immer noch kein Schuh!« sagte Jacko. Er hatte sich im Türrahmen aufgebaut, um den Fortgang der Ereignisse zu melden.

Laura nahm ihre Haarbürste und schaute dabei in den Spiegel. Der Spiegel in ihrem Zimmer war der beste im ganzen Haus, weil das Licht, das durchs Fenster kam, direkt auf ihn fiel. Aufmerksam musterte sie sich darin.

Ich seh eigentlich gar nicht so kindlich aus, dachte sie. Sie hoffte, daß die Warnung vielleicht aufgab und wieder verschwand, wenn sie sich auf etwas anderes konzentrierte. Aber ihr Spiegelbild war trügerisch. Bei seinem Anblick war ihr nicht mehr nur unbehaglich zumute – jetzt bekam sie es mit der Angst zu tun.

Kleine Veränderungen sind manchmal schrecklicher als große. Wenn Laura gefragt worden wäre, woher sie denn wisse, daß das nicht ihr Spiegelbild war, dann hätte sie an ihrem Gesicht nichts Fremdes benennen können. Die Haare gehörten ihr und auch die Augen mit der dichten Hecke aus tiefschwarzen Wimpern, auf die sie so stolz war. Und doch war das Gesicht trotz allem nicht ihr Gesicht, denn es wußte etwas, was sie nicht wußte. Es blickte ihr aus einem geheimnisvollen Ort entgegen, der voller Schrecken war und voller Freuden, die sie nicht genau erkennen konnte. Kein Zweifel, die Zukunft warnte sie nicht nur, sondern lockte sie auch gleichzeitig an.

»Schluß damit!« sagte Laura laut, denn sie hatte Angst, und wenn sie Angst hatte, wurde sie oft barsch. Sie zwinkerte und schüttelte den Kopf, und als sie wieder hinsah, war sie ganz normal: wuscheliges braunes Kraushaar, dunkle Augen und eine dunkel getönte Haut, mit der sie sich von ihrer blonden Mutter und dem blonden Bruder deutlich unterschied. Wie es der Zufall wollte, schlug in ihren Genen der polynesische Krieger durch, der sich unter ihren acht Urururgroßvätern befand.

»Hilfe!« sagte sie und schoß quer über den engen Flur in das Zimmer, das ihre Mutter und Jacko sich teilten. Auf den ersten Blick sah es leer aus, weil Kate auf allen vieren unter dem Bett herumkrabbelte – für den Fall, daß der Schuh sich über Nacht dorthin verkrochen hatte.

»Mama!« sagte Laura. »Ganz ohne Scherz: Ich hab eine Warnung bekommen.«

»Was meinst du damit?« Kates gereizte Stimme kämpfte sich nur mühsam durch die Matratze hindurch.

»Es ist wieder mal passiert.«

»Ich weiß, daß es wieder mal passiert ist«, sagte Kate, aber sie meinte etwas anderes damit. »Und zwar an zwei Morgen hintereinander. Jetzt erklär mir bloß, wie ein ganz gewöhnlicher – nein, ein hübscher und ziemlich teurer – Schuh einfach über Nacht davonspazieren kann, dann kriegst du auch eine Belohnung dafür.«

»Ich hab in den Spiegel geguckt, und da ist mein Spiegelbild auf einmal älter geworden«, sagte Laura.

»Wart nur ab, bis du in meine Jahre kommst, dann passiert dir das jeden Morgen«, verkündete Kate, immer noch mit gedämpfter, undeutlicher Stimme. »Hier unten ist nichts außer Staub.«

Jacko stand in der Tür, hielt seine Schmusedecke im Arm und sah ihnen zu, als ob sie eigens zu seiner Belustigung Zirkuskunststücke vorführen würden.

»Die Welt ist ganz aus den Fugen«, beschwerte sich Laura. »Heute könnte es gefährlich für mich werden, wenn ich aus dem Haus gehe. Ich bleibe hier und leg mich in mein gutes, stabiles Bett. Schreibst du mir eine Entschuldigung?«

»Eine Entschuldigung am Donnerstag?« rief Kate, während sie unter dem Bett hervorkam und sich den Staub von den Händen putzte. »Du spinnst wohl, Laura! An Donnerstagen brauche ich dich viel zu dringend. Heute ist lange Ladenöffnungszeit, und wer sollte da Jacko abholen, ihn nach Hause bringen, ihm sein Abendbrot machen und eine Geschichte vorlesen? Donnerstags gibt es kein Entschuldigungsschreiben für die Schule, da ist nicht dran zu rütteln!«

»Aber ich kann mir den Tag doch nicht aussuchen«, sagte Laura. Ihr Tonfall lenkte allerdings bereits ein. »Er sucht mich aus!«

»Der Donnerstag darf dich nicht aussuchen«, sagte Kate so entschieden, als könne sie über das Schicksal bestimmen, solange sie sich von ihm nur nichts gefallenließ. »Du mußt eben gut aufpassen, das ist alles! Halt nach links und rechts gründlich Ausschau! Komm deinen Lehrern nicht unter die Augen!«

»Ach, Mama, darum geht's doch gar nicht!« protestierte Laura. »Die Warnung bezieht sich auf was Ernstes. Du weißt ja nicht, wie das ist.«

»Erzähl's mir später«, sagte Kate, aber Laura wußte, daß sie es nicht erzählen konnte. Es war ein Zustand, der sich nicht beschreiben ließ. Man mußte ihr einfach glauben, und das war wohl zuviel verlangt, vor allem am Morgen, wenn das Leben in drei verschiedene Richtungen verlief und nur eine davon sie selbst betraf.

Kate kam eine Erinnerung in den Sinn, die sich zu einer Erleuchtung verdichtete. Auf einem Bein hüpfte sie ins große Zimmer, wo sie ihren Schuh auf dem Kaminsims vorfand. Gestern abend hatte sie ihn geistesabwesend dort abgestellt, als sie neben dem leeren Kamin stand und sich eine Zeichnung von Jacko ansah – ein Bild von einer glücklichen Familie, denn etwas anderes konnte er nicht malen. Da waren sie: Laura, Jacko und Kate – wilde und doch geometrische Gestalten, mit riesigen Köpfen und kleinen Beinchen und einem so strahlend breiten Lächeln, daß es sich über ihre Gesichter hinaus auf das Papier drumherum erstreckte. Angesichts dieses Lächelns fiel Kates Anspannung von ihr ab. Ihr Schuh war wieder brav bei Fuß gekommen, und sie verzieh ihm sofort.

Aber Laura, die mit der Welt haderte, war nicht so leicht zu besänftigen. Sie schaute zum weichen Himmel hinauf, der bis vor wenigen Minuten noch klar und schön gewesen war.

Aber nun konnte sie spüren, wie der Sommer sich mit seinem ganzen Gewicht gegen das Haus lehnte und ihr seinen heißen Raubtieratem ins Gesicht blies.

»Wo ist dein Korb, Jacko?« fragte Kate, und Jacko flitzte los, um sein Körbchen zu holen, das einen sauberen Pullover, saubere Unterhosen, sein Buch von der Stadtbibliothek, sein ganz spezielles Tigerbuch und außerdem noch Rosebud enthielt, ein lächelndes Krokodil aus rosafarbenem Filz. Sorgfältig faltete er seine Schmusedecke zusammen und legte sie auf all die anderen kostbaren Schätze obendrauf.

»Los!« sagte Kate. »Sehen wir zu, daß wir den Transport von diesem Zirkus endlich in die Wege leiten, ja? Ich kann nur hoffen, daß du heute bei Kräften bist, Lolly. Ich hab nämlich das Gefühl, daß der Wagen möglicherweise nicht so ohne weiteres anspringt.«

»Tatsächlich?« erkundigte sich Laura. In aller Höflichkeit schlug sie einen sarkastischen Ton an, denn der Wagen sprang schon seit Wochen nicht mehr so ohne weiteres an, und zwar ausnahmslos.

»Die Batterie müßte aufgeladen werden. Vermutlich braucht er sogar eine neue«, sagte Kate. »Aber die sind so teuer.« Von Geldsorgen geplagt, knirschte sie mit den Zähnen. »Ach, ist ja auch egal. Wenn er erst mal läuft, haben wir's geschafft. Paß du solange auf Jacko auf, Lolly, damit ich sicher sein kann, wo er steckt.«

Laura bewunderte Kate für ihre heroische Ausstrahlung, als sie sich gegen die Wagentür stemmte und den Wagen zentimeterweise vorwärts schob. Sie lächelte verbissen in sich hinein, die blonden Haare wallten ihr um den Kopf, und sie brachte selbst beim Autoanschieben noch das Kunststück fertig, hübsch und anmutig auszusehen.

Die Straße war abschüssig, zuerst nur ganz leicht, aber dann fiel sie ziemlich steil ab. Der Trick bestand darin, den Wagen ins Rollen zu bringen, hineinzuspringen und an der steilen Stelle dann mit eingelegtem Gang den Motor zum Anspringen zu bringen. Genau das machte Kate jetzt, wie schon so viele Male zuvor. Auf der anderen Straßenseite stand Sally, Lauras Nachbarschaftsfreundin, und wartete darauf, daß ihr Vater den Wagen aus der Garage fuhr und sie zur Schule brachte, zu einer Privatschule am anderen Ende der Stadt.

»Wir werden hier bestimmt nicht unser ganzes Leben lang wohnen«, hatte Sally einmal voller Verachtung gesagt, aber Laura mochte die Gardendale-Vorstadtsiedlung. Hier hatte sie ein wunderbar glückliches Jahr zugebracht, und sie gab sich Mühe, ihr Leben so zu gestalten, daß es ihr eine Wiederholung davon bescheren würde, ergänzt mit ein paar interessanten Abwandlungen.

Sally winkte wieder, als der Wagen ein kleines Stück weiter unten am Hang anfing zu husten und sich dann auf ein regelmäßiges, heiseres Knurren einließ.

»Jetzt läuft er wieder, Kumpel«, sagte Laura zu Jacko. »Lauf, lauf was du kannst – aber du kriegst mich nicht, ich bin der Lebkuchenmann.«

»Da läuft er, der Lebkuchenmann, bis der Fuchs kommt und ihn frißt«, sagte Jacko den Kinderreim auf und langte vorsichtshalber nach seiner Schmusedecke, um sich an etwas festhalten zu können, falls ein Fuchs um die Ecke kam.

»Wenn ich doch nur auch so eine Schmusedecke hätte«, sagte Laura. »Im Augenblick brauche ich so etwas viel dringender als du.«

Sie hetzten hinter Kate her, und dann stiegen Bruder und Schwester samt Korb und rosa Krokodil, Schulsachen und allem übrigen in den Wagen, der zur Begrüßung zitterte und bebte.

»Nur keine Bange«, sagte Kate zu Laura. »Ich hab das mittlerweile im Griff.«

»Aber nicht an einem Tag mit Warnungen!« sagte Laura.

»Im ersten Moment hab ich gedacht, du könntest vielleicht unter die Räder kommen und zerquetscht werden.«

»Ach, du und deine Warnungen!« meinte Kate liebevoll, aber das klang fast so, als spräche sie mit Jacko und nicht mit Laura, die immerhin vierzehn war und einen anderen Tonfall verdient hätte.

»Na schön, dann glaub's halt nicht!« sagte Laura. »Ich nehm's dir nicht mal übel, aber es stimmt, mehr kann ich auch nicht sagen. Wie beim Space-Invaders-Computerspiel leuchten überall die Lämpchen auf, und es geht los mit *Warnung! Warnung! Warnung!*«

Kate war froh, daß sie nun ein anderes Thema hatte, etwas Handfestes, ohne Aberglauben. »Warst du denn schon wieder dort?« fragte sie. »Mir wär's lieber, du bleibst da weg. Dort treiben sich so viele finstere Gestalten herum, und ich will nicht, daß du dir Probleme einhandelst, mit denen du dann nicht mehr fertig wirst.«

Sie meinte den Video-Spielsalon von Gardendale, wo den ganzen Tag die Space-Invaders-Spiele rasselten und piepten. Dort wimmelte es nur so von jungen Männern, die arbeitslos waren und die Zeit totschlagen mußten. Aber auch schwänzende Schüler fanden sich dort ein.

»Warnung!« Laura ließ sich nicht ablenken und machte beharrlich weiter. »Zuerst sieht alles irgendwie anders aus . . . die Dinge gehen nicht mehr ineinander über, sondern stehen für sich allein – ziemlich albern, aber gruselig. Die Welt hat überhaupt keinen Zusammenhang mehr. Es ist, als hätte man ein Haus, das so ineinander verkeilt ist, daß es in sich stabil ist. Und auf einmal merkt man, daß sich die einzelnen Teile gar nicht berühren.« Sie verlangsamte jetzt ihr Sprechtempo. »An dem Wochenende, an dem Papa zu seiner Freundin gezogen ist, hatte ich auch so eine Warnung. Deshalb hat mich das auch nicht so aus der Fassung gebracht. Du hast mich für sehr tapfer gehalten, aber in Wirklichkeit hatte ich noch was

Schlimmeres befürchtet. Ich dachte, daß einer von euch vielleicht sterben würde oder so.«

»Julia ist jetzt seine Frau, nicht seine Freundin.« Kate hakte ausgerechnet bei der allerunbedeutendsten Nebensächlichkeit ein. »Du solltest allmählich lernen, sie beim Namen zu nennen. Die beiden sind glücklicher miteinander, als wir es jemals gewesen sind.«

Aber Kate meinte damit, daß er jetzt glücklicher war als in der Ehe mit ihr. Mit Laura, die ihm so ähnlich sah, war er immer sehr glücklich gewesen. Laura ließ sich von diesen tristen Familiengeschichten jedoch nicht vom Thema abbringen.

»Und das nächstemal, als es passierte – jedenfalls in den letzten Jahren –«, fuhr sie fort, »das war, als Sorry Carlisle an unsere Schule kam.«

»Sorensen Carlisle!« sagte Kate mit einem kleinen Lachen. Sie hörte sich an, als wüßte sie genau Bescheid und hätte ihren Spaß an der Sache. »Was ist denn an diesem Jungen dran, daß du vor ihm gewarnt werden müßtest? Das ist ja so, als würde man vor Rotkäppchen gewarnt anstatt vor dem Wolf . . . Er ist doch der Musterknabe der Schule: sauber, still, fleißig und mit seinem teuren Fotoapparat ständig hinter Vögeln her – und zwar wirklich nur hinter dem Federvieh. Eigentlich ein Langweiler!«

Damit tat Kate ihm unrecht, aber das war nicht ihre Schuld. Sie kannte ihn ja nur aus Lauras Schilderungen.

Sorensen Carlisle war erst vor anderthalb Jahren in der weiterführenden Schule von Gardendale aufgetaucht, obwohl seine Mutter schon seit ihrer Kindheit hier wohnte. Sie gehörte zur Geschichte des Ortes und hatte schon hierhergehört, bevor der Name Gardendale im Stadtplan auftauchte, bevor die Stadt sich ausdehnte und sich zwischen die Gebirgsausläufer ergoß, bis plötzlich ein Vorort entstanden war, eine frischgebackene Ortschaft aus Fertigteig, noch im Einzugsbereich der Stadt.

Freunde, die die Familie schon seit Jahren kannten, wußten zu berichten, daß Miryam Carlisle nie verheiratet gewesen war. Sie unternahm nicht den geringsten Versuch, über Sorensen irgendwelche Erklärungen abzugeben, außer daß er ihr Sohn war, sechzehn Jahre alt, offenbar ein tüchtiger Schüler, der mit einem auffälligen Sprachfehler behaftet war. In den letzten anderthalb Jahren hatte sich sein Stottern allerdings so gebessert, daß man es kaum noch bemerkte. Er hatte in der Schule lauter normale Dinge getan: spielte im Sommer Kricket und im Winter Rugby und wurde im Naturwissenschafts-Wettbewerb der weiterführenden Schulen für seine Fotos von Seevögeln mit einem Preis ausgezeichnet. Der Preis war ein Buch für die Schulbücherei gewesen, über die Vögel in Neuseeland. Im Unterricht war Sorensen gut, aber auch wieder nicht so gut, daß er dadurch sich selbst oder anderen zur Plage geworden wäre. Aus der Sicht der Lehrer besaß er eine unglückselige Eigenschaft: Er konnte sich seine kecken Bemerkungen nicht verkneifen. Aber das machte Laura nichts aus; sie hatte ohnehin noch nie mehr als ein halbes Dutzend Worte mit ihm gewechselt. Bei diesen Anlässen hatte er mit leiser, stockender Stimme gesprochen – eben ein Aufsichtsschüler, der einer jüngeren Schülerin Anweisungen erteilt. Nur das besondere Lächeln, das seine Anweisungen begleitet hatte, ließ sich nicht beschreiben. Ein Lächeln, das ihr ganz allein galt. Dieses Lächeln hatte Laura Kate gegenüber nie erwähnt und auch nicht den Grund dafür.

Selbst jetzt war sie sich nicht schlüssig, und während sie noch zögerte, fühlte sich Kate zu der Bemerkung veranlaßt: »Wenn du vor nichts Schlimmerem als Sorensen Carlisle gewarnt wirst, dann kannst du ganz beruhigt sein.«

Draußen rollte sich der Kingsford Drive so lang und kerzengerade vor ihnen auf wie die Schnur des Landvermessers, mit der die Straße erst vor ein paar Jahren festgelegt worden war. Dennoch mühte sich bereits ein Trupp Straßenarbeiter mit irgendwelchen unterirdischen Ausbesserungsarbeiten ab, und Laura, Kate und Jacko kamen nur noch in Schlangenlinien voran, zwischen urgeschichtlichen Riesenmonstern hindurch – Baggern und Erdschauflern –, die mitten auf dieser Straße des zwanzigsten Jahrhunderts eine Insel der grauen Vorzeit schufen.

Die Gardendale-Siedlung glitt an ihnen vorbei, und wenn sich auch nicht alle Häuser aufs Haar glichen, so waren sie doch verwandt miteinander oder vielleicht allesamt Mitglieder derselben Mannschaft.

Inzwischen waren sie dem Schultor schon ganz nahe. Auf den Bürgersteigen wurde es lebendig, lauter Schuluniformen, die sich alle in dieselbe Richtung bewegten. Höher als fast alles andere hier in dieser plattgewalzten Gegend ragte vor ihnen die Gardendale-Ladenpassage auf, eine Mischung aus Riesensupermarkt aus dem Weltall, Industrie-Fachmesse und Jahrmarkt, denn alles war so angelegt, daß es fröhlich wirken sollte, und die Ladenpassage macht auf ihre Art auch tatsächlich einen fröhlichen Eindruck. *Kiwi*-Autohandel* stand selbstbewußt auf einem Schild, und der Autohändler fuhrwerkte bereits draußen herum und wischte an den Schutzblechen, die bis fast zum Boden reichen, den Staub ab, der sich über Nacht angesammelt hatte.

Laura wußte, daß viele Leute verächtlich auf die Gardendale-Vorstadtsiedlung herabsahen, aber ihr war sie ans Herz gewachsen, und manchmal liebte sie die Siedlung haargenau der Dinge wegen, die von anderen an ihr kritisiert wurden – weil sie neu war, nackt und ungehobelt, voller zerstörungswütiger Jugendlicher, die mit Farbdosen sonderbare Dinge an die Wände sprühten. Nachts wurde es auf den Straßen gefährlich, aber oft genoß Laura dieses rasiermesserscharfe Gefühl von Gefahr, die außerhalb ihres behaglichen Heims lau-

---

* Spitzname für die Einwohner von Neuseeland

erte. All das dachte Laura in einer einzigen Sekunde, während sie sich darauf vorbereitete, ihrer Mutter etwas zu sagen, was sie schon seit langem wußte, aber noch niemandem erzählt hatte.

»Sorry Carlisle ist eine Hexe!« sagte sie. »Niemand weiß das, nur ich.«

Kate lachte nicht darüber und sagte ihr auch nicht, daß sie kein dummes Zeug daherreden solle. Sie wußte, wenn etwas ernst war, selbst wenn sie gerade um einen Feenring aus Öltonnen herumfahren mußte, die mitten auf der Straßen standen.

»Lolly, selbst wenn du den ganzen Tag darüber nachgrübelst, dürfte dir wohl kaum eine unwahrscheinlichere Hexe als der arme Sorry Carlisle einfallen«, meinte sie schließlich. »Zunächst mal hat er das falsche Geschlecht dazu, was in der heutigen Zeit der Gleichberechtigung zwar keine so große Rolle spielen sollte, aber soviel ich verstanden habe, ist er der mustergültigste Junge der Schule. Du beschwerst dich deshalb doch dauernd über ihn, und beides kannst du ihm ja nun wirklich nicht anlasten. Also –«, und jetzt hörte sich Kate richtig begeistert an, »wenn du in diesem Zusammenhang seine Großmutter erwähnt hättest, die alte Winter, oder auch nur seine Mutter – das wär etwas ganz anderes. Alle Mann jeder Zoll eine Hexe – oder vielmehr alle Frau ... Die haben so eine Verrücktheit ersten Ranges, die sie zu etwas Besonderem macht«, fügte Kate hinzu. »Allerdings«, fuhr sie fort, noch bevor Laura irgend etwas sagen konnte, »kann ich mir nicht vorstellen, wie die beiden einen siebzehn- oder achtzehnjährigen Jungen großziehen. Die alte Winter wird mit jedem Tag verrückter, und Miryam schwebt umher und starrt in die Gegend, als ob sie nur den morgigen Tag sähe oder den Tag danach. Aber der Junge scheint so normal zu sein wie ihr anderen alle ... vielleicht mit einer leichten Tendenz zu gutem Benehmen.«

»Bist du fertig?« fragte Laura. »Hör zu – ich weiß über Sorry Carlisle Bescheid! Niemand sonst merkt etwas. Mama, siehst du denn nicht, daß er wie eine Fernsehwerbung ist? Überhaupt nicht echt, sondern angepaßt an eine Vorstellung, die in den Köpfen der anderen Leute steckt. Selbst wenn er etwas anstellt, kann man spüren, wie er eine Art Terminkalender abhakt: ›20. November – *nicht vergessen* – etwas anstellen!‹ Und niemand außer mir merkt das. Er weiß übrigens, daß ich es gemerkt habe.«

»Davon hast du noch nie etwas verlauten lassen«, sagte Kate. »Nimm es mir also bitte nicht übel, wenn ich meine Zweifel habe.«

»Ich hab's schon immer gewußt!« sagte Laura. »Aber ich weiß auch, daß er nichts Böses im Sinn hat. Er versteckt sich. Er will nur in Ruhe gelassen werden. Irgend etwas wirklich Hexenhaftes hat er noch nie getan. Will eben seine Ruhe haben. Er *ist* nur und *macht* nichts.«

Kate ließ sich von solchen Behauptungen nicht durcheinanderbringen. Ihr waren Aussagen solcher Art manchmal durchaus auch selbst zuzutrauen. »Mir fällt ein, daß er mal zwei richtig schnulzige Liebesromane gekauft hat«, sagte sie nachdenklich. »Er las den Schluß der Geschichten im Laden, schaute ganz verwirrt drein und kaufte sie alle beide.«

»Er liest sie selber«, sagte Laura voller Verachtung. »Ich hab ihn mal gesehen, wie er in der Cafeteria im Einkaufszentrum so ein Heftchen gelesen hat. Er benimmt sich nicht wie eine Hexe, aber ich weiß, daß er eine ist.«

An Sorry Carlisle gab es noch viele Dinge, die sie gar nicht erst erwähnte. Sie waren zu unbestimmt, um sich beschreiben zu lassen. Dazu gehörte, daß er ihr manchmal, da er sich von ihr ohnehin erkannt wußte, ein anderes Gesicht zeigte – nicht sein harmloses Schulalltagsgesicht, sondern ein anderes, das sie sehr aufregend fand, weil es gefährlich aussah.

»Nun ja, ich weiß aber, daß er Motorrad fährt und nicht

auf dem Besen reitet«, bemerkte Kate und ließ ihr Lächeln sehen, ein langgezogenes, vergnügtes Grinsen, bei dem sich die Mundwinkel kräuselten.

»Eine Vespa!« sagte Laura seufzend. »Ich hab's ja gewußt, daß du mir nicht glauben würdest!«

»Lolly, wie sollte ich?« fragte Kate und hielt vor der Schule an. »Ich habe deine Warnungen nie verstanden. Sei fair – bist jetzt hast du mir auch immer erst davon erzählt, *nachdem* etwas passiert war, nicht vorher. Aber etwas anderes weiß ich ganz genau: Ich muß jetzt los, sonst komme ich nämlich zu spät zur Arbeit. Und wenn Mr. Bradley schon vor der Tür steht und vor Wut schäumt, weil ich den Laden nicht pünktlich geöffnet habe – was dann? Sei aber vorsichtig, Lolly, und paß auf dich auf, und hinterher paß bitte auf Jacko auf ... für alle Fälle.« Sie gab Laura einen schnellen, warmen Kuß.

»Tigerküsse!« sagte Jacko vom Rücksitz. Es war nur Spaß, daß er Tiere aus ihnen machte, denn Tiger hatte er ganz besonders gern.

Widerstrebend löste Laura ihren Sicherheitsgurt und ging auf die Schule zu, während Kate und Jacko zu seiner Tagesmutter und zu Kates Arbeitsplatz weiterfuhren.

Laura war mit dem heutigen Tag allein. Er hauchte sie mit seinem Atem an, der eine abgestandene Süße enthielt, einen leichten Geruch nach angelutschten Pfefferminzbonbons, so daß sie sich am liebsten in den Rinnstein übergeben hätte. Aber sie klappte ihren Mund fest zu und ging weiter.

»Beeil dich, Chant!« sagte der Aufsichtsschüler am Tor. Es war Sorry Carlisle. Er achtete darauf, daß die Schüler, die mit dem Rad kamen, vernünftig fuhren und keine Kunststücke machten oder den Gehweg benutzten. »Das erste Klingelzeichen ist schon vorbei.«

Er hatte graue Augen, die merkwürdigerweise silbern wurden, wenn man ihn von der Seite ansah. Manche Leute fanden, daß er zuverlässige Augen hatte, aber Laura konnte

21

nichts Sicheres an ihnen entdecken. Es waren tückische Spiegelaugen mit einer Oberfläche aus Quecksilber, hinter der sich Tunnel, Treppen und Spiegelkabinette verbargen, lauter Irrgärten, die zu keinem erkennbaren Ort führten.

Laura und Sorensen sahen einander an und lächelten, aber nicht aus Freundschaft. Es war ein verschlagenes Lächeln, bei dem das Geheimnis, das sie miteinander hatten, zwischen ihren Augen hin- und herfunkte. Laura ging an ihm vorbei durch das Schultor hindurch, lief dem Tag tapfer in den Rachen hinein, direkt in den weit aufgesperrten Schlund, den sie trotz aller Warnungen betreten mußte. Sie spürte, wie der Rachen hinter ihr zuschnappte, und da wußte sie, daß sie verschlungen worden war. Schicksalsergeben schaute sie zu, wie der Tag seine Sonderbarkeit vor ihr ausbreitete, und während er davonglitt, wurden auch seine Schrecknisse dünn und schmächtig. Die Welt kam wieder in Fluß, und die Warnung war nur noch eine Erinnerung, die bereitwillig vergessen wurde, weil es zwecklos war, noch an sie zu denken. Die Warnung war gekommen. Laura hatte sie nicht beachtet. Da gab es nichts mehr zu sagen.

Wie ein Springteufel aus dem Kästchen

Jeden Abend erkundigte sich Kate bei Laura: »Na, und was war heute in der Schule?«, und dann sagte Laura normalerweise: »Nichts«, was bedeutete, daß nichts vorgefallen war, worüber sich zu reden lohnte. Es gab natürlich den Unterricht, der aber selbst bei ganz interessanten Themen alles Interessante irgendwie zunichte machte, und dann war da noch ihre Schulfreundin Nicky, die zur Zeit sehr mit ihrem Freund beschäftigt war. Sie bemühte sich, auch für Laura einen Freund aufzutreiben, damit sie alle zusammen ausgehen konnten und es nicht mehr so ganz gelogen war, wenn sie ihrer Mutter weismachte, daß sie mit Laura wegging.

»Du bist ein bißchen verträumt«, sagte Nicky in der Pause. »Sei doch nicht so 'ne tote Hose! Ich versuche gerade, dein zukünftiges Lebensglück zu arrangieren!«

»Es ist Donnerstag, verstehst du, Donnerstag! Lange Ladenöffnungszeiten!« sagte Laura. »Heute ist mein Tag der Haushaltspflichten und nicht des zukünftigen Lebensglücks.«

»Könntest du deine Haushaltspflichten nicht auf Barry Hamilton ausdehnen?« bohrte Nicky weiter und lächelte dabei triumphierend vor sich hin. »Er mag dich nämlich.«

»Das hast du dir doch bestimmt bloß aus den Fingern gesogen«, gab Laura zurück, aber sie fühlte sich geschmeichelt, denn Barry sah ganz gut aus, und manchmal durfte er mit dem Wagen seiner Mutter zur Schule fahren.

»Hab ich nicht«, sagte Nicky. »Er hat sich an meinen Bruder gewandt, damit er mich fragt, ob du ihn magst, und ich hab ›ja‹ gesagt.«

»Irgendwie mag ich ihn ja auch wirklich«, meinte Laura, während sie auf dem Schulhof nach Barry Ausschau hielt und sich vorstellte, wie es wohl wäre, mit ihm auszugehen. »Ich meine, er ist nicht gerade Spitzenklasse, aber doch ganz nett.«

»Du hast vielleicht Rosinen im Kopf«, sagte Nicky patzig. Sie war nämlich der Ansicht, daß sie für Laura einen richtigen Goldschatz an Land gezogen hatte. »Wenn du ihn nicht willst, kann ich ihn dann haben?«

»Aber du bist doch in Simon verknallt«, erinnerte Laura sie, und Nicky grinste.

»Zwei wären aber auch nicht schlecht«, sagte sie. »Ich habe zwei beste Kleider. Soll ich Jason ausrichten, daß Barry dich mal anrufen soll?«

»Wir haben kein Telefon«, sagte Laura sowohl bedauernd als auch erleichtert. Die bloße Vorstellung, mit Barry auszugehen, machte ihr vermutlich mehr Spaß, als wenn sie sich tatsächlich mit ihm treffen würde. Außerdem würde Kate ihr das sowieso nicht erlauben. Und so machte sie sich nach der Schule auf den Weg zu Jackos Tagesmutter, allein und ständig auf der Hut, jederzeit darauf gefaßt, sich vor einem wildgewordenen Auto in Sicherheit bringen zu müssen, das seinem Fahrer ein Schnippchen schlug und auf eigene Faust den Bürgersteig erklomm, um auf hilflose Fußgänger Jagd zu machen.

Laura freute sich immer, wenn sie auf Namen stieß, die in einem krassen Gegensatz zu den Leuten standen, die so hießen. Ihre Sammlung hatte mit ihrem eigenen Namen begonnen, Laura Chant, weil ›chant‹ eine Art Singsang bezeichnete, während sie beim Singen den Ton nicht halten konnte. Aber das bisher beste Stück ihrer Sammlung war Jackos Tagesmutter, Mrs. Fangboner. ›Fang‹ hießen die Reißzähne von Raubtieren und Vampieren, und dann steckte in dem Namen auch noch das Wort ›Knochen‹. Das klang, als müßte Mrs. Fangboner Blut anstelle von Tee trinken und in einem Sarg schlafen anstatt in einem Luxusbett der Marke ›Duchess‹, bei dem die geblümten Bettücher zu den Kopfkissenbezügen paßten. Sie war eine kleine, dünne Frau mit sehr schönen braunen Haaren, auf die sie stolz war und die sie sich jede Woche bei *Haarmode heute* herrichten ließ, dem Friseursalon im Gardendale-Einkaufszentrum. Laura hatte sie noch nie ohne Lippenstift gesehen, hatte noch nie ein nacktes, ungeschminktes Lächeln von ihr erlebt.

»Ich bin seit zehn Jahren verheiratet, aber ich habe mich noch nie gehenlassen«, hatte Laura sie einmal zu einer Freundin sagen hören, und sie hatte sich gedacht, daß Mrs. Fangboner vermutlich auch nicht sehr weit gehen würde, selbst wenn sie sich tatsächlich einmal gehenließ. Mit Lippenstift, ihrem Garten und mit Teetrinken baute sie Schutzwälle um sich auf, an denen sie viel zu sehr hing, um sich hinter ihnen hervorzuwagen.

An diesem Tag war sie gerade dabei, den Rasen an den Rändern mit irgendwelchen Gartenfolterinstrumenten zu bearbeiten. Die Stufe vor dem Haus, auf der Baumscheren und andere große Scheren, ein langstieliges Schneidegerät mit einer Klinge wie ein Papageienschnabel und außerdem noch rostfreie Forken und Spaten ausgebreitet lagen, sah wie ein Operationstisch aus. Jacko saß neben dieser furchterregenden Geräteausstellung und hielt seine Schmusedecke um Rosebud gehüllt. Kaum hatte er Laura entdeckt, kam er auch schon quer über den Rasen angerannt oder vielmehr in kleinen Hopsern angehüpft, wie ein Gummiball, den jemand fröhlich in ihre Richtung springen ließ. Zuerst umarmte er sie, und dann tat er so, als würde er knurren und beißen. Als er aufschaute und sie anlachte, spürte Laura, wie ihr die Kehle eng wurde. Ihre Nase fing ganz oben zwischen den Augen an zu prickeln, so daß sie die Augen zukneifen mußte, um nicht in aller Öffentlichkeit loszuheulen. Es war ein heftiger Anfall von Liebe, und sie wußte, wie sie damit umzugehen hatte ... sie mußte das einfach tief in sich verschließen, bis es sich wieder in ihrem Blut aufgelöst hatte. Manchmal kam es ihr so vor, als ob Jacko nicht ihr Bruder wäre, sondern ihr eigenes Kind, ein Kind, das sie eines Tages haben würde, bereits geboren und noch ungeboren zugleich.

»Wir hatten wieder einen schönen Tag miteinander«, sagte Mrs. Fangboner. »Es ist das reine Vergnügen, ihn um sich zu haben, das muß man ihm lassen. Manchmal kann er ein richtiges Teufelchen sein, aber er hat nichts Böses oder Übellauniges an sich. Morgen kommt dann wohl deine Mama und bringt ...« Diesen Satz sagte sie jeden Donnerstag, ohne ihn jemals zu Ende zu sprechen, denn sie gab gern vor, sich nur aus Gefälligkeit um Jacko zu kümmern, während sie in Wirklichkeit froh war, etwas Geld zu verdienen, ohne hinter ihrer Hecke hervorkommen zu müssen.

»Ihr beide habt es bestimmt nicht leicht«, meinte sie nun. »Wo eure Mama donnerstags so lange arbeiten muß. Dabei bin ich sehr dafür, daß die Geschäfte am Donnerstag länger geöffnet sind. Viele Leute aus der Stadtmitte, die freitags einen langen Arbeitstag haben, kommen zu uns herausgefahren. Das kurbelt hier in der Gegend das Geschäft ein bißchen an. Aber ihr zwei bekommt sicher einen ordentlichen Hunger, während ihr darauf wartet, daß die Läden schließen.« Sie wußte, daß es Laura schwer zu schaffen machte, wenn Kate auch nur andeutungsweise kritisiert wurde. Deshalb war Mrs. Fangboner dazu übergegangen, ihre Kritik in Form von ungebetenem Mitleid anzubringen.

»Ich bringe Jacko nach Hause und gebe ihm sein Abendbrot, und Mama kommt dann später und bringt gebackenen Fisch und Pommes frites mit«, sagte Laura. »Das gibt dann ein richtiges Fest.«

Sie schaute immer noch Jacko an und war ganz hingerissen von ihm, obwohl sie ihn so gut kannte. Seine Haare waren genauso lockig wie ihre, aber sie waren weicher und heller und schienen ein Licht auszustrahlen, als ob er eine Lampe wäre, jedes helle, lockige Haar ein kleiner Leuchtfaden, der in der Sonne glitzerte.

»Du wirst haufenweise Pickel kriegen, wenn du zuviel von diesem fettigen Zeug ißt«, warnte Mrs. Fangboner. »Paß bloß auf, Laura! Du bist jetzt genau in dem Alter.«

Laura nickte, als Jacko seinen Korb anschleppte und nach ihrer Hand faßte.

»An allen anderen Tagen essen wir Salat«, sagte sie. »Auf Wiedersehen bis nächsten Donnerstag!« Und dann machte sie sich mit ihrem Bruder auf den Weg zur Gardendale-Ladenpassage.

Der Kingsford Drive stieß wie ein Schwert haarscharf in

die Ansammlung von Geschäften und Büros hinein, aus denen die Ladenpassage bestand. Sie sah immer noch neu und unbehaglich aus, so als ob sie gerade erst hier angekommen wäre und die Stadtplaner sie schon morgen wieder einpacken und fortschaffen könnten, um damit eine andere Siedlung zu beginnen, deren Baugrundstücke sie in den Anzeigen mit ›hervorragende Lage in unmittelbarer Nähe einer neuen Ladenpassage mit besten Einkaufsmöglichkeiten‹ anpreisen konnten. Die Ladenpassage war der Stadt von außen auf die Haut gesetzt worden und hatte noch keine Zeit gehabt, tiefer einzudringen und wirklich dazuzugehören.

Als erstes steuerten Laura und Jacko die Stadtbücherei an, und als sie erst mal dort waren, vergaß Laura alle Vorsicht, weil sie die Bibliothek für einen absolut sicheren Ort hielt. Deshalb konnte sie sich voll und ganz darauf konzentrieren, ein neues Buch für sich und drei Bücher für Jacko auszusuchen. Er wollte immer ein Buch mitnehmen, das er bereits zu Hause hatte. Zum einen war es ja das gleiche Buch, das er so gern mochte, und gleichzeitig glaubte er, daß es auf wunderbare Weise doch auch irgendwie anders wäre.

Laura sah die Kiste mit den alten Büchern durch, die aus dem Büchereibestand aussortiert worden waren und jetzt für zwanzig Cents pro Buch verkauft wurden. Manchmal fanden sie dort Schätze (Jackos Lieblingsbuch mit den Tigern war ein solcher Schatz gewesen), aber heute war nichts dabei, und Laura war heilfroh darüber. In dieser Woche war keine Gehaltszahlung für Kate fällig, und infolgedessen herrschten zu Hause jetzt karge Zeiten.

Lauras Bücher wurden am großen Ausleihtisch abgestempelt, aber Jacko ging zum Kinderschalter hinüber und stellte sich auf die rote Kiste davor, damit er zusehen konnte, wie die Ausgabe erfolgte und seine Bücher wohlgeborgen in seinen Korb gelegt wurden.

»Bitte stempeln!« rief er, und Mrs. Thompson drückte ihm einen Mickymaus-Stempel auf den Handrücken.

»Die andere Hand auch«, bat er, denn er wußte, daß hinter dem Ellbogen der Bibliothekarin noch ein Donald-Duck-Stempel versteckt war. Inzwischen war jedoch eine andere Familie gekommen und bildete eine kleine Schlange hinter ihm.

»Nächste Woche gebe ich dir dann zwei Stempel«, schlug Mrs. Thompson vor.

»Zwei beim nächstenmal«, teilte Jacko Laura mit. Es kostete ihn einige Überwindung, seinen Platz am Ausgabeschalter aufzugeben und mit Laura aus der Bücherei zu gehen. Die Hände hielt er dabei vor die Brust, als wollte er Männchen machen.

»Diese Hand ist traurig, weil sie keinen Stempel hat«, verkündete er, indem er die linke Hand hochhielt. »Sie ist ganz einsam ohne Stempel, die Hand.«

»Nächstes Mal«, sagte Laura und führte ihn voller Besorgnis über die Straße, obwohl ausgesprochen ruhiger Verkehr herrschte. Jetzt waren sie an der Ecke von Soper's Corner, wie das ursprüngliche Zentrum von Gardendale mit den verschiedenen Läden und Geschäften früher geheißen hatte. Sie standen unter der Veranda von Soper's Fischgeschäft. Neben ihnen befand sich das alte Roxy-Kino. Daraus war der Video-Spielsalon geworden, wo elektronische Stimmen wild durcheinanderpiepsten. An der Seitenwand, so als ob die Bauunternehmer noch ein paar Meter übriggehabt hätten, war der kleinste Laden der Welt angebaut, kaum größer als ein geräumiger Schrank, mit einem winzigen, winkligen Fenster und einer kleinen Theke, alles sehr, sehr schmal. Er hatte mal als Lottoannahmestelle und Kiosk gedient, wo Zeitungen, Informationsblätter über die Rennsportarten und Zigaretten verkauft wurden, aber jetzt war er schon seit einem Jahr geschlossen. Jacko mochte ihn und schaute jedesmal durch die leeren Fenster.

»Mein Laden!« sagte er dann immer, und man konnte sich tatsächlich gut vorstellen, daß dies ein Geschäft für Kinder war, von einem Kind geführt. Heute war hier alles verwandelt. Das Fenster stand in voller Pracht, die sich durch das ganze Häuschen ergoß, ein bunter Garten aus klitzekleinen hübschen Dingen: Puppen aus Wäscheklammern und Möbel fürs Puppenhaus, Matchbox-Spielsachen, durchsichtige Glasmurmeln, durch die ein Farbstrang sprudelte, briefmarkengroße Bilder in Rahmen aus Streichhölzern, sieben Eulen aus Walnußschalen, ein Guckkasten in Eiform und ein Kästchen, das wie ein Buch aussah und lauter winzige Knöpfe enthielt und dann noch Glasperlen, die nicht größer waren als bunte Zuckerstreusel.

»Da gehen wir rein!« schlug Jacko hingerissen vor, und natürlich gingen sie da rein.

Donnerstags auch abends geöffnet
stand auf einem Schild im Fenster.
An- und Verkauf von lauter kleinen, unnützen Dingen,
Krimskrams und weißen Elefanten

Und tatsächlich konnte man sich gut vorstellen, hier eine Gruppe Elefanten vorzufinden, milchweiß und so klein wie Grashüpfer. Sie krabbelten vielleicht in der Schachtel auf der Theke herum, bogen ihre Rüssel und trompeteten einander mit zarten, trotzigen Stimmchen zu.

Kaum aber war Laura in diesem Laden drin, als sie auch schon wieder hinauswollte, denn er war von jenem abgestandenen, süßlichen Geruch erfüllt, mit einem Beigemisch von Pfefferminz – so wie er ihr am Morgen in die Nase gestiegen war, der Geruch von etwas Bösem, das nicht in der Lage war, dieses Böse zu verbergen. Der Augenblick, auf den sie heute morgen hingewiesen worden war, hatte sie nun eingeholt. Jetzt ... würde sie gleich auseinanderfallen. Jetzt würde der erste Riß zwischen ihren Augen entstehen, wobei allerdings niemand außer Laura selbst etwas davon merken würde.

»Komm schon!« rief sie Jacko zu. »Es ist niemand hier.«

Aber in diesem Augenblick, so als hätte ihre Stimme ein Siegel des Schweigens durchbrochen, tauchte plötzlich ein Mann hinter der Theke auf, wo er vermutlich in aller Stille Waren eingeräumt hatte. Er lächelte breit. Offenbar waren seine Zähne zu groß, um seine dünnen, gummiartigen Lippen bedecken zu können. Ja, sein ganzes Gesicht war um dieses Lächeln herum irgendwie eingeschrumpft, so daß er wie eine grinsende Marionette wirkte. Er war fast völlig kahl, und was er noch an Haaren besaß, war ganz kurz geschoren. Auf den Wangen und am Hals hatte er dunkle Flecken, fast so wie Blutergüsse, aber doch auch wieder nicht ganz so.

»Oh . . .« rief er, als er Jacko sah, »ein Baby!« Dabei legte er eine starke, blökende Betonung auf die erste Hälfte des Wortes. »Ein Baaaaby!« rief er wieder mit schriller Stimme. Beim Blöken atmete er aus, so daß die Luft mit schalem Pfefferminz durchtränkt wurde, und ganz am Schluß atmete er ein. Damit wurde das Wort aufgesogen, bis schließlich nichts mehr von ihm da war.

»Er ist drei«, sagte Laura. »Er ist kein Baby mehr.«

»Ach, für mich ist das ein Baby«, rief der Mann mit einem herzhaften Kichern. »Genaugenommen seid ihr *alle* in meinen Augen Babys. Ich bin nämlich uralt, Tausende von Jahren alt. Sieht man mir das nicht an?« fragte er, und Laura dachte insgeheim, daß er wirklich so aussah.

»Du bist aber ein ungezogenes Mädchen!« rief er vorwurfsvoll und streckte wahrhaftig die Hand aus, um ihr Haar zu befühlen, so als ob ihn dessen Beschaffenheit neugierig gemacht hätte. »Du solltest nicht so ein Gesicht machen, als ob du mir zustimmen würdest. Aber dein kleiner Freund – oder dein Bruder, ja? – scheint ja ein richtiges Schätzchen zu sein. Er sprüht nur so vor Lebendigkeit, nicht wahr? In meinem Alter ist das eine seltene Kostbarkeit – *tempus fugit* und so weiter –, aber er sieht so aus, als ob er genug für *zwei* hätte.

Er macht den Eindruck, als könnte er Farben sehen und Witze hören, die uns anderen verschlossen sind.«

Laura mochte es, wenn Jacko gelobt wurde, aber der Mann beugte sich beim Sprechen vor, und sein gräßlicher Geruch schlug ihr wie ein Fausthieb ins Gesicht – ein Geruch, der an Fäulnis erinnerte, an feuchte Matratzen, ungelüftete Zimmer, sauren Schweiß und öde, stockfleckige Bücher, in denen lauter falsche Sachen standen. Haargenau der Geruch – damit glaubte Laura es jetzt getroffen zu haben – von vermoderter Zeit. Es konnte nur der Mann sein, der diesen Geruch verbreitete, denn obwohl sie ringsum von Überbleibseln aus der Vergangenheit umgeben waren, befand sich nichts darunter, was so durchdringend hätte riechen können.

»Von *mir* scheint er allerdings nicht viel zu halten, wie?« fragte der Mann. »Offenbar hat er nicht das allerkleinste bißchen für mich übrig ... Ach, das ist ungerecht, wo ich ihn doch einfach fabelhaft finde.« Er kam hinter der Theke hervor, und als er sich bewegte, wurde seine Stimme flatterig. »Wie heißt er?« Trotz seines scheußlichen Geruchs war seine Kleidung makellos, er trug ein hellrosa Hemd und einen sehr schicken pflaumenfarbenen Anzug.

»Jacko!« sagte Laura und dachte dabei: Wieso erzähl ich ihm das eigentlich? Ich muß ihm doch nicht auf alle Fragen eine Antwort geben.

Der Mann hielt die Hand nach Jacko ausgestreckt. Hinter seiner fein säuberlichen Manschette konnte Laura wieder so eine verfärbte Stelle auf der Haut sehen, so als würde der Mann allmählich vergammeln.

»Wir gehen gleich wieder«, sagte sie. »Wir haben nämlich gar kein Geld.«

»Ich heiße Carmody Braque«, fuhr der Mann fort, ohne auf ihre Bemerkung einzugehen. »Ein Name, der in der Welt der Antiquitäten und kostbaren Seltenheiten nicht unbekannt ist. Mein Laden wird *Brique à Braque* heißen. Das bedeutet ›Krimskrams‹. Ach, ich weiß, was du jetzt sagen willst«, rief er, obwohl Laura gar nichts sagen wollte. »Wer kein Französisch kann, versteht das nicht, und für die anderen ist die Pointe ein bißchen überdeutlich, nicht wahr? Aber ich konnte einfach nicht widerstehen. Und das hier ist auch kein ernsthaftes Geschäft, weißt du. Nur ein Ort, um allerhand kleinen Schnickschnack auszustellen.«

»Wir müssen gehen«, sagte Laura. Sie fragte sich, weshalb es eigentlich so schwer war, einfach von jemandem davonzuspazieren, der mit einem redete; zumal dann, wenn man gar nicht hören wollte, was er erzählte. »Wir wollten uns nur mal umsehen.«

»Das habt ihr ja auch getan, und so soll es auch sein«, rief Carmody Braque mit grausiger Großzügigkeit. »Und ich will mich dem kleinen Bruder gegenüber auch erkenntlich zeigen, dem armen kleinen Lämmchen. Sehe ich da nicht einen Stempel auf dem rechten Pfötchen? Wie wär's denn mit einem anderen auf der linken Hand? Streck sie aus, du kleiner ›Tiger, Tiger, grelle Pracht in den Dickichten der Nacht‹*.«

Jacko hatte sich in einem seltenen Anfall von Schüchternheit dicht an Laura gedrückt, aber die Vorstellung, doch noch einen Stempel zu bekommen, lockte ihn. Er streckte die Hand ein kleines Stückchen aus.

»Halt sie ordentlich hin! Biete sie mir dar, sonst wird der Stempel undeutlich«, befahl Mr. Braque.

Jacko schob die Hand nach vorne. Laura merkte, wie sie ihre eigene Hand ausstreckte, um ihn zurückzuhalten, aber Mr. Braque stürzte sich sehr gewandt darauf, wie eine ältliche Gottesanbeterin auf eine unschuldige Fliege. Mit unglaublicher Geschwindigkeit griff er sich einen Stempel von der Theke oder einfach aus der Luft und drückte ihn trium-

---

* Zitat aus dem Gedicht »Der Tiger« von William Blake

phierend auf Jackos Handrücken, so als ob er auf diesen Augenblick schon seit langem hingearbeitet hätte.

»Schau nur! Ein hübsches Bild!« kicherte Mr. Braque, aber Jacko schrie, als hätte er sich verbrannt, und Mr. Braque, immer noch kichernd, machte einen Satz nach hinten.

»Ach herrje, herrje!« rief er. »Heute ist nicht gerade mein Glückstag, nicht wahr? Ich hoffe nur, daß ich nicht auf alle meine Kunden eine solche Wirkung habe.«

Laura, ganz bestürzt von Jackos Schrei, nahm ihn auf den Arm.

»Die meisten Kinder haben Stempel *gern*«, sagte Mr. Braque durch sein Lächeln hindurch, und als Laura ihm über Jakkos bebende Schulter hinweg in die Augen schaute, spürte sie, wie etwas Uraltes den Blick erwiderte, etwas Triumphierendes, aber auch Unersättliches. Die Augen, rund wie Vogelaugen, jedoch trüb und etwas entzündet, schauten sofort wieder weg.

»Dann sollten wir uns wohl fürs erste besser verabschieden, hmmmmm?« fuhr Mr. Braque mit einer Geste in Richtung Tür fort, und einen Augenblick später, immer noch mit Jacko auf dem Arm, stand Laura auf dem Bürgersteig, ganz erstaunt darüber, wie schwach und kraftlos sie war. Sie hatte ein Gefühl, als ob ihr das Gehirn mit schalem Pfefferminzgeruch verklebt wäre. Auch ihre Kleider schienen noch danach zu stinken. Mit all diesen hübschen Dingen waren sie und Jacko erst angelockt worden, um dann rücksichtslos wieder hinausgeworfen zu werden, nachdem sie irgendeinen unerklärlichen Zweck erfüllt hatten.

Laura war froh, daß sie aus dem kleinen Laden draußen war, aber sie wünschte sich, sie hätte irgend etwas Großartiges vollbracht und wäre aus eigener Kraft entkommen.

Jacko fuhr sich über den Handrücken. »Mach das weg!« sagte er. »Mach das weg! Die Hand mag das nicht.«

Mitten in der Ladenpassage blieb Laura stehen und durchwühlte ihre Taschen und die Ärmel ihrer Strickjacke nach verborgenen Taschentüchern. Dann standen sie in den ganz alltäglichen Straßen von Gardendale, und Laura rieb an Jakkos Handrücken herum. Dort, klar umrissen und sogar mit Schattierungen, war das Gesicht von Carmody Braque höchstpersönlich und lächelte ihr entgegen. Die langen Zähne, die runden Augen und die gummiartig gedehnten Lippen waren deutlich zu erkennen. Und nicht nur das – der Stempel ließ sich nicht entfernen. Er schien *unter* der Haut zu sein statt auf ihr – lächelnd, lächelnd, wohl wissend, daß ihm mit einem Taschentuch und menschlicher Spucke nicht beizukommen war. Laura hatte noch nie einen Stempelabdruck gesehen, in dem so viele Einzelheiten zu erkennen waren. Er war fast wie ein richtiges, dreidimensionales Gesicht, das durch ein Fenster aus Menschenhaut herauslugte.

»Ich mag das nicht, Lolly«, sagte Jacko. Er schniefte und schmiegte sich an sie.

»Das soll er verdammt noch mal selber wieder wegmachen«, verkündete Laura und geriet dabei leicht ins Fluchen, weil ihr auf einmal wirklich angst und bange wurde. Aber als sie zur Tür des winzigen Ladens zurückschaute, war sie geschlossen. Hinter ihrem Rücken war Mr. Carmody Braque hinausgeschlichen und hatte ein Schild an den Türgriff gehängt:

Bin in zehn Minuten wieder zurück.

»Echt bescheuert, dieser Typ!« sagte Laura. »Das geht nur mit Seife ab, Jacko – mit Seife und warmem Wasser.« Und Jackos Gesicht hellte sich auf, war aber nicht so vergnügt wie sonst, als sie den Fußgängerweg entlanggingen und dann das überdachte Einkaufszentrum durchquerten. Laura selbst war ebenfalls schweigsam, denn im innersten Herzen befürchtete sie, daß mehr als warmes Wasser und Seife dazu nötig sein würden, um das Lächeln von Carmody Braque unter der Haut ihres kleinen Bruders zu entfernen.

Ein Gast zum Abendessen

Nachdem Lauras Vater bei ihnen ausgezogen war, hatte Kate eine Stelle als Verkäuferin in einer Buchhandlung angenommen, und als in Gardendale noch eine Filiale eröffnet wurde, machte man sie zur Geschäftsführerin. Allerdings bekam sie für die Ehre, daß ihre Stellenbezeichnung jetzt viel großartiger klang, keinen Cent mehr Gehalt.

»Wir probieren es einfach mal, meine Liebe, und sehen zu, wie es hinhaut«, hatte ihr Chef, Mr. Bradley, gemeint. Und ein Jahr später probierten sie es immer noch und sahen zu, wie es hinhaute.

»Keine Bange«, verkündete Kate. »Wart nur ab, bis ich meinen Buchhändlerbrief in der Tasche habe. Dann muß Mr. Bradley mir eine Gehaltserhöhung geben, und wenn nicht, werde ich ihn in aller Deutlichkeit darauf hinweisen.«

Ihren Buchhandelskurs erledigte Kate an einem Ende des Wohnzimmertischs zu Hause, während Laura auf der anderen Seite über ihren Hausaufgaben brütete. Kate hatte einen Taschenrechner, mit dem sie rätselhafte Rabatte ausrechnete. Laura durfte ihn sich manchmal ausleihen, aber eigentlich war sie gut in Mathematik und brachte die Zahlen von sich aus dazu, sich ordentlich zu benehmen und ihre verborgenen Geheimnisse preiszugeben.

Es war schön, mit jemandem zusammen zu arbeiten und Kate noch eine Weile für sich allein zu haben, wenn Jacko schon gebadet war, seine Gutenachtgeschichte vorgelesen bekommen hatte und im Bett lag. Manchmal, spätabends, sah Kate müde aus und wirkte ziemlich alt. Aber auf ihre besondere Art war sie immer noch hübsch mit ihrem glänzenden blonden Haar und dem großzügigen Mund, die Lippen zu einem Lächeln nach oben gebogen. Laura konnte es kaum fassen, daß ihr Vater lieber mit jemand anderem leben wollte – mit einer jüngeren Frau, ganz nett, aber längst nicht so nett wie Kate.

»Du siehst mich durch eine rosarote Brille«, sagte Kate, als Laura einmal eine Bemerkung darüber machte. »Es ist das beste so, wie es jetzt ist. Wir mochten lauter verschiedene Dinge, und ich dachte, daß ich ihn in meinem Sinne ändern könnte, und er dachte wiederum, er könne mich ändern. Na ja, und so haben wir uns gegenseitig jahrelang bearbeitet und sind beide auf halbem Wege steckengeblieben. Er fehlt mir, aber als wir noch zusammen waren, habe ich mir oft gewünscht, er würde verschwinden.«

Das alles stimmte. Laura wußte das, aber es war nur ein Teil der Wahrheit, und die wiederum war nicht so wohlgeordnet, wie Kate sie schilderte. Einige Teile der ganzen, verzwickten, ungeordneten Wahrheit steckten wie verrostete Stahlsplitter in Kate und Laura. Ihre Gefühle waren um die spitzen, wundenreißenden Kanten herumgewachsen, bis sie nicht mehr weh taten, aber sie waren noch da, abgelagerte Schmerzfossilien in den verworrenen Schichten der Erinnerung.

»Er war im Haushalt besser als ich«, hatte sich Kate einmal erinnert und Laura dabei über den Tisch hinweg angelächelt. »Das war gemein von ihm. Jeden Abend hat er deine Schuhe geputzt – damals hattest du immer blankgewienerte Schuhe –, und er hat sich beim Saubermachen beteiligt, ohne daß man ihn groß darum bitten mußte. Aber dann schob er den Staubsauger mit einem so leidenden Gehabe durch unser Wohnzimmer, daß ich mit der Zeit Zustände dabei kriegte. Eigentlich eine komische Vorstellung: eine fünfzehnjährige

Ehe – denn das war's ja immerhin –, die daran scheiterte, daß dein Vater den Teppich mit einer solchen Leichenbittermiene absaugte, als würde er wie der heilige Petrus kopfunter ans Kreuz geschlagen. Natürlich war es nicht nur das, aber eben lauter solche Sachen. Er hat dich aber immer liebgehabt, Lolly, das muß man ihm lassen. Schreib ihm doch einen Brief. Oder fahr in den Ferien zu ihm und bleib eine Weile dort. Ich würde dich vermissen, aber ich hätte nichts dagegen.«

»Du hörst dich genauso vernünftig an wie ein Kinderbuch über Ehescheidung«, beschwerte sich Laura. Sie hatte solche Bücher zum Lesen bekommen und konnte sie allesamt nicht ausstehen, weil sie sich so freundlich und vernünftig gaben. Auf Laura wirkte das ungefähr so wie ein freundlicher, vernünftiger Umgang mit einem Azteken, der als Menschenopfer dargebracht wurde und dem man gerade bei lebendigem Leib das Herz herausriß und es hochhielt, damit es alle sehen konnten.

In der Buchhandlung, wenn sie ihre runde Brille trug (ihre Intellektuellenbrille, wie Kate sie nannte), sah Kate richtig flott aus, obwohl ihre Kleider nicht sehr neu waren. Die Kunden waren oft überrascht, weil viele von ihnen nicht damit rechneten, daß sie eine begeisterte und kluge Leserin war – so als ob Lesen etwas wäre, was nur ausgesprochen unansehnliche Leute taten. Kate redete gern über Bücher und unterhielt sich mit jedem, der sie darauf ansprach. Sie verbrachte eine ganze Menge Zeit damit, anderen Leuten zuzuhören, wenn sie ihr von Büchern erzählten, die ihnen gefallen hatten.

Am Abend erkundigte sich Laura immer nach den Tageseinnahmen, die dann mit den Einnahmen des gleichen Tages der letzten Woche oder des vorigen Monats verglichen wurden. Waren die Einnahmen gestiegen, wurde gefeiert, aber wenn sie zurückgingen, machte Kate sich Sorgen und überlegte, ob sie die Bücher im Laden anders anordnen sollte oder ob vielleicht eine Werbeanzeige in der Zeitung angebracht war.

Der Laden lag zwischen einem Schaufenster mit Handtaschen und Koffern für Leute, die elegant verreisen wollten, und einem Geschäft mit Kleidung ›für die vollschlanke Figur‹. Dort wurden große, taktvolle Kleider ausgestellt, diese Woche ganz in Weinrot und Grau. Laura und Jacko hatten keinen Blick dafür und stürmten gleich in die Buchhandlung. Jacko streckte die Hand aus und sprudelte lauthals los. Es war nur ein Kunde da, ein großer Mann, der vorne ein bißchen kahl war und zum Ausgleich dafür die Haare hinten ziemlich lang trug. Er las in einem Buch, machte aber ein finsteres Gesicht dabei und sah ganz und gar nicht so aus, als hätte er vor, es zu kaufen.

»Sieh nur, Mama!« drängte Laura und hielt ihrer Mutter Jackos Hand entgegen, als wäre sie ein wichtiges Indiz in einem Kriminalfall. »Der kleine Laden neben dem Video-Spielsalon ist wieder geöffnet. Da ist ein ganz gräßlicher Mann, der Jacko furchtbare Angst eingejagt hat.« Noch während sie sprach, wurde ihr bewußt, daß diese Darstellung das Erlebnis auf eine kindliche Beschwerde herunterspielte und dem wahren Geschehen nicht gerecht wurde.

»Die Hand will gewaschen werden«, bat Jacko. »Sie mag das nicht.«

Jacko und Laura redeten gleichzeitig. Ihre Worte überschnitten sich und lösten sich wieder voneinander, so daß ein Sprechgesang aus Erklärungen und Klage entstand.

»Du meine Güte«, sagte Kate nervös, aber doch ziemlich mütterlich. »Ein irres Ding, dieser Stempel, was? Ich frag mich, was die wohl noch alles erfinden werden! Ich kann gut verstehen, daß du Angst davor hast, Jacko. Nur kann ich jetzt nichts dagegen tun, Schätzchen, aber in ein paar Minuten mache ich mich mit der Scheuerbürste darüber her – oder vielmehr, Lolly wird das tun –, dann werden wir dich schon bald wieder schön rosig haben.«

Am Arbeitsplatz war Kate immer nur mit einiger Nervosität mütterlich, so als wäre es gesetzlich verboten, die eigenen Kinder in der Öffentlichkeit gern zu haben. Selbst jetzt, wo nur ein Kunde da war, der außerdem vermutlich gar nichts kaufen wollte, vergaß Kate nicht, daß sie bis acht Uhr dreißig dem Laden gehörte und es ihr nicht zustand, in dieser Zeit böse Stempel von Jackos Hand abzuwaschen.

»Habt ihr Geld für den Bus?« fragte sie.

»Könnten wir nicht ein einziges Mal am Space-Invaders-Computer spielen?« fragte Laura zurück. Als Antwort auf Kates Frage klimperte sie mit dem Busgeld in ihrer Tasche. Sie hatte sich einmal Ärger eingehandelt, weil sie das Geld für den Bus für Space-Invaders-Spiele ausgegeben hatte und dann zu Fuß nach Hause gegangen war. »Das würde Jacko vielleicht aufmuntern.«

»Ich möchte nicht, daß du dort hingehst, das weißt du doch«, sagte Kate. »Und ganz bestimmt nicht mit Jacko. Das fängt schon damit an, daß dort immer alles mit Zigarettenqualm oder mit noch Schlimmerem zugenebelt ist. Nein – ihr geht nach Hause, und ich komme nach, sobald ich kann. Wie war Mrs. Fangboner heute?«

»Hat ihre Fangzähne gezeigt!« sagte Laura. »Zu Jacko war sie nett, aber mir hat sie lauter Pickel angedroht, wenn ich Fisch mit Fritten esse.«

»Das ist nur die rauhe Schale«, sagte Kate und schaute sich um, ob irgendwelche Bekannte von Mrs. Fangboner in den Laden gekommen waren. »Im Grunde ist sie herzensgut.«

»Wieso läßt sie sich's dann so wenig anmerken?« fragte Laura. »Dafür muß man sich doch nicht schämen. Ist ihr das denn nicht klar? Sie sollte sich ›Sei gutherzig‹ auf ihre Geschirrtücher sticken und dann noch einen Kurs für Fortgeschrittene besuchen, bis sie auch mich in ihr Herz geschlossen hat.«

»Wir wollen nicht zuviel verlangen!« sagte Kate. Sie lachte, und Laura grinste zurück. Es war tröstlich zu wissen, daß Kate wirklich da war, selbst wenn sie im Augenblick mehr Buchhandlungsleiterin als Mutter war.

»Okay! Wir machen uns auf und davon!« sagte Laura. »Vergiß nicht, F & F mitzubringen.«

»Wann hätte ich das je vergessen?« gab Kate zurück. »Daß man hinterher kein Geschirr zu spülen braucht, ist schon ein paar Pickel wert.«

Der Fisch und die Fritten wurden immer in »Shoper's Fischgeschäft« gekauft. Manchmal waren sie herrlich und manchmal enttäuschend, aber diese Unsicherheit, welcher Fall nun eintreten würde, war fast schon ein Abenteuer. Man konnte sich bereits im voraus darauf freuen, daß sie möglicherweise wieder herrlich schmecken würden.

Als sie auf den Bus warteten, konnte Laura den Bratenduft von Fisch und Fritten riechen. Sie streichelte Jacko, der sich wie ein müder Hund an sie lehnte. Laura war froh, daß Sommer war und es noch hellichter Tag sein würde, wenn sie aus dem Bus stiegen. Denn obwohl der Bus fast haargenau hinter der Telefonzelle hielt, die vor ihrem Haus stand, kamen ihr die wenigen Augenblicke bis zur Tür oft gefährlich vor, und am heutigen Abend wäre eine solche Gefahr zusätzlich bedrückend gewesen.

»Ich konnte nichts dagegen tun«, sagte sie zu Jacko, der wieder den Stempel auf seiner Hand ansah und ängstlich daran herumrieb. Jedenfalls sollten die Leute glauben, daß sie mit Jacko sprach, aber in Wirklichkeit führte sie Selbstgespräche. »Stimmt, ich hatte eine Warnung«, gab sie laut zu. »Aber die hat nichts genützt. Ich stand bloß da und ließ es geschehen. Als ich heute morgen zum Schultor hereinkam, hab ich schon gewußt, daß alles vorbestimmt war.«

Normalerweise machte es Laura Spaß, mit dem Bus den Kingsford Drive hinaufzufahren. Es ging langsamer und leichter als die nervöse Hetze am Morgen. Oft hatte sie das Gefühl, daß ein bißchen von ihr nach draußen in die Häuser und Telegrafenmasten am Weg drang – wie ein leuchtend bunter Farbklecks auf nassem Papier lief sie aus und prägte die Welt ringsum mit Spuren von ihrer eigenen Farbe, während sie ihrerseits Farbe von der Welt aufsog. So fühlte man sich also, wenn man *diese* Form, *diese* Größe hatte! Und Grünsein fühlte sich *so* an! Jeder Telegrafenmast stand konzentriert auf einem Bein, stemmte Leitungsdrähte und schlang sie um verkrüppelte kleine Ärmchen, und Laura fühlte sich in den Telegrafenmast hinein oder in ein Dach, das zum Giebel aufstieg und dort mit sich selbst zusammenstieß. Die Baptistenkirche straffte ihre Betonschultern, ihr Portal bückte sich bis zu den Zehen hinunter, während sie auf ihrem gekrümmten Rücken eine schwere Last aus viereckigen weißen Betonplatten trug.

»Reib nicht dran rum, sonst wirst du noch ganz wund!« sagte Laura zu Jacko. »Mit Wasser und Seife kriegen wir's schon runter.« Aber er rubbelte weiter auf seinem Handrücken herum, als wollte er das Fleisch von den Knochen scheuern.

»Tu so, als wär's ein Mückenstich, und laß es ganz in Ruhe.«

Der gräßliche Stempel schien tiefer denn je zu sitzen, als würde er langsam in Jacko eindringen. Noch sichtbar, aber unwiederbringlich verloren – wie eine Münze in tiefem Wasser, in der sich noch das Licht bricht, während sie für immer verschwindet.

Mit einem tiefen Seufzer lehnte Jacko den Kopf an Lauras Schulter, und sie spürte, wie ihr vor Unruhe eine Hitzewelle in die Glieder kroch, fast so, als errötete sie innerlich vor Entsetzen. Ihr war so, als hätte sie einen schwachen Hauch von schalem Pfefferminzgeruch wahrgenommen, so als ob der Atem von Carmody Braque auf irgendeine Weise aus Jacko herauskäme.

»Da ist Brown«, sagte sie erleichtert. Sie zeigte auf ihn, um Jacko, und nicht zuletzt auch sich selbst, abzulenken. Brown war ein bedächtiger Hund, ein vertrauter, rostfarbener Bekannter, der herumspazierte und mürrisch dreinschaute, weil der Inhalt des Rinnsteins im Sommer enttäuschend für ihn war – Papierhüllen von Eislutschern und Limodosen. Jacko schaute Brown einen Augenblick lang an und wandte dann den Kopf ab.

»Er war nicht nett«, sagte er. »Der Mann war nicht nett, Lolly, oder?«

»Denk nicht mehr an ihn!« sagte Laura, obwohl sie selbst genausowenig aufhören konnte, an Carmody Braque zu denken.

Sie kamen in einigermaßen guter Stimmung zu Hause an. Laura machte Jacko ein Rührei und gab sich ganz besondere Mühe, zerteilte ihm seine Apfelsine und schnitt sein Brot in vier kleine Dreiecke, so wie das in der kleinen Cafeteria drei Häuser weiter von Kates Arbeitsplatz gemacht wurde.

Nach dem Rührei und dem Brot ging Jacko bereitwillig ins Bett – was Laura ziemlich überraschte, denn es war oft schwierig, ihn dazu zu bewegen. Normalerweise wollte er wach bleiben, bis Kate heimkam, und tobte noch herum, rannte durch die Wohnung und versteckte sich unterm Bett. Dort mußte er am Bein wieder hervorgezogen werden, so daß sein Pyjama Falten schlug und diese bestimmte Sorte Staub, die sich bevorzugt unter einem kuscheligen Bett versteckt, ihn mit einer grauen Schicht überzog. Der Zwischenraum unter den Betten war immer staubig und füllte sich gierig mit Kaffeebechern, Tellern und Büchern auf. Aber heute ging Jacko still zu Bett und ließ sich sein Tigerbuch und noch eine Geschichte aus einem der neuen Bibliotheksbücher vorlesen. Dabei sah er Laura vertrauensvoll an, die Hand mit dem Stempel unter dem Kissen versteckt. Laura hatte selbstverständlich versucht, die Hand wieder sauber zu kriegen, aber der Stempel war nun schon ein Teil von Jacko, mehr noch als eine Tätowierung – eine Art Schmarotzerbild, das sich immer tiefer fraß.

»Igitt! Was sind das für Gedanken!« sagte Laura. »Reiß dich zusammen! Sei gefälligst reif und vernünftig!«

Um halb neun hörte sie Schritte auf dem Gartenweg vor dem Haus.

Das ging aber schnell, dachte sie erleichtert. Doch sie war auch überrascht, denn selbst wenn die Ladenpassage schon ganz leer war, machte Kate die Buchhandlung nie auch nur fünf Minuten vor Geschäftsschluß zu – für den Fall, daß Mr. Bradley vorbeikam und sie womöglich nicht mehr vorfand.

Aber es war nicht Kate. Es war Sally, die ziemlich unwirsch war, weil sie sich von ihrer Fernsehsendung hatte loseisen müssen. Sie richtete Laura aus, daß Kate etwas später kommen würde. Nachdem sie ihre Botschaft überbracht hatte, fügte Sally noch eine Einladung zum Fernsehen an. Falls Jacko aufwachen sollte und weinte, so meinte sie, würden sie ihn nebenan vermutlich hören. Aber Laura geriet dadurch nicht einmal in Versuchung. Sie machte sich Sorgen und war von Kates Verspätung auch etwas gekränkt. Kann ja sein, daß mit dem Auto was nicht stimmt, dachte sie. Kate verspätete sich an diesem Abend um etwa eine Dreiviertelstunde, und als sie schließlich kam, war sie nicht allein. Der langhaarige Mann, dieser eine Kunde, der im Laden gewesen war und nur las und nicht kaufte, war bei ihr.

»Wir haben einen Gast«, sagte Kate überflüssigerweise. Laura starrte sie an, denn Kate sah verschmitzt aus und wirkte viel lebhafter und vergnügter, als sie es an einem Donnerstagabend normalerweise war. Sie streifte sich nicht die Schuhe ab und fiel auch nicht todmüde in einen Sessel, um dann mit aufgestützten Ellbogen ihren Anteil vom Fisch und den Fritten zu essen. Statt dessen entfernte sie die Zeitungspapierhüllen von Scoper's Fisch und Fritten mit dem Schwung eines Oberkellners, der die Spezialität des Hauses präsentiert.

»Ist das nicht zünftig!« rief sie. »Laura, ich glaube, heute abend schmecken sie herrlich.«

Der Mann hieß Chris Holly.

»Eine Abkürzung für Christmas Holly?« fragte Laura. Das war eine Anspielung auf die Stechpalmenzweige, mit denen an Weihnachten die Zimmer ausgeschmückt wurden, aber offenbar hieß er mit vollständigem Namen Christopher. Er sprach mit amerikanischem Akzent, was sich in ihrem neuseeländischen Wohnzimmer sonderbar ausnahm.

»Das ist einfach großartig«, sagte er. »Da sieht man mal wieder, daß man sich jeden Tag aufs neue auf alles gefaßt machen muß. Mir war zumute, als wäre ich weit weg, meiner Umgebung ganz entrückt, und dann hörte ich diesen Namen. Ich konnt's kaum glauben.«

»Welchen Namen?« erkundigte sich Laura bei Kate.

»Fangboner!« sagte Kate. »Chris fragte mich, ob er das richtig mitbekommen hätte, und ich mußte gestehen, daß wir tatsächlich eine Tagesmutter haben, die Mrs. Fangboner heißt.«

»Sie ist ganz bestimmt Draculas Tante«, sagte Chris. »Oder sogar seine Schwester.«

»Ich glaube, daß Dracula ein Einzelkind war«, sagte Laura. »Auf mich macht er nicht den Eindruck, als ob er Geschwister hätte. Er hat wahrscheinlich auch nur deshalb Blut getrunken, weil ihm seiner Ansicht nach von vornherein alles zustand.«

»Wie konnten Sie nur Ihr kleines Kind einer Tagesmutter ausliefern, die ›Fangboner‹ heißt?« fragte Chris.

»Die Verzweiflung hat mich dazu getrieben«, gab Kate zurück. »Aber sie ist im Grunde wirklich sehr lieb.«

»Sie foltert ihren Garten«, sagte Laura mit unheilverkündender Stimme. »Das kostet sie all ihre Energie. Und irgendwo gibt's dann auch noch einen Ehemann Fangboner, der den Namen schon viel länger trägt. Wir sehen ihn aber nie. Womöglich hängt bei ihr sein Skelett unter so einer Plastikhülle, mit der man Samtmäntel vor Staub schützt.«

»Das Rätsel um Mrs. Fangboner!« sagte Chris. »Jedenfalls, Laura, wir sind dann ins Gespräch gekommen und haben uns über Bücher unterhalten. Und zur Feier von all diesen Anlässen bin ich mit deiner Mutter noch etwas trinken gegangen, und weil ich sie nicht dazu überreden konnte, mit mir essen zu gehen, hab ich sie eben trickreich dazu überredet, mich mit *ihr* essen gehen zu lassen. Ich habe eine unverbrüchliche Liebe für Fisch mit Fritten bekundet, und ich muß zugeben, daß dieser Fisch hier und die Pommes frites wirklich gut sind.«

»Sie sind allerdings nicht immer so gut«, sagte Kate. »Wir haben einen Glückstag erwischt.«

»Für mich ist es jedenfalls ein Glückstag«, sagte Chris Holly. »Ich hoffe, du hast gegen einen Gast zum Abendessen nichts einzuwenden, Laura?«

»Nein!« sagte Laura, aber sie hatte sehr viel dagegen. Direkt nachdem ihr Vater die Familie verlassen hatte, war Kate mit etlichen Männern ausgegangen, aber ein Teil des Glücks im letzten Jahr bestand gerade darin, daß sie damit aufgehört hatte und ganz zufrieden damit schien, ihre Zeit mit Laura und Jacko zu verbringen.

Daß sie einen F & F-Abend (noch dazu einen Abend, wo der Fisch und die Fritten gelungen waren) mit einem Fremden teilen mußte, der sich Mühe gab (Laura kannte die Anzeichen), ganz besonders nett zu ihr zu sein, aber nicht weil sie ihn interessierte, sondern weil er an Kate interessiert war – das erfüllte sie mit bangem Unbehagen. Die Nettigkeit von Chris war zwar verständlich, aber sie kam Laura verdächtig vor.

»Wie geht's Jacko?« fragte Kate plötzlich. »Ich wußte doch, daß da noch was war, was ich fragen wollte.«

»Er schläft«, sagte Laura. »Mama, da stimmt etwas nicht mit ihm. Ich glaub, ihm geht's nicht gut.«

»Wir werden nicht krank«, sagte Kate bestimmt. »Keiner von uns kann es sich leisten, etwas anderes als gesund zu sein. Jacko ist ein zäher Bursche.« Sie warf Laura einen Blick zu, der entfernt trotzig war, gleichzeitig aber um einen Gefallen zu bitten schien. Laura hatte allerdings keine Ahnung, um was für einen Gefallen es sich dabei handeln könnte. Sie hörte zu, wie ihre Mutter und Chris das Leserattenspiel spielten und unter all den Büchern auf der Welt genau diejenigen heraussuchten, die sie beide kannten und die ihnen gefallen hatten. Bei vielen stimmten sie überein. Das war ein bedrohliches Anzeichen. Und wenn sie nicht übereinstimmten, dann diskutierten sie darüber wie alte Freunde, kritisierten ganz selbstverständlich und vertraulich den Geschmack des anderen. Laura dachte, daß Mrs. Fangboner für allerhand geradezustehen hatte.

Nach einer Weile stand sie auf, klemmte sich ihr Bibliotheksbuch unter den Arm und sagte, daß sie ins Bett wolle.

»Gib mir einen Kuß!« verlangte Kate.

Laura machte aus einer ernsten Überlegung einen Scherz. »Dann nehmt ihr euch womöglich ein Beispiel daran«, sagte sie.

»Ganz schön frech«, meinte Kate, ohne jedoch sonderlich verstimmt zu sein.

»Und gewitzt«, fiel Chris ein.

»Morgen geb ich dir dann zwei«, sagte Laura. Sie war bemüht, sich freundlich und gleichzeitig auch reserviert zu geben. Ihr kam es so vor, als ob die beiden sie auslachten und sich fröhlich in eine Erwachsenenwelt zurückzogen, in die sie ihnen noch nicht ganz folgen konnte, auch wenn sie ein Mädchen war, auf das ein Junge wie Barry Hamilton aus der

Ferne ein Auge hatte. Also lächelte sie höflich und versuchte, es auch ehrlich so zu meinen. Und dann ging sie zu Bett, denn schließlich war sie hier im Grunde überflüssig geworden.

Das Lächeln auf Jackos Gesicht

Am nächsten Morgen wurde Laura davon wach, daß jemand sie aus dem Schlaf redete. Ihre Mutter sprach gegen den flachen Gezeitenstrom des verebbenden Schlafs an, voller Besorgnis, denn Jacko hatte eine schlimme Nacht gehabt, eine Nacht mit schrecklichen Träumen. Und doch war Kate unerwartet munter, so als ob dieser Tag noch etwas Erfreuliches für sie in petto haben könnte. Laura sortierte das Wirrwarr der verschiedenen Schrecknisse des vergangenen Tages und machte Bestandsaufnahme, während sie sich wach wusch und dann ein überraschend sorgfältig zusammengestelltes Frühstück vorfand – Apfelsaft, Apfelkompott und Cornflakes, Toast und eine Tasse Tee. Zuerst war sie wie vor den Kopf geschlagen, ergab sich dann aber in ihr Schicksal, denn auch ohne die Anzeichen genau benennen zu können, erkannte sie sehr wohl, daß Kate mit ihrem Morgen deshalb so gut klarkam, weil sie ihn mit optimistischer Energie anging. Und diese Kraft hatte mit ihren Kindern nichts zu tun.

»Du magst ihn, stimmt's?« fragte Laura vorwurfsvoll.

»Ja, stimmt«, gab Kate zurück, ohne erst fragen zu müssen, von wem überhaupt die Rede war. Fast bittend fügte sie hinzu: »Findest du ihn nicht auch nett?«

»Er ist okay«, räumte Laura widerwillig ein. Okay, aber überflüssig, hätte sie am liebsten noch gesagt – und *sagte* es auch, brachte es aber fertig, die Worte in ihrem Kopf zu behalten und nicht herauszulassen.

»Er kriegt 'ne Glatze«, war die einzige Kritik, die sie sich gestattete.

»Ja, aber er hat ein nettes Lachen«, sagte Kate. »Ein nettes Lachen haut einen völlig um. Er sieht bei ernsten Angelegenheiten richtig verschmitzt aus, nicht nur bei so großen ernsten Angelegenheiten wie Politik, über die sich jeder lustig machen kann, sondern auch bei kleinen Dingen wie – Telefonrechnungen.«

Früher hatten sie mal ein Telefon gehabt, aber Kate hatte die Rechnung nicht bezahlen können, und da wurde es ihnen abgestellt und hing wie ein erstarrtes Insekt an der Wand, um in der Zeit der kalten Schulden seinen Winterschlaf zu halten, bis schließlich ein paar Männer von der Post kamen und es abholten.

»Außerdem«, sagte Kate, »findet er mich sympathisch, und das beweist doch wohl, daß er ein Mann mit Geschmack und Urteilsvermögen ist. Die ganze Sache mit Mrs. Fangboner... das war eigentlich nur ein Trick. Er brauchte einen Vorwand, um mit mir reden zu können. Trotzdem, es war ganz schön schlau, daß er gerade daran angeknüpft hat. Das führte nämlich dazu, daß wir miteinander herumblödelten, und das ist die beste Abkürzung, um jemand anderen kennenzulernen. Wenn die Witze zueinander passen, dann ist das so wie in *Alice hinter den Spiegeln*. Du durchquerst das dritte Feld per Eisenbahn und kommst im Handumdrehen ins vierte.«

»Er hätte ein Buch kaufen können«, sagte Laura. »Das ist doch schon mal etwas sehr Schönes, was ein Kunde tun kann«, und damit trug sie ihr Frühstück nach nebenan in Kates Zimmer, wo Jacko, der sich von seinen Alpträumen erholte, immer noch in Kates Bett war. Gleich auf den allererersten Blick sah sie, daß er teilnahmsloser, stiller und grauer war, als sie ihn je zuvor erlebt hatte, und als sie näher kam, streckte er ihr sofort die Hände entgegen, Handrücken nach oben.

»He, wie hast du den Stempel abgekriegt?« rief Laura, aber

Kate, die sich gerade anzog, begann schon mit dem üblichen Text, mit dem sie sich und Laura morgens zu Tempo und gelegentlich sogar zu einem reibungslosen Ablauf antrieb. Noch hatte sie nicht gemerkt, daß dieser Morgen ganz neue, besorgniserregende Formen annahm.

»Komm – iß auf, Lolly! Jackoschatz, du wirst deine kostbaren Knochen mal bewegen müssen. Es ist noch nicht Samstag. Wir müssen los. Was für einen Stempel?« schloß sie, so als ob sie sich auf einer anderen Zeitebene befände als Laura und die ursprüngliche Frage erst jetzt in ihre Ohren gedrungen wäre.

»Er hatte einen Stempel auf der Hand, der nicht abging«, sagte Laura, und Kate, die sich plötzlich an den Vortag zurückerinnerte, schlug sich mit der flachen Hand an die Stirn.

»Daher kamen wahrscheinlich all diese Alpträume«, rief sie. »Er war wegen seiner Hand in Sorge ... Ich dachte, er hätte da vielleicht einen Mückenstich abbekommen. Armer Jacko. Na, macht nichts! Jetzt ist alles wieder gut. Der Alptraum ist verschwunden. Ein heller neuer Morgen! Schau her, der böse Stempel ist über Nacht abgegangen.«

»Nie im Leben!« erklärte Laura. Sie starrte auf Jackos Hände, die sich ihren Blick stumm gefallen ließen. Die rechte Hand wurde noch von einem blaßroten Mickymaus-Gespenst heimgesucht, während die linke vielleicht etwas gerötet war, aber sich rein und unschuldig ohne jeglichen Stempel darbot. »Hör zu! Ich will dir erzählen, was passiert ist!«

»Na gut, wenn's sein muß! Aber mach schnell!« sagte Kate.

Das Erzählen erwies sich dann aber als gar nicht so einfach. Laura gab sich Mühe, doch die Geschichte, die in ihrem Kopf so lebendig und ungeheuerlich war, verdrehte sich ihr im Mund und kam krank und beschämt über die Lippen gehumpelt.

»Ich weiß, das hört sich verrückt an!« rief sie mit wachsender Verzweiflung und boxte frustriert auf die Bettdecke ein. »Ich weiß, daß du mir nicht glauben kannst!«

Kate rettete die fast leere Tasse und schaute Laura überrascht an.

»Ich glaube ganz bestimmt, daß du teilweise recht hast«, sagte sie. »Laura, ich bin wirklich fest davon überzeugt, daß du die Ereignisse alle ganz richtig geschildert hast. Aber bei dem, was du da hineininterpretierst, habe ich meine Zweifel. Ich kann mir nicht helfen – na komm, Lolly! An einem Morgen Warnungen, am nächsten böse Zauberzeichen ... das paßt doch gar nicht zu dir, daß du auf einmal so abergläubisch bist. Ich fand den Stempel ziemlich gräßlich. Er sah aus wie ein mißglückter Werbetrick. Aber wenn er nicht abgegangen ist, wo ist er dann?«

»Ich weiß nicht«, gab Laura düster zurück. »Hat sich aufgelöst, nehm ich an. In Jackos Blut.«

»Wie kannst du nur so etwas sagen, noch dazu vor einem Jungen, der Alpträume gehabt hat«, rief Kate vorwurfsvoll aus. »Wir sollten mit unserer Phantasie nicht zu weit gehen. Oder vielmehr ... wir sollten sehr wohl gehen, aber nicht in der Phantasie. Wir sind schon sieben Minuten zu spät dran, und wegen sieben Minuten sind schon ganze Kaiserreiche aufgestiegen und wieder gefallen.«

Eine Weile später schaute Laura ihrer Mutter hinterher, die mit Jacko davonfuhr. Aufatmend ging sie durchs Schultor. Sie freute sich auf die Gesellschaft der munteren Nicky mit ihren Klatschgeschichten, und sie war sich zumindest dahingehend sicher, daß der Tag, was immer er ihr noch zu bieten hatte, nicht so bedrohlich sein konnte wie der Vortag. Kein aufgesperrter Rachen schloß sich hinter ihr. Es bestand keine Aussicht auf etwas anderes als ganz normalen Unterricht mit ganz normaler Langeweile – und das war ihr heute durchaus willkommen.

Aber die lästigen Gedanken verfolgten sie immer wieder. Nichts war mehr verläßlich und unkompliziert. Sorry Carlisle stand am Fahnenmast und unterhielt sich mit einem

Mädchen, mit Carol Bright aus der sechsten Klasse. Es stand ihm natürlich zu, mit ihr zu reden, aber Laura glaubte auf seinem Gesicht ein gewisses Interesse aufleuchten zu sehen, das mehr als nur beiläufig war. Weil sie wissen wollte, ob sich dieser Eindruck bestätigte, musterte sie Sorry sehr gründlich. Nicht zum erstenmal dachte sie dabei, daß man ihn schon fast als gutaussehend bezeichnen konnte. Und sie fragte sich, wie jemand mit Augen voller Spiegel und dunkler Treppen an Carol seine Freude haben konnte – außer natürlich, daß sie herrliche glatte, lange schwarze Haare hatte, die sie auf viele verschiedene Arten trug. Heute war es ein Pferdeschwanz – der Schweif von einem Zirkuspony, eine gebogene Flut aus dunkler Seide, die mit einer vorschriftsmäßigen Schleife zusammengebunden war und dazu verlockte, den glänzenden Schwall zu streicheln.

Laura, die zwei Möglichkeiten hatte, das Haar zu tragen, nämlich lang und kraus und kurz und kraus, stellte fest, daß es tatsächlich möglich war, auf Carol Bright eifersüchtig zu sein. Obwohl sie mit Sorensen Carlisle nie gesprochen hatte – außer eben so, wie jemand aus der vierten Klasse gelegentlich mit einem Aufsichtsschüler aus der siebten Klasse redet – hatte sie dennoch irgendwie geglaubt, daß er zu ihr gehörte, denn sie wußte, was er in Wirklichkeit war, und sonst wußte das niemand. Wie zur Bestätigung schaute er ihr direkt in die Augen, als sie vorbeiging, und warf ihr einen amüsierten Blick zu, der aber auch zur Vorsicht mahnte und in dem noch etwas anderes lag . . . ein so vielsagender Blick, daß sie ihn in der kurzen Sekunde, solange er eben dauerte, nicht in seiner ganzen Aussage erfassen konnte, aber sie dachte, daß Kate ihn wohl als ironisch bezeichnet hätte.

Es war nicht üblich, daß Laura Jacko an einem Freitag abholte, denn da gab es keine langen Ladenöffnungszeiten, und Mrs. Fangboner hatte nichts dagegen, ihn bis zwanzig vor sechs bei sich zu haben. Aber Kate hatte vorgeschlagen, daß

Laura diesmal eine Ausnahme machen sollte, weil Jacko in so schlechter Verfassung war. Daher hielt Laura nur noch einen Schwatz mit ihrer üblichen Clique, einer buntgemischten Gruppe aus Jungen und Mädchen, und spielte einen Satz Tennis mit Nicky, die ganz nahe bei der Schule wohnte. Danach tauchte sie an der Haustür der Fangboners auf und wurde von Mrs. Fangboner mit ungewöhnlich stürmischer Freude empfangen. Jacko hatte einen schlechten Tag gehabt, und sie war froh, daß er ihr abgenommen wurde.

». . . wie ausgewechselt«, sagte sie. Sie hörte sich zutiefst verwundert an. »Der arme Junge, ich glaube, er brütet irgend etwas aus. Was um alles in der Welt wird deine Mama denn tun, wenn er krank ist? Sie wird sich freinehmen müssen, und das wird ihrem Chef nicht gefallen, nicht wahr? Ich meine, das ist ja nicht so wie in einem großen Geschäft, wo es jede Menge Personal gibt und jemand einspringen kann.«

Zusammen mit Rosebud, die so rosa wie eh und je aus der Schmusedecke hervorlächelte, saß Jacko auf einem Hocker der Fangboners und starrte Laura an, als wüßte er kaum noch, wer sie war. Dann stand er auf und kam zu ihr herüber, steifbeinig wie ein aufgezogenes Spielzeug, ließ Rosebud fallen und streckte Laura die Arme entgegen, damit sie ihn hochhob. Er wollte wieder ein Baby sein.

Lauras Augen kribbelten vor Liebe, aber das nutzte nicht sonderlich viel, weil er einfach zu schwer war, um ihn ohne große Mühe tragen zu können. Der Weg in die Einkaufspassage, normalerweise fröhlich und vergnügt, war heute endlos, denn sie mußte Jacko zumindest streckenweise absetzen. Wenn er auf seinen eigenen Beinen laufen mußte, quengelte er trübselig vor sich hin und ließ ständig Rosebud fallen, die dann wieder und immer wieder aufgehoben werden mußte.

Laura plagte sich ab. Die Schulsachen auf dem Rücken, Geschichte, Mathe und Chemie, zerrten an ihren Schultern, im rechten Arm hatte sie Jacko und im linken seinen Korb.

Schließlich, in einer plötzlichen Aufwallung von frustrierter Hilflosigkeit, weil es so schwierig war, sich schwerbeladen durch die Welt zu bewegen, gab sie ihm einen kleinen, festen Klaps. Er weinte nicht, sondern ließ einfach den Kopf hängen und stemmte sich gegen sie.

»Armer Jacko!« sagte er mit trauriger, heiserer Stimme. »Armer Jacko!«

Sie hatte vorgehabt, ihn anzutreiben, damit sie an dem bösen Liliputladen mit den winzigen Gegenständen im Gartenhäuschen-Fenster möglichst rasch vorbeikamen, bevor seine Alpträume wieder aufleben konnten. Aber Mr. Braque war draußen auf dem Bürgersteig und malte die Worte ›Brique à Braque‹ auf das Schaufenster, und zwar ziemlich geschickt. Laura wechselte auf die andere Straßenseite hinüber, aber sie nahm Mr. Braque dennoch in aller Deutlichkeit wahr. Noch während sie darum rang, nicht zu ihm hinzuschauen, wurde er bereits von ihren Gedanken aufgesogen, ein Eindringling von innen. Sosehr sie den Kopf auch abwandte – sie konnte Mr. Braque immer noch sehen. Ihr Auge hatte sein Abbild eingefangen, ihr Gehirn gab es nicht wieder her, und ihr war zumute, als würde sie wieder in seine uralten Augen blicken – Krokodilsaugen, die an eine Krokodilsgesinnung gebunden waren. Ihr war, als sähe sie etwas, das in einen menschlichen Körper schlüpfen und ihn nach seiner Pfeife tanzen lassen konnte, so wie ein Unterhaltungskünstler eine Handpuppe überzog und sie tanzen ließ. Blitzartig ging ihr ein Licht auf – was für eins eigentlich? fragte sie sich, denn es war verschwunden, noch bevor sie es erfassen konnte. Der versteckte Computer, der an ihr Alltagsgehirn angeschlossen war (genau der, der sie davon in Kenntnis gesetzt hatte, daß ihr Vater sie verlassen würde, der sie vor Sorry Carlisle und erst gestern vor Mr. Braque gewarnt hatte), gab sich wieder alle Mühe, ihr eine Information zu vermitteln. »Böser Geist!« meldete er. »Höllenwesen! Dämon!« Ohne hinzusehen wußte Laura, daß Mr. Braque sich umgedreht hatte und sie über die Straße hinweg anstarrte, wußte, daß seine Haut weniger verschrumpelt war, sein Lächeln weniger einer Totengrimasse glich. Irgend etwas verwandelte ihn, und sie wagte kaum darüber nachzudenken, was das sein könnte.

Es war schon spät am Nachmittag, aber in der Buchhandlung herrschte Betrieb, und Kate verkaufte jemandem ein Buch – einen Kriminalroman. »Er ist ganz spannend, obwohl ich seinen ersten besser fand«, sagte sie. Das Buch war schon verkauft und steckte bereits in der Papiertüte, auf die der Name des Buchladens gedruckt war. Sie konnte also ruhig ihre ehrliche Meinung sagen.

Kates Blick fiel auf Laura, die gerade zur Tür hereinkam, und ihr Gesicht hellte sich auf. Bei der Freude, die in ihrem Lächeln lag, wurde es Laura warm ums Herz, aber es stellte sich heraus, daß Kate sich aus einem ganz bestimmten Anlaß so über Lauras Anwesenheit freute, und bei diesem Anlaß konnte Laura schwerlich so empfinden wie ihre Mutter.

»Lolly!« rief Kate mit leuchtenden Augen. »Lolly, würde es dir etwas ausmachen, wenn ich heute abend ausgehe?«

»Du warst beim Friseur!« stellte Laura zutiefst empört fest. »Ich dachte, wir wären diese Woche pleite!«

»Ich hab's mit der nächsten Woche verrechnet«, gab Kate zurück. Sie sah jetzt weniger wie eine Mutter im wirklichen Leben aus, sondern mehr wie eine Fernsehmutter, die sich für Ehemann und Familie stets sorgfältig pflegt und von ihrem neuen Waschpulver hellauf begeistert ist. »Ich habe mit Sallys Mutter ausgemacht, daß sie nach euch schaut.«

Kate konnte ja nicht wissen, wie sehr Laura sich darauf gefreut hatte, an der Buchhandlung anzukommen und einen Teil der Verantwortung für Jacko abgeben zu können – und wie verzweifelt sie darüber war, daß Kates Aufmerksamkeit auf etwas ganz anderes gerichtet war.

»Das ist wohl dieser Amerikaner«, knurrte sie.

»Es ist Chris Holly – ja«, sagte Kate. Sie sprach geradezu unterwürfig, so als ob Laura sie tyrannisieren würde. »Sei nicht sauer auf mich, Laura. Ich bin schon ewig nicht mehr ausgegangen, und ich würde so gern mal wieder in ein schönes Konzert gehen und an nichts anderes mehr denken müssen als an die herrliche Musik.«

»Aber schau dir doch mal Jacko an!« Laura schob ihn vorwärts. Es brachte sie etwas aus der Fassung, daß sie in ihrer Stimme einen gewissen Triumph heraushören konnte, eine Freude darüber, Jackos Elend als Schachzug in einem sehr persönlichen, komplizierten Spiel benutzen zu können, in dem die Regeln kaum zu verstehen waren.

Jetzt sah Kate Jacko an. »Ach du liebe Zeit!« sagte sie. »Was kann da nur los sein?«

Sie schaute auf die Uhr, ein Geburtstagsgeschenk von Lauras Vater. Die Uhr ging immer noch, obwohl die Ehe schon vor drei Jahren in die Brüche gegangen war. »Ich kann jetzt nicht reden. Geh mit ihm in die Cafeteria am Einkaufszentrum und kauf ihm einen Apfelsaft. Gib ihm auch noch einen Kuchen dazu, wenn es um diese Zeit noch welchen gibt. Ab vier wird nämlich abgestaubt und weggepackt.«

»Du schmeißt nur so mit dem Geld um dich«, murrte Laura. »Komisch, wie sich die Finanzen auf einmal strecken lassen, wenn sie noch für etwas klassische Musik reichen müssen, nicht wahr?«

Sie hatte ganz und gar nicht teilnahmsvoll klingen wollen, aber Kate lächelte so herzlich, als ob sie einen Scherz gemacht hätte. Sie hörte nur die Worte und ignorierte den Tonfall.

»Du Engel, Laura, damit hast du's genau erfaßt«, sagte sie. »Na, Gott sei Dank dauert es nicht mehr lange bis Ladenschluß.«

Der Apfelsaft schmeckte Jacko so gut, daß Laura ihm von ihrem eigenen Geld noch einen kaufte. Sie aß seinen Kuchen und dachte dabei, wie ungeschickt das doch mit der Zeit geregelt war: Entweder hatte man nicht genug davon, oder aber es gab große Klumpen von sinnlosen Minuten und Sekunden, die man unmöglich richtig nutzen konnte und daher sinnlos verplempern mußte.

Kate kam sie in der Cafeteria abholen, die einzigen Kunden, die zwischen einem Wald von Stuhlbeinen noch übrig waren, denn Jill, die Serviererin, stellte die Stühle verkehrt herum auf die Tische, um noch sauberzumachen, bevor sie nach Hause ging.

Im Auto war Kate dann ständig hin- und hergerissen. Sie wollte ins Konzert gehen – sie wollte mit Jacko zum Arzt, sie wollte zu Hause bleiben und ihn pflegen, aber sie hatte Chris Holly nun mal versprochen, daß sie mit ihm ausgehen würde, obwohl sie schon beim Mittagessen zusammengewesen waren.

Nachdem sie das immer wieder im Kreis diskutiert hatten, landeten sie schließlich im Gesundheitszentrum von Gardendale und wurden tatsächlich zu einem Arzt vorgelassen – nicht ihr üblicher Doktor, aber ein anderer Arzt, der zunächst sehr ungehalten war, weil sie in allerletzter Minute gekommen waren, als er schon ernsthaft ans Abendessen dachte. Während er Jacko untersuchte, wurde er jedoch immer nachdenklicher und meinte dann ziemlich verdutzt: »Also, irgend etwas stimmt nicht mit ihm, aber es gibt nichts, was ich diagnostizieren könnte. Ist er gestürzt? Hat ihn in letzter Zeit irgend etwas erschreckt oder bedrückt?«

»Es ging ihm großartig«, sagte Kate, »aber gestern hat ihm jemand einen üblen Streich gespielt. Er hatte eine schlimme Nacht – mit vielen Alpträumen. Ist es etwas Akutes? Es könnte sein, daß ich heute abend noch weg muß, aber seine Schwester wird bei ihm sein.«

»Ich glaube nicht, daß es etwas Ernstes ist«, sagte der Arzt. »Wenn er sich gründlich ausschläft, kann das morgen schon wieder ganz anders aussehen. Seine Reaktionen sind stark verlangsamt – Sie haben ihm doch keine Medikamente gegeben, oder?«

»Gar nichts!« sagte Kate. »Heute morgen bin ich überhaupt nicht auf die Idee gekommen, daß er etwas brauchen könnte.«

Der Arzt machte ein nachdenkliches Gesicht, sah aber nicht besorgt aus. »Wenn es morgen nicht besser ist, dann bringen Sie ihn wieder her. Wer ist Ihr Hausarzt? Ich verschreibe jetzt erst mal nichts, und wir sehen zu, wie es weitergeht mit ihm. Ich hefte an Jonathans Unterlagen noch einen Zettel für Dr. Bligh.«

Über lange Zeiträume hinweg konnte Laura glatt vergessen, daß Jacko mit richtigem Namen Jonathan hieß. Es fiel ihr erst wieder ein, wenn sie an bestimmten Orten wie hier im Gesundheitszentrum daran erinnert wurde, weil es dort für Kosenamen zu ernsthaft zuging.

»Mußt du denn mit diesem Amerikaner ausgehen?« fragte Laura, als sie voller Unbehagen über ihrem hastigen Abendessen aus Dosensuppe und Toast saßen.

»Er ist Kanadier«, verteidigte Kate ihn, so als ob es ein wenig unanständig wäre, Amerikaner zu sein.

»Na, das ist doch so ziemlich dasselbe, oder?« gab Laura zurück. »Kanadier sind Amerikaner ohne Disneyland.«

»Das ist keineswegs dasselbe«, sagte Kate ruhig, »und überhaupt bin ich an Chris als Mensch interessiert, nicht an seiner Staatsbürgerschaft. Er hat auch kein Telefon; ich kann ihn also nicht anrufen.«

»Du willst tatsächlich mit ihm ausgehen!« sagte Laura anklagend.

»Ja, das will ich tatsächlich«, sagte Kate und bekam ein Lächeln zustande, obwohl Lauras Tonfall nicht freundlich gewesen war. »Ach, Lolly, nimm mir's nicht übel. Ich bin seit über einem Jahr mit niemandem mehr ausgegangen, der auch nur im entferntesten romantische Gefühle in mir geweckt hätte, und es hat mir Spaß gemacht, mir bei *Haarmode heute* die Haare machen zu lassen. Peggy ist eingesprungen und hat solange den Laden gehütet, und mit den elektrischen Lokkenwicklern hat es auch nur ein paar Minuten gedauert.«

»Und wenn Mr. Bradley gekommen wäre?« fragte Laura streng.

»Ist er aber nicht«, sagte Kate.

»Für Jacko und mich würdest du das nie tun!« sagte Laura in hartem Ton. »Na bitte! Dann geh halt! Du wirst dich bestimmt so glänzend amüsieren, daß es dir leichtfällt, das mit Jacko zu vergessen.«

Kate schaute sie über den Wohnzimmertisch hinweg an. Ihr Gesichtsausdruck war klar und kalt.

»Laura, dieser Ton steht dir mir gegenüber nicht zu«, sagte sie. »Du bist klug genug, um dir denken zu können, daß ich keine Verabredung getroffen hätte, wenn das mit Jacko voraussehbar gewesen wäre. Aber der Arzt hat gesagt, es sei nichts Ernstes, und schließlich bist du zu Hause, und Sallys Mutter ist gleich nebenan. Ich schreib dir die Telefonnummer von der Stadthalle auf – sie steht auch im Telefonbuch, aber die Nummer geht übers Rathaus –, und wenn Chris die Karten vorbestellt hat, schreibe ich dir auch noch die Platznummern dazu. Notfalls kann ich in zwanzig Minuten wieder hier sein. Du hast keinen Grund, dir Sorgen zu machen – oder auf mich böse zu sein, nur weil ich mir mal einen Abend freinehme.« Sie hörte sich bestimmt an und, wie Laura zugeben mußte, im großen und ganzen auch vernünftig. Ihr Groll verwirrte sie, und irgendwie kam sie sich gemein vor. Deshalb entschuldigte sie sich so halb und halb mit einem Blick, und später, als Kate ihr bestes Kleid und Strümpfe ohne Ausbesserungsstellen angezogen hatte, versicherte sie ihr so herzlich wie möglich, daß sie sehr hübsch aussehe. Trotz aller guten Vorsätze stellte sie erstaunt fest, wie unwillig ihr Tonfall klang, so als ob ihre Stimme nach eigenem Gutdünken handelte.

Noch erstaunter war Laura allerdings eine Weile später, als Chris kam – etwas früher als erforderlich – und Kate ihm mitteilte, daß sie nun doch nicht mit ihm ausgehen könne, da Jacko krank sei und sie sich ohnehin nur dauernd Sorgen um ihn machen würde. Sie könnte den Abend nicht richtig genießen, sagte sie, und die Konzertkarte wäre eine reine Verschwendung, weil sie ihm womöglich auch noch den Spaß verderben würde. Kate hatte über Lauras Proteste nachgedacht und sich wieder umentschlossen.

Chris, der lächelnd und aufgekratzt hereingekommen war, wußte nicht so recht, wie er sich verhalten sollte – ob er seine Enttäuschung hinter einer munteren, verständnisvollen Fassade verbergen oder sie offen und ehrlich eingestehen und seiner Rachsucht freien Lauf lassen sollte.

»Das ist ein ganz schöner Schlag!« sagte er. Er sprach mit sanfter Stimme, aber er sagte nicht: ›Das geht völlig in Ordnung, Kate. Mir ist klar, daß Jacko jetzt Vorrang hat.‹

»Es geht ihm soviel schlechter, als ich gedacht hatte«, entschuldigte sich Kate. »Gerade eben habe ich noch mal nach ihm gesehen, und er sieht – also, ich finde, er sieht furchtbar aus. Haben Sie schon Vorbereitungen getroffen, die Karten besorgt und so, oder wollten Sie's dem Zufall überlassen?«

»Ausnahmsweise hab ich's mal nicht dem Zufall überlassen.« Chris' Lächeln sah ganz so aus, als verhöhnte er sich selbst für seine gute Vorausplanung. »Das können Sie als Beweis für mein Interesse werten. Na, macht nichts. Wenn ich mich beeile, kann ich sie an der Kasse zurückgeben, noch bevor das Konzert anfängt – oder mir fällt mit ein bißchen Nachdenken vielleicht doch noch jemand ein, der alles stehen und liegen läßt und vom Fleck weg mit mir ins Konzert geht.«

»Es tut mir so leid«, sagte Kate. »Ich würde Ihnen die

Karte ja gern ersetzen, aber ich mußte schon fast eine Hypothek auf das Haus aufnehmen, um zum Friseur gehen zu können. Ich bin total pleite. Laura kann's bezeugen – seit mir klar wurde, wie krank Jacko ist, hab ich dauernd hin und her überlegt. Ich wollte ja auch mitkommen, noch bis zum letzten Augenblick. Schauen Sie nur, ich hab mein bestes Kleid an.«

»Und es sieht ganz reizend aus«, sagte Chris, was ja eigentlich ein Kompliment war, nur sagte er es ziemlich grimmig.

»Sie sind früh dran . . .« fing Kate an. »Ich kann Ihnen eine etwas zweifelhafte Entschädigung anbieten. Möchten Sie einen wirklich scheußlichen Sherry?«

»Dazu hab ich wohl keine Zeit mehr«, antwortete Chris, ohne auf die Uhr zu sehen. Dann zuckte er mit den Schultern, lächelte etwas widerwillig und meinte: »Na, vielleicht bleib ich doch noch auf einen wirklich scheußlichen Sherry, aber nur auf einen.«

»Sie könnten hinterher wiederkommen und Kaffee trinken – das heißt, falls Ihnen niemand einfällt, der Sie begleitet«, schlug Kate vor. »Lassen Sie's mich ein bißchen wiedergutmachen.«

»Ach, mir fällt bestimmt jemand ein«, gab Chris zurück. »Ich habe einen großen Bekanntenkreis, und selbst an einem Freitagabend können ja nicht alle schon etwas vorhaben – oder mit kranken Verwandten beschäftigt sein.«

»Geh doch, Mama«, sagte Laura, die jetzt ihrerseits die Fronten wechselte. »Ich schau nach Jacko, und nebenan ist ja auch noch Sallys Mutter – und du kannst mir die Nummer von der Stadthalle aufschreiben, das wolltest du doch vorhin. Wir kommen schon klar.«

»Nein!« sagte Kate störrisch. »Das darf ich gar nicht erst in Erwägung ziehen. Außerdem habe ich Chris den Abend inzwischen sowieso schon verdorben. Er weiß, daß ich nicht mit ganzem Herzen bei der Sache wäre.«

»Na, es ist Ihnen sicher nicht recht, wenn ich Sie hier noch lange aufhalte, wo Ihr Heim doch von Krankheit heimgesucht wird«, meinte Chris. Er hörte sich gelangweilt an, aber das Ganze war ihm offenbar auch peinlich. »Vielleicht melde ich mich mal wieder, wenn der Junge alles überstanden hat – was immer es ist, was ihm fehlt.«

Kate nickte. »Ich zieh mich schnell um«, sagte sie. »Wenn ich mein Kleid anbehalte, gieße ich mir bestimmt etwas von dem wirklich scheußlichen Sherry drüber, und der könnte ein Loch hineinbrennen oder die Farbe verändern oder so.« Damit ging sie in ihr Zimmer. Laura und Chris Holly blieben als verlegene, unfreiwillige Gefährten allein zurück.

›Misch dich da nicht ein!‹ hielt Laura sich vor, während sie Chris beobachtete, wie er mit seinem scheußlichen Sherry dasaß. Durch ihn wirkte ihr Wohnzimmer auf einmal irgendwie schmachvoll – verdüstert von Krankheit und nicht eingehaltenen Versprechen.

Chris stellte sein Glas ab und stand auf, ganz so, als müsse er jetzt aufbrechen. Seine ganze Haltung besagte *Tschüs! Macht's gut!*

›Auf Nimmerwiedersehen!‹ dachte Laura, und dann sagte sie, entgegen all ihrer leidenschaftlichen Vorsätze: »Wissen Sie, sie kann nichts dafür.«

»Wie?« fragte Chris. Er wandte sich zu ihr um, so überrumpelt, als hätte er vergessen, daß sie mit ihm im Zimmer war.

»Sie hat uns nun mal am Hals«, erklärte Laura. »Daran kann sie nichts ändern. Wir sind keine Bücher, die man zwischendrin weglegen kann, wenn's auch gerade noch so spannend ist, und dann nach Belieben wieder aufnimmt. Jacko ist ja nicht mit Absicht krank.«

Chris sagte nichts.

»Das würde nicht mal ich tun«, fügte Laura hinzu, »und dabei bin ich doch diejenige, der es unheimlich zumute ist, weil Kate mit irgendeinem dahergelaufenen Mann ausgehen will.«

Nachdem sie erst einmal losgelegt hatte, wollte sie ihm mit voller Absicht unverschämt kommen. Sie glaubte nicht, daß das Kate jetzt noch schaden könnte. Und in diesem Augenblick loderte der Haß gegen Chris hell auf, da seine Freundschaft mit Kate, so sprunghaft und unlogisch sie auch sein mochte, doch die Botschaft enthielt: ›Das glückliche Jahr, das Kate und Laura und Jacko allein miteinander verbracht haben, ist unwiederbringlich vorbei.‹

Aber anstatt wütend zu werden, weil sie ihn als dahergelaufenen Mann bezeichnet hatte, sah Chris sie nachdenklich an und setzte sich wieder hin. »Hab ich mich so benommen, als würde ich dir die Schuld daran geben?« fragte er. »Oder Kate?«

»Ja, schon, genauso war's. Also, es hat sich so angehört, als wollten Sie Kate ein bißchen bestrafen, obwohl sie doch gar nichts dafür kann.« Jetzt hätte er wirklich allen Grund gehabt, gekränkt zu reagieren, aber statt dessen schaute Chris sie mit plötzlich erwachtem Interesse an, so als ob sie nun als sie selbst, als Laura, seine Beachtung gefunden hätte, nicht nur als Kates überflüssige Tochter.

»Wenn das stimmt, dann hab ich's ganz schön an Teilnahme fehlen lassen«, sagte er schließlich.

Laura war jetzt gezwungen, sanfter mit ihm umzuspringen, weil auch er sich ihr gegenüber sanft verhielt.

»Doch, das stimmt schon«, sagte sie, »und für Mama ist das schrecklich. Zuerst rede ich ihr Schuldgefühle ein, weil sie ausgehen will, und dann kommen Sie und sorgen noch für viel schlimmere Schuldgefühle, weil sie *nicht* weggeht.«

Ihr Zorn versiegte, und obwohl sie sich alle Mühe gab, ihre Stimme kühl zu halten, nahm sie doch einen entschuldigenden Tonfall an.

»Sie wollte wirklich mit Ihnen ins Konzert. Für meinen

Geschmack hat sie sich sogar ein bißchen zu sehr darauf gefreut...« Laura brach ab. Ihre aggressiven Ansätze waren allesamt erschöpft. Was als Vorwurf begonnen hatte, hörte sich allmählich wie ein Geständnis an. Wenn ich so weitermache, dachte Laura, werde ich mich im nächsten Moment auch noch bei ihm entschuldigen.

»Natürlich gebe ich ihr nicht die Schuld«, sagte Chris schließlich. »Es ist nur so, daß ich mich sehr darauf gefreut habe, mit deiner Mutter auszugehen, ja? Und plötzlich – ein krankes Kind – das kann fast alles bedeuten. Mir ist zum Beispiel der Gedanke gekommen, daß sie das möglicherweise nur vorschiebt, um mir den Laufpaß zu geben. Ich bin mir meiner faszinierenden Ausstrahlung gar nicht immer so sicher. Du würdest dich wundern – na, ich will's jedenfalls hoffen, daß du dich wundern würdest –, wie viele Leute mich schon absolut widerstehlich gefunden haben...« Er legte eine Pause ein, und Laura sagte nichts, weil sie damit erst einmal klarkommen mußte.

»Kate hat mir gesagt, daß dein Vater euch vor ein paar Jahren verlassen hat, und ich habe ihr daraufhin von meiner Frau erzählt, mit der ich dasselbe erlebt habe. Naturgemäß bin ich der Ansicht, daß das ein Fehler von ihr war.« Er lächelte Laura ziemlich spöttisch zu, um ihr zu zeigen, daß sie sich über seine Einschätzung der Dinge ruhig lustig machen konnte. »Aber seither kommt mir jedes Zögern so vor, als könnte es an mir liegen – weil ich's vielleicht einfach nicht bringe, ja?«

Laura hatte das unbehagliche Gefühl, daß er ihr gegen ihren Willen Verständnis für seine Lage abgeluchst hatte.

»In einem Punkt hat Kate jedenfalls völlig recht«, fügte er aus vollstem Herzen hinzu. Es klang ganz so, als setzte er das Gespräch fort, während er in Wahrheit geschickt das Thema wechselte. »Der Sherry ist wirklich scheußlich!«

»Er war sehr billig«, sagte Laura. »Wir sind ganz groß darin, günstige Sonderangebote einzukaufen.«

»Ein solcher Sherry kann nie im Leben ein günstiges Angebot sein«, sagte Chris.

Jetzt fühlte sich Laura zu weiteren Erklärungen verpflichtet.

»Nicht, daß wir arm wären.« Zweifelnd schaute sie sich um. »Nicht richtig arm. Das Haus gehört uns, und es gibt viele Leute, die nicht in einem Eigenheim leben. Aber es geht bei uns normalerweise knapp zu. Meine Mutter verdient in der Buchhandlung nicht so viel, und mein Vater schiebt die Unterhaltszahlungen oft auf die lange Bank. Mamas Rechtsanwalt muß ihm immer wieder hinterherjagen. Und es ist eine ganze Menge, was Jacko und ich so kosten. Über den Alltagskram hinaus können wir uns nicht viel leisten.« Obwohl sie es gar nicht wollte, redete sie mit Chris, als gehörte er zur Familie.

In diesem Augenblick kam Kate ins Zimmer zurück. Sie hatte alte Sachen an, Rock und Bluse.

»Nicht nur, daß Sie mich sitzenlassen – jetzt versuchen Sie auch noch, mich zu vergiften«, sagte Chris Holly, und etwas in seiner Stimme glättete Kates Gesichtszüge zu einem erleichterten Lächeln.

»Wie geht's dem Jungen?«

»Er schläft immer noch, Gott sei Dank«, antwortete Kate. »Sie müssen das Zeug nicht austrinken, wenn Sie nicht wollen. Dieser Sherry war keine besonders schlaue Idee von mir. Eigentlich ist er ein Symbol. Er stellt nämlich den guten Sherry dar, den wir eines Tages haben werden, wenn wir reich sind.«

»Ich sollte jetzt wohl besser die Karten zur Stadthalle zurückbringen«, sagte Chris. Er stand wieder auf, zögerte dann wieder ein wenig und schaute zwischen Kate und Laura hin und her, als ob er über etwas nachdenken würde.

»Kate, vielleicht komme ich doch noch auf das Kaffee-Angebot zurück, wenn die Einladung nach wie vor gilt«, sagte er.

»Aber ja!« rief Kate mit so unverhüllter Freude, daß Laura

für sie rot wurde. »Ich muß Ihnen aber ein Geständnis machen – es ist bloß Pulverkaffee. Der Sherry ist symbolisch und der Kaffee Pulver.«

»Wenn's weiter nichts ist – damit werde ich schon fertig. Vergessen Sie nicht, daß ich einen Studienabschluß in Philosophie habe«, sagte Chris. »Das ist ein viel praktischeres Studium, als man ihm gemeinhin zugesteht. Symbolischer Sherry – das bewältigt ein Philosoph mit links.« Und damit ließ er sie allein.

Laura stellte fest, daß sie mit Kate schon wieder nicht einverstanden war. »Du solltest das nicht so zeigen, wie sehr du an ihm interessiert bist«, sagte sie.

»Warum nicht? Das ist doch schmeichelhaft für ihn, oder?« erwiderte Kate und begann die Suppentassen wegzuräumen, stumme Zeugen einer hastigen, ungemütlichen Mahlzeit.

»Er wird annehmen, daß du ihn einfangen willst«, meinte Laura dunkel, und Kate lachte. Von der Küchentür aus warf sie einen Blick zurück.

»Er ist ein erwachsener Mensch – er kann auf sich aufpassen«, sagte sie. »Und vorhin hab ich auch wirklich geglaubt, daß er genau das tun würde.« Jetzt hörte sie sich allmählich wieder ziemlich verschmitzt an.

»Er ist ganz okay, wenn man nichts gegen Kahlköpfe hat«, murmelte Laura. Obwohl sie ihm doch selbst dabei geholfen hatte, schockierte es sie von neuem, mit welcher Leichtigkeit sich Chris in ihr Leben einschlich.

»Also, ein bißchen Glatze stört mich nicht«, sagte Kate klipp und klar. »Dichtes Haar ist mir inzwischen schon langweilig geworden.« (Lauras Vater, Stephen, hatte auffallend kräftiges, dichtes Haar, so wie das von Laura.) »Und ich find's langweilig, solche Spielchen zu spielen – mich als gar nicht so interessiert zu geben, so zu tun, als wär's mir ganz egal, ob er geht oder bleibt . . . Wenn er so kindisch ist, daß er das braucht, dann würde ich früher oder später auch ihn langweilig finden. Ich mag ihn, und das soll er auch ruhig wissen.«

»Wie war das mit der Philosophie?« fragte Laura besorgt. »Er ist doch kein Philosoph, oder?« Wenn Kate nun mal unbedingt einen Freund haben mußte, dann konnte es nur von Vorteil sein, wenn er reich wäre. Und Laura spürte instinktiv, daß Philosophen ihre Philosophie brauchten, weil sie kein Geld hatten.

»Er ist gleich das Nächstbeste nach einem Philosophen . . .« sagte Kate. »Er ist Bibliothekar in der Zentralbibliothek . . . leitet dort die Neuseelandabteilung.«

»Ein Kanadier, der die Neuseelandabteilung leitet!« rief Laura aus. »Wieso macht das denn nicht ein guter, ehrlicher Kiwi-Bibliothekar aus Neuseeland?«

»Vielleicht wird in Bibliothekskreisen gerade das Internationale Austauschjahr gefeiert«, vermutete Kate. »Oder die Völkerverständigung soll gefördert werden.«

»Es gibt sowieso schon viel zuviel Verständigung und Verständnis auf der Welt«, verkündete Laura. »Ich weiß nicht, wieso das für so was Tolles gehalten wird. So viele Dinge, für die man Verständnis aufbringen soll, sind ekelhaft.«

Eine Stunde später kehrte Chris zurück und sagte, daß er die Karten erfolgreich zurückgegeben habe, und wenn es Jacko besserging, könnten Kate und er ja versuchen, gemeinsam in ein anderes Konzert zu gehen. Er kam mit Geschenken – einer Flasche Limonade und einer Flasche unsymbolischem Sherry, von dem er eine Kostprobe vorschlug, um damit die Erinnerung an den symbolischen Sherry auszulöschen. Laura bekam ein wenig davon in ein Glas, das mit Limonade aufgefüllt wurde.

»Das macht es wieder symbolisch, aber anders symbolisch«, sagte Chris. »Kate meint, du brauchtest einen klaren Kopf für deine Hausaufgaben.«

Nebenan bei Jacko blieb es ruhig.

Laura versuchte sich auf ihre Hausaufgaben zu konzentrieren, während Kate ihren Buchhandelskurs vor Chris ausbreitete.

»Ich geb ja gern zu, daß das nicht gerade die beste Unterhaltung ist«, sagte sie, »aber ich hab nun mal zur Zeit kein Klavier und kann Ihnen daher nichts vorsingen.«

Sie lachten beide, obwohl Laura das nicht so besonders witzig fand. In Kates Schlafzimmer gab Jacko plötzlich ein seltsames Kreischen von sich, wie von einer Elster.

»Ich geh hin«, sagte Laura. »Ich brauche sowieso mal eine Atempause von meiner Hausaufgabe für Geschichte.« Sie drückte die Tür zu Kates Zimmer auf und ging hinein. Das Licht machte sie nicht an, denn vom Wohnzimmer hinter ihr fiel ein Lichtstrahl über ihre Schulter direkt auf die Kissen. Sie konnte Jacko ganz deutlich sehen.

Das ganze Zimmer schien in einem schmutzig-süßlichen Hauch keuchend nach Atem zu ringen. Bevor Laura sich dagegen wehren konnte, hatte sie ihn ebenfalls schon eingeatmet. Der Geruch nach schalem Pfefferminz war unverkennbar.

Jacko wandte langsam den Kopf, um sie anzusehen. Neben ihm auf dem Kissen lag seine Schmusedecke, aber er zeigte keinerlei Interesse an ihr. Er lächelte gräßlich verzerrt, die Zähne unnatürlich groß, sein Gesicht um das Lächeln herum wie eingeschrumpft. Aber seine Augen – wenigstens die Augen waren immer noch seine eigenen, obwohl in ihnen eine stille Tränenflut stand. Eine klamme Hand zwang Laura neben Jackos Bett auf die Knie. Es war nichts Geringeres als die Hand des nackten Grauens. Einen Augenblick später fing Lauras Herz so heftig an zu hämmern, daß in all ihren Knochen bis ins innerste Mark hinein Alarm ausgelöst wurde und die Welt erzitterte, sich ganz und gar hinwegvibrierte und nichts mehr von ihr zu spüren war außer den blanken Dielenbrettern unter Lauras Knien.

Laura konzentrierte sich auf dieses Gefühl, bis die Welt Stück für Stück zu ihr zurückkehrte und sie ihre Kleider an sich kleben spürte, wie bei großer Hitze. Jetzt fühlte sie auch das Gewebe von Jackos Decke, an der sie sich mit Daumen und Zeigefinger festgekrallt hatte, als wolle sie etwas Wolle davon losreißen. Nur wenige Sekunden waren verstrichen, aber die Zeit, angetrieben von der geballten Kraft, die von Lauras Angst ausging, hatte sich abermals verschoben. Möglicherweise gab es dafür kleine dreieckige Formeln, die sie nächstes Jahr im Physikunterricht der fünften Klasse durchnehmen würde – Zeit dividiert durch Furcht multipliziert mit Einbildungskraft und so weiter.

Jacko weinte immer noch und lächelte dabei, aber das Lächeln verblaßte jetzt.

»Alles in Ordnung, Lolly?« rief Kate von nebenan.

»Es geht ihm nicht so besonders, glaub ich«, gab Laura langsam zurück. »Aber es gibt nichts Neues.«

Es gab nichts Neues, aber es handelte sich nach wie vor um eine Sache, von der nur sie wußte und zu der andere Leute keinen Zugang hatten. Sie konnte beim Singen den Ton nicht halten, aber sie war in der Lage, geheimnisvolle Schwingungen aufzufangen, und ein bestimmter Teil ihres Gehirns konnte diese Schwingungen verstehen und auch deuten.

»Ich mag das nicht«, sagte Jacko mit winzig kleinem, dünnem Stimmchen. »Der Fuchs frißt den Lebkuchenjungen auf.«

»Es war nur ein böser Traum«, sagte Laura. Sie goß ihm aus dem Krug, den Kate auf seinen Nachttisch gestellt hatte, ein Glas Wasser ein. Jetzt sah er wieder ganz so aus wie sonst.

»Laura wird den bösen Fuchs einfangen, Jacko«, versprach sie. »Es dauert vielleicht noch ein bißchen, aber Laura wird ihn fangen.«

Einen Augenblick später machte er die Augen zu und schlief ein.

Laura kehrte ins Wohnzimmer zurück. Kate schaute besorgt auf, aber Laura lächelte und nickte ihr beruhigend zu. Wieder kam es ihr in den Sinn, daß Kate und Chris sich wie alte Bekannte unterhielten und nicht wie zwei Leute, die sich erst gestern kennengelernt hatten. Aber während sie darüber nachdachte, wurde Laura klar, daß ›gestern‹ keine große Bedeutung mehr für sie hatte. Die Zeit war wirklich aus den Fugen geraten, und der gestrige Tag kam Laura so vor, als erstreckte er sich bis an die äußersten Grenzen ihres Erinnerungsvermögens ... Gestern war Sorry Carlisle an ihre Schule gekommen ... ihr Vater hatte sie erst gestern verlassen und war zu Julia gezogen. Jacko war gestern geboren worden und sie selbst ebenfalls ... In der gesamten Weltgeschichte hatte es nur einen Tag gegeben, und das war der gestrige Tag, also kannten sich vielleicht auch Kate und Chris schon seit ewigen Zeiten.

»Mama, ich bin fertig mit den Hausaufgaben«, sagte Laura, was nicht ganz der Wahrheit entsprach. »Kann ich mal kurz zu Sally gehen – vielleicht ein bißchen fernsehen? Ihr seht nicht so aus, als ob ihr mich vermissen würdet.« Es wollte ihr nicht gelingen, auf jeglichen sarkastischen Unterton zu verzichten, und deshalb lächelte sie zum Zeichen dafür, daß sie es nicht böse meinte.

»Von mir aus«, antwortete Kate, die Lauras Tonfall ebenso wie ihr Lächeln bemerkt hatte und ihr einen trockenen Blick zuwarf. »Bleib aber nicht zu lange, ja?«

»Nein«, sagte Laura. »Ich hab Sally schon seit Montagabend nicht mehr gesehen, das ist alles. Wenn mir auf der Straße irgendwelche bösen Männer und Kinderschänder begegnen, dann schreie ich, und Chris kann dann als Retter in Aktion treten.« Das war ein Test, ob man Chris aufziehen konnte. Schließlich war er Bibliothekar und gehörte nicht zu diesen Machotypen wie die Bandenmitglieder im Video-Spielsalon von Gardendale.

»Mit Freuden!« sagte Chris. »Du mußt nämlich wissen, daß ich den schwarzen Gürtel habe.«

»In Judo?« fragte Laura ungläubig.

»In Philosophie«, sagte Chris. »Ich bin ein großer Verehrer von Bischof Berkley. Allen bösen Männern halte ich seine Theorie entgegen, daß sie eine Vorstellung im Geist Gottes sind und nur daraus ihre Existenz beziehen. Und weil Kinderschänder vermutlich alle Atheisten sind, werden sie aufhören, an sich selbst zu glauben, und damit hören sie auch auf zu existieren.«

»Wenn Sie Ihre Argumente so richtig gut anbringen, dann hör ich vielleicht auch auf zu existieren«, sagte Laura.

»Ach, ich glaube nicht, daß du dich von mir überzeugen lassen würdest«, erwiderte Chris, und Laura lachte ein wenig widerstrebend und ging aus dem Haus.

Es war ein warmer Abend. Sie hatte keinen Mantel dabei, obwohl sie gar nicht zu Sally ging. Was sie über die Hausaufgaben gesagt hatte, war gelogen gewesen, und der Besuch bei Sally ebenfalls. Durch die gefährliche Nacht hindurch ging sie etliche Häuserblocks weit bis ganz ins Zentrum der Gardendale-Vorstadtsiedlung, zu Sorry Carlisle natürlich, Aufsichtsschüler aus der siebten Klasse und insgeheim eine Hexe.

Janua Caeli

Früher einmal hatte die Familie Carlisle auf einer Farm am Stadtrand gelebt. Das ganze Gardendale-Tal, das damals allerdings noch anders hieß, hatte ihnen gehört. Aber die Stadt kroch immer weiter vorwärts, eine fleißige Amöbe, die sich ausdehnt und alles aufsaugt, was ihr in den Weg kommt. Der

Wert von Grund und Boden veränderte sich. Das Land wurde Bauerschließungsland, und als der alte Farmer starb, teilten seine Brüder, die selbst Stadtleute waren, Felder und Wiesen auf und verkauften das Land, auf dem Pferde und Schafe geweidet hatten. Sie schafften die Kühe und den Stier ab und schickten den Bulldozer her. Als an den Straßen, die vor den Häusern erstanden, die Straßenbeleuchtung installiert wurde, war das Gebiet eine Zeitlang in gespenstisches Licht getaucht. Bei Nacht erstrahlte es in hellem Glanz, durchzogen von Straßen, in denen niemand wohnte, und Bürgersteigen, auf denen niemand ging.

Nach und nach aber wurden die Grundstücke verkauft, und überall schossen die Wohnhäuser der Gardendale-Vorstadtsiedlung aus dem Boden, jedes auf seinem eigenen Grund und Boden, ein bunter Hautausschlag auf dem unterjochten Land. Auf die Farm war eine planmäßige Verheerung gefolgt. Nach der Verheerung setzte nun in Windeseile Gemütlichkeit ein.

Im Herzen der Vorstadt aber, zwischen den neuen Häusern mit ihren kleinen Gärtchen, ihrer Kahlheit und dem immerwährenden herbstlichen Geflatter von roten Baumschule-Schildern an jungen Bäumchen, stand ein Wald aus silbrigen Birken und Pappeln. Er ragte über die hohe Hecke hinaus, die in früheren Zeiten den Rasen hinter dem Haus der Carlisles vom Obst- und Gemüsegarten abgetrennt hatte. Hinter dieser Hecke, unter den Bäumen, wohnte Sorensen Carlisle, der stotternde Sohn der alteingesessenen Familie, mit seiner Mutter und der Großmutter. Jeden Tag, wenn er sich auf den Schulweg machte, tauchte er hinter dieser holzigen Hecke auf, die im Frühsommer zu einem märchenhaften Wandteppich aus Tom-Thumb-Rosen erblühte, und fuhr mit seiner Vespa die zwei Meilen zur Schule.

Das Haus hatte einen Namen und ein Eingangstor, die beide noch zu der entschwundenen Farm gehörten. Es hieß

Janua Caeli, und die Buchstaben waren tief in die Steine der großen Torpfosten eingraviert. In der Umgebung war es allerdings hauptsächlich als »das alte Haus der Carlisles« bekannt.

Ein böiger Nordwestwind blies Wolken über das Gesicht des Mondes, der noch nicht ganz voll war. Doch wann immer er konnte, schien der Mond mit einem bedrohlichen, immer wieder unterbrochenen Licht auf die neuen Gärten, ließ sie seltsam und verkümmert aussehen, während an den Rändern von Gardinen und Rollos die Fernseher flimmerten und ihr zuckendes Licht warfen. Manchmal waren die Vorhänge noch nicht zugezogen, und dann bekam Laura Einblick in das Leben der Leute, konnte sehen, wie sich ihre Lippen ohne Worte bewegten und wie sie über Witze lachten, die sie nicht hören konnte. Es war, als blickte man durch ein Guckloch in eine Familienserie hinein, aber Laura lief rasch weiter, denn sie wußte, daß sie als Fremde aus dem Dunkel kam und in der Intimsphäre herumspionierte.

Jemand kam ihr auf der Straße entgegen. Als Laura Schritte hallen hörte, bog sie an einer Auffahrt ein und versteckte sich hinter einem Auto, bis die Schattengestalt des Mannes vorübergegangen war. In der Vorstadt wohnten lauter junge Familien, aber dennoch war es nachts gefährlich. Vor zwei Monaten war eine ältere Frau ausgeraubt und ermordet worden, nachdem man sie vor ihrem eigenen Fernseher mit Draht gefesselt hatte. Und nur zehn Tage später war ein unansehnliches, fülliges Mädchen aus der siebten Klasse, Jacynth Close, unter den Bäumen am Rand des Gardendale-Erholungsgebiets zusammengeschlagen und vergewaltigt worden. In der Schule wurden verklemmte Witze darüber gerissen, wie verzweifelt der Vergewaltiger gewesen sein mußte, aber Laura war über diese Ungerechtigkeit auf der Welt zutiefst entsetzt gewesen, denn zum Ausgleich dafür, daß Jacynth so reizlos war, hätte ihr Aussehen sie doch zumindest vor solchen Brutalitäten bewahren müssen. Dieser Vorfall hatte Laura klar vor Augen geführt, daß so etwas auch sie treffen konnte. Dazu war nichts weiter nötig, als daß sich zu einem geeigneten Zeitpunkt ihr Weg mit dem eines passenden Wüstlings kreuzte, und die Dunkelheit war dafür die allergeeignetste Zeit.

Laura konnte mit diesem neuen, in mancher Hinsicht geradezu aufreizend weiblichen Körper, der sich in letzter Zeit aus ihrem früheren Kinderkörper entfaltet hatte, noch nicht unbefangen umgehen, aber ihr blieb nichts anderes übrig, als seine Vor- und Nachteile ebenso hinzunehmen wie die Notwendigkeit zu Vorsichtsmaßnahmen, die nun geboten waren. Daher nahm sie sich in acht und umging helle Stellen, an denen Lichtkreise ineinander übergingen. Sie war sich allerdings nicht sicher, ob es besser war, sich sehen zu lassen und auch andere zu sehen, oder ob sie sich im schattigen Dunkel halten und dafür das Risiko eingehen sollte, daß der Wüstling dort vielleicht verborgen auf der Lauer lag und auf sie wartete.

Janua Caeli

verhießen die Torbögen des alten Carlisle-Wohnsitzes in metallener Einstimmigkeit. Das Tor war verschlossen, aber nicht mit Vorhängeschloß und Kette. Um dem Widerstand auf den Grund zu kommen, rüttelte Laura vorsichtig daran, stellte fest, daß das Tor verriegelt war, und sagte den Namen des Hauses wie einen Zauberspruch auf, während sie mit dem Riegel kämpfte.

»Janua Caeli«, sagte sie, und dabei gab der Riegel nach und zwickte sie schmerzhaft in die Hand. Laura schlüpfte durchs Tor, verriegelte es hinter sich und ging eine dunkle, schotterbestreute Auffahrt hinauf. Unterwegs lutschte sie an ihren Fingern, damit sie sich von ihren Leiden möglichst bald wieder erholten.

Schlagartig war Laura vom Geruch unbeschnittener

Bäume umgeben, und mit dem Geruch kam die Überzeugung, daß sich aus den Schatten jederzeit wilde Tiere auf sie stürzen könnten ... daß sie jeden Augenblick damit zu rechnen hatte, um ihr Leben rennen zu müssen. Dennoch machte ihr dieses Gefühl nichts aus, denn es barg eine gewisse Poesie in sich, die in der fröstelnden Beklommenheit da draußen auf der Straße nicht enthalten gewesen war. Immer noch besser, von einem Tiger mit goldenen Augen gefressen zu werden, als Schläge und Vergewaltigung von den Wüstlingen der Gardendale-Siedlung über sich ergehen lassen zu müssen. Schließlich war die Welt so oder so grausam, dachte Laura, und hinter den gardinenverhangenen Fenstern einer Familie konnte es genauso brutal zugehen.

Einen Augenblick lang hatte sie den Gartenweg verloren, und während sie still dastand und versuchte, ihn wiederzufinden, streifte etwas Weiches, das vor lauter Lebendigkeit wie elektrisch aufgeladen war, an ihrem Bein entlang, so daß sie vor Schreck nach Luft schnappte. Gleich darauf erkannte sie, daß es die kleine Kusine der Tiger war, eine Katze, die von den dunklen Schatten nicht zu unterscheiden war, so daß es sich nur um eine schwarze Katze handeln konnte.

Laura sah nun, daß der Weg nach links abgebogen war. Sie folgte den Anhaltspunkten, die ein schwacher Lichtschein ihr gab. Das Licht wurde stärker, als sie unter den Bäumen hervorkam und einen Hof betrat, der voll von riesigen Schachfiguren und Hofhähnen zu sein schien. Zwei Schatten begleiteten sie nun, ein schwacher grauer Mondschatten und ein viel dunklerer, der hinter ihr herglitt und von dem freundlichen Begrüßungslicht über der Tür herrührte. Der Mondschatten achtete nicht darauf, daß sie auf die Tür zuging, aber der Schatten der Lampe geriet ins Wanken und wich wie ein ängstlicher Hund immer wieder vor ihr zurück.

Von solchen Gestalten, wie sie den Hof bevölkerten, hatte Laura schon gelesen, ohne aber je zuvor so etwas gesehen zu haben – es handelte sich dabei um eine Gruppe kunstvoll beschnittener Bäume, zum Teil in Eimern eingepflanzt. Die Bäume waren zu Formen zurechtgestutzt, die sie von Natur aus niemals angenommen hätten. Nervös ging Laura zwischen ihnen hindurch. Man konnte sich unschwer vorstellen, daß einer von diesen Riesenhähnen vielleicht echt war und womöglich gerade jetzt den Kopf wandte, um auf sie herunterzusehen, während sie unter seinem Schnabel einherging. Aber sie gelangte unbehelligt zur Tür und stellte erfreut fest, daß sie aus schweren Balken bestand, sehr dick, alt und stabil, bestens dazu geeignet, unfreundliche Mächte auf Abstand zu halten.

Einen Augenblick lang hatte Laura das Gefühl, als ob aus den Tiefen der Holzbalken ein Gesicht zu ihr herausschaute, aber es war nur ein Türklopfer, ein metallenes Fabelwesen, das gefälligerweise einen Ring im Mund trug. Sie klopfte mutig an die Tür, denn sie hatte diesen dunklen, halb verzauberten Weg schließlich nicht hinter sich gebracht, um jetzt am Schluß doch noch zu zaudern.

Sorrys Mutter, Miryam Carlisle, machte auf. Sie konnte nicht viel älter sein als Kate, aber ihr Haar war schon ganz weiß. Sie war sehr groß, vielleicht sogar über einsachtzig, und obwohl Laura ihr Gesicht nicht deutlich erkennen konnte, war sie doch in der Lage, es sich aus dem Gedächtnis auszumalen – sehr kühl und gelassen und immer nahe dran, einen anderen, weniger beherrschten Ausdruck anzunehmen, ohne daß es jedoch tatsächlich dazu kam.

»Mrs. Carlisle«, sagte Laura, »bitte entschuldigen Sie, daß ich so spät noch störe, aber könnte ich vielleicht mit Sorry sprechen – das heißt, mit Sorensen?«

»Laura Chant!« rief Miryam Carlisle zu Lauras Verblüffung, denn sie hatte keineswegs damit gerechnet, erkannt zu werden. »Komm nur herein. Wir hatten gehofft, daß du uns eines Tages besuchen würdest.«

Laura trat in einen Flur, in dem es nach Blumen duftete. Durch einen hohen Türbogen gegenüber dem Eingang fiel sanftes Licht herein und enthüllte wahre Wunder: eine geschnitzte Truhe, ein schlankes Tischchen mit verschnörkelter Einlegearbeit aus Elfenbein und Perlen, eine riesige Vase mit bunten Blumen, purpurroter und rosa Fingerhut, der sich wie Spieße vor der weißen Wand abzeichnete, und auf einem zweiten Tischchen eine Glasplatte mit einer flachen Schale voll bunter Blütenblätter, reich verziert mit blauen und grünen Kolibris.

Alle diese Gegenstände zeugten davon, daß die Menschen, die hier lebten, noch eine andere Zeitebene in ihrem Besitz hatten als die, über die Kate und Laura verfügen konnten. Keine wilde Suche am Morgen nach einem verlorengegangenen Schuh, kein Gehetze über den Gartenweg und kein Anschieben, damit das Auto zum Leben erwachte und Schule und Arbeitsstelle pünktlich erreicht werden konnten. Diese Leute hatten die Zeit dazu, Blütenblätter in eine Schale zu füllen und Blumen zu arrangieren. Sie mochten besser planen als Kate – Laura war gerecht genug, das einzuräumen –, aber sie begriff auch, daß dieser Flur die Vorteile ausstrahlte, die Geld bieten konnte, und dazu gehörte auch Zeit. Es war vielleicht sogar nicht einmal unfair, Sorry um seines Reichtums willen zu lieben, denn man liebte damit die Chance auf Harmonie und Schönheit, die dem Reichtum innewohnte.

In dem erleuchteten Bogen tauchte eine Gestalt auf – die alte Mrs. Carlisle, die, wenn sie sich aufrichtete, genauso groß war wie Miryam, aber rundlichere Formen besaß, wie mit Kissen ausgestopft. Den Kopf vorgeschoben wie eine elegante Schildkröte, sah sie schweigend zu, wie Miryam und Laura vor einer der Türen stehenblieben, die vom Flur abzweigten.

»Das ist Sorensens Studierzimmer«, erklärte Miryam, während sie an die Tür klopfte, und Laura versuchte sich vorzustellen, wie das wohl war, wenn man eine Tür hatte, an der tatsächlich angeklopft wurde – eine Tür, hinter der auch sie still und geheimnisvoll sein könnte.

»Was gibt's« fragte eine Stimme hinter der Tür – die Stimme von Sorry Carlisle, daran bestand kein Zweifel, nicht tiefer, aber dunkler als seine Stimme in der Schule.

»Es ist Laura Chant«, sagte Miryam und machte die Tür auf. Laura registrierte voll Erstaunen, mit welcher Vertrautheit ihr Name genannt wurde. Sie war hier bekannt, auserwählt aus der restlichen Einwohnerschaft von Gardendale, obwohl sie in diesem Haus noch nie zu Besuch gewesen war.

Ganz plötzlich und unvorhergesehen war Laura befangen. Verlegen betrachtete sie das Zimmer hinter Sorry, der am Schreibtisch saß und sich zu ihrer Begrüßung halb erhob. Als allererstes sah sie einen richtigen Bücherschrank voller Bücher, von denen nur wenige, falls überhaupt welche, aus der Kiste mit den ausgeschiedenen Büchern der Stadtbibliothek zu stammen schienen. Mit Büchern hatte sie aber ohnehin gerechnet. Außerdem besaß Sorry noch ein altes kleines Ledersofa, abgeschabt, aber immer noch gut und mit Patchwork-Kissen fröhlich aufgeputzt, und richtige Gemälde an der Wand, bei denen die Spuren des Malerpinsels der Bildoberfläche Struktur verliehen. Unter den Bildern befand sich auch ein Poster mit einer nackten Frau, und daneben stand in einem hölzernen Rahmen ein vollständiges menschliches Skelett, gelblichweiß, glänzend und lächelnd. Direkt darüber hing eine bemalte Maske, die lustig war – und furchterregend, gerade weil sie trotz ihrer Starrheit so einen lustigen Eindruck machte.

Bei der Vorstellung, solche Herrlichkeiten zu besitzen und Tag für Tag mit ihnen leben zu können, wollte Laura schon ein Seufzer entschlüpfen. Aber dann sah sie, daß ein ganzes Fach im Bücherschrank mit solchen Liebesschnulzen vollstand, für die Kate und sie nur Verachtung übrighatten, und da fühlte sie sich wieder stark, so als wären die Romane ein Beweis dafür, daß Sorry auf einer unzulänglichen Entwicklungsstufe stehengeblieben war, die sie selbst schon hinter sich gebracht hatte.

Die Katze glitt an ihren Beinen vorbei und sprang Sorry auf die Knie, wo sie verschwand, denn er trug Schwarz, und seine größere Schwärze saugte die geringere Schwärze der Katze auf. Noch bevor sie ihn richtig anschaute, sah Laura bereits, daß dies ein anderer Sorry Carlisle war als der, den sie aus der Schule kannte. Sein schwarzer Morgenmantel oder Kaftan gehörte mit zu dieser Verwandlung; ebenso auch seine Hände, mit denen er die Katze streichelte und dadurch immer wieder umformte. Denn seine Finger steckten voller Ringe, manche davon alt und wunderschön, vielleicht Geschenke von seiner Großmutter, die ebenfalls viele Ringe trug. Als Laura ihm jedoch ins Gesicht schaute, was sie unvermeidlich irgendwann einmal tun mußte, da standen ihr schlicht und ergreifend die Haare zu Berge, denn in diesem Zimmer war er um eine Dimension erweitert, nicht mehr so klar durchschaubar, nicht mehr so mild, nicht mehr so *gut* – vor Schwärze überquellend. Dabei starrte er sie so fassungslos an, als ob es auf ihn eine ganz ähnliche Wirkung ausübte, daß sie im Türrahmen seines Zimmers aufgetaucht war, ein erhoffter und gefürchteter Besuch, ein Test, dem er sich nun stellen mußte, ohne darauf vorbereitet zu sein.

Es ist eine Sache für sich, Angst zu haben und wie vor den Kopf geschlagen zu sein; dann aber feststellen zu müssen, daß man *selbst* seinem Gegenüber auf irgendeine unerklärliche Weise Angst einjagt, steht auf einem ganz anderen Blatt. Wenn sie nicht Jackos Bild vor Augen gehabt hätte, wäre Laura auf der Stelle umgekehrt und davongelaufen. Gleichzeitig stellte sie erleichtert und mit einer gewissen Befriedigung fest, daß Sorry am Haaransatz ein paar Pickel hatte. Daß eine Hexe wie jeder normale Mensch Pickel haben konnte, verlieh ihr neue Zuversicht.

Die Katze auf seinen Knien ließ die Muskeln spielen und fing an zu schnurren, dabei sah sie mit funkelnden Augen zu Laura hinauf.

»Komm doch herein«, sagte Sorry. »Was ist dir denn in die Quere gekommen, Chant?«

›Ein Tiger!‹ schoß es Laura als Antwort durch den Kopf, während sie nervös ins Zimmer tappte. Miryam Carlisle blieb im Türrahmen stehen und sah ihr zu. Sorry hatte sich von seiner sonderbaren Verwunderung wieder erholt und lächelte ein Lächeln, das sowohl neugierig als auch unheilverkündend war.

»Was hat dich in meine Fänge getrieben?« fragte er bedeutungsvoll. »Es ist schon ganz schön spät, um noch einen Mann in seinem Zimmer aufzusuchen, Chant.«

»Ich hab meine Schuluniform an«, sagte Laura. »Wird es dadurch besser oder schlimmer?« Sie war nie dahintergekommen, weshalb er sie immer mit ihrem Nachnamen ansprach, aber es störte sie nicht.

Sorry lachte ein bißchen, so als hätte ihn ihre Antwort überrascht.

»Die genauen Anstandsregeln für einen solchen Fall kenne ich auch nicht«, gab er zu. »Ich glaube nicht, daß ich darüber schon mal in irgendeinem Buch etwas gelesen habe. Komm, setz dich.«

Laura setzte sich. Zwischen den Patchwork-Kissen kam sie sich schäbig vor, und Sorry musterte sie, als wäre sie ein Mannequin, das sich nur seinetwegen zur Schau stellte.

»Deine Schuluniform ist übrigens zu kurz«, fügte er hinzu. »Wenn du dich hinsetzt, sollte sie noch bis zu den Knien reichen. So steht's in der Schulordnung.«

Laura sah ihn an. Sie war auf der Hut, weil sie diese Bemerkung nicht mißverstehen wollte.

»Ich habe den Saum so weit wie möglich ausgelassen«, erklärte sie.

»Du brauchst eine neue«, sagte Sorry. »Du hast noch den Rest des Trimesters vor dir und dann noch weitere zwei Monate nach Weihnachten, bevor du deine Winterklamotten anziehen kannst. Und über die Ferien wirst du vermutlich wachsen.«

»Sorensen, du bist jetzt nicht in der Schule«, sagte seine Mutter.

»Das weiß ich«, gab Sorensen zurück. »Und sie weiß es auch. Ich habe durch die Blume gesprochen, um sie auf taktvolle Art wissen zu lassen, daß ich ihre Beine betrachtet habe. Ihre Beine sind sehr sexy, aber in der Schule darf ich ihr das nicht sagen.«

»Es ist ein Unterschied, ob man sich in zarten Andeutungen ergeht oder unverständlich daherredet«, sagte seine Mutter, während Laura sich bemühte, ihre Bestürzung zu verbergen.

»Du mußt Nachsicht mit Sorensen haben«, fuhr Miryam zu Laura gewandt fort, ganz so, als wäre sie ein erwachsener Ehrengast des Hauses, den man nicht beleidigen durfte. »Er kann manchmal sehr ungehörig sein.«

»Ich benehme mich nicht ungehörig«, sagte Sorry. »Das weiß meine Mutter auch ganz genau. Sie macht sich nur Sorgen, weil ich keine höfliche Konversation betreibe – über das Wetter oder die Gesundheit. ›Und wie geht es dir, Laura Chant, hoffentlich gut? Und deine liebe Mutter, ist sie ebenfalls wohlauf?‹ . . . solches Zeug eben.« Er sprach schnell und leichthin, griff Themen auf und ließ sie wieder fallen, noch bevor seine Zuhörer sich darauf einstellen konnten. Manchmal waren seine Worte von einer leichten Atemlosigkeit getrieben, die Überbleibsel von seinem ursprünglichen Sprachfehler. »Meine Mutter hält ›sexy‹ für einen aggressiven Ausdruck, aber ich finde, daß die Bezeichnung zutrifft, und in diesem Punkt weiß ich wohl besser Bescheid als sie.«

Es war ein sonderbares Gefühl für Laura, Gegenstand eines Streitgesprächs zwischen zwei Leuten zu sein, die sie kaum kannte.

»Wenn mir auch sonst allerhand abgeht«, fügte Sorry hinzu und lächelte seine Mutter an.

»Sorensen!« sagte sie sanft, aber mit einem nachdrücklichen Dämpfer – ein Samtkissen, das dazu diente, den Prinzen im Turm zum Verstummen zu bringen.

Er schaute weg. »Geh doch bitte und tu irgendwas anderes, Mutter«, sagte er. »Bitte, ja? Es ist ganz schön hemmend für ein Gespräch, wenn du dabeistehst und zuhörst. Ich werd ihr schon nichts tun. Ich werde ihr nicht mal Angst machen.«

»Bis jetzt habe ich noch keine besonderen Anzeichen von Hemmungen bemerkt«, sagte seine Mutter trocken. »Aber ich lasse euch natürlich allein. Schön, daß du gekommen bist, Laura. Laß dir von ihm keinen Schrecken einjagen.«

Sie hatten alle beide die gleichen Augen, mit denen sie Laura unverkennbar abschätzend ansahen, als ob sie Priester aus grauer Vorzeit wären, die ein Opfer auf seine Tauglichkeit hin abtaxierten.

»Ich paß schon auf«, sagte Laura, aber allmählich verlor sie tatsächlich den Boden unter den Füßen – nicht weil sie sich zu weit vorgewagt hatte, sondern weil eine völlig überraschende Flutwelle gekommen war und über ihrem Kopf zusammenschlug. Vielleicht war sie doch zu weit damit gegangen, Sorry auf die Bude zu rücken.

Mrs. Carlisle machte die Tür zu und ging fort.

»Was willst du?« fragte Sorry, sowie die Tür ins Schloß gefallen war. Er musterte Laura auf eine sehr vertraute, persönliche Weise und deutete damit an, daß er eine Menge über sie wußte, sehr viel mehr als nur über die Beschaffenheit ihrer Beine. Die Blicke, die sie anderthalb Jahre lang in der Schule gewechselt hatten, verliehen ihnen gegenseitig eine gewisse Macht übereinander. Nur deshalb war Laura hier, aber diesen speziellen Blick empfand sie als so intim, daß ihr davon der Hals wie zugeschnürt war. Jetzt merkte sie auch, daß sie Sorry nicht so einfach und unumwunden wegen Jacko um Rat fragen konnte, wie sie es vorgehabt hatte. Sie schaute sich im Zimmer um, betrachtete die Bücher, das Skelett und die nackte Frau, deren Zurschaustellung ihr irgendwie peinlich war, weil dadurch eine unbestimmte Grenze überschritten zu sein schien. Die Frau auf dem Foto sah aus, als sei sie in persönliche Betrachtungen über ihre eigene, ganz persönliche Haut versunken, aber natürlich war sie damit einverstanden gewesen, fotografiert zu werden. Zumindest der Fotograf war dabeigewesen, und das Bild war dazu da, daß Männer es anschauten. An einer Ecke des Posters war noch ein kleines Foto angebracht, aber Laura konnte nicht erkennen, was darauf war. Sie hatte auch fast ein wenig Furcht davor, allzu genau hinzusehen, jedenfalls solange Sorry sie dabei beobachtete.

»G-gefällt es dir nicht?« fragte Sorry, der ihr aufmerksam in die Augen sah. »Das Poster, meine ich.«

»Es ist nicht hergestellt worden, um mir zu gefallen«, gab sie zurück und fügte dann hinzu: »Eigentlich ist es zu privat, zu persönlich . . . so wie wenn man im Dunkeln steht und bei jemandem ins Fenster sieht.«

»Aber das ist doch ganz interessant«, sagte er. »Und auch harmlos, solange die Leute nicht wissen, daß du da bist.«

Laura schlug sich mit einer schwierigen Überlegung herum.

»Es wirkt trotzdem zu persönlich, so als könntest du, indem du die Frau anschaust, auch andere Leute betrachten . . . und zwar solche, die das nicht wollen«, kam sie hastig zum Schluß.

Sorry musterte sein Poster, und dann musterte er Laura.

»Aber zeichnet das nicht Kunst aus?« sagte er nach einem Augenblick des Schweigens. Er sprach, als rechnete er nicht damit, daß sie ihn verstand. »Wie wenn man im Biologieunterricht ein Opossum seziert – eigenständige Persönlichkeiten, deren Haut aufgespießt wird, und die Eingeweide werden bestimmt und beschriftet. Du liest doch – oder schleppst du deine Bücher nur zur Zierde mit dir herum? Glaubst du, daß es in der Kunst überhaupt ganz persönliche Momente gibt? Oder noch besser – sag mir, worüber du wirklich mit mir reden willst!«

»Wessen Knochen sind das?« fragte Laura. Sie ging zum Skelett über, dessen Intimbereich schließlich noch viel mehr verletzt war als bei der Frau auf dem Poster.

»Es hat meinem Urgroßvater gehört, der war Arzt«, sagte Sorry. »Ich hab's geerbt. Es heißt ›Onkel Naylor‹, aber ich bin nie dahintergekommen, ob das nur ein Name ist oder ob er wirklich ein Verwandter war. Du wirst vermutlich wissen, daß ich, mal abgesehen von meinen Chromosomen, ein Neuankömmling in der Familie Carlisle bin. Hast du in der Schule schon irgendwelche naturwissenschaftlichen Fächer?«

»Ich weiß jedenfalls, was Chromosomen sind«, sagte Laura steif.

Sorry machte einen Vorstoß. »Chant, du bist doch nicht deshalb hierhergekommen, um dich mit mir über mein Skelett und mein Poster zu unterhalten.«

»Nein!« bestätigte Laura und schaute den Bücherschrank an. »Warum liest du diese romantischen Liebesschmöker?«

»Der Romantik wegen!« gab Sorry prompt zurück. »Aus wissenschaftlichem Interesse und romantischen Anwandlungen. Aufsichtsschüler sein ist nämlich nicht sonderlich romantisch, weißt du.« Er tat so, als wäre seine Hand eine Pistole, und richtete den Finger auf sie. »Los, mach Meldung, Chant. Was willst du hier?«

Laura stand auf. »Ich dachte, du könntest mir helfen«, sagte sie. »Ich glaube, ich brauche Hilfe. Und du bist doch eine Hexe, oder?«

Sorrys Gesicht wurde ganz leer, so als ob jeglicher Ausdruck mit einem Lappen weggewischt worden wäre, doch Laura hatte den Eindruck, daß er sehr zornig war. Den Grund dafür konnte sie sich allerdings nicht vorstellen. Aber dadurch war es unmöglich geworden, ihn um einen Gefallen zu bitten, und gleichermaßen unmöglich, ihn nicht zu bitten. Wieder schaute sie sich im Zimmer um, sah auf die Hausaufgaben der siebten Klasse, die keinen Gesprächsstoff für sie hergaben, auf das Skelett, das Poster, das kleine Foto. Sie war so durcheinander und beklommen, daß sie dazu ansetzte, sich das Bild genauer anzusehen, weil es vielleicht eine weitere Ablenkung bot, aber Sorry packte sie am Handgelenk und schüttelte sie leicht.

»Was willst du?« fragte er und fügte hinzu: »Ich könnte dich vielleicht mit einem Liebesträcklein versehen, aber die Empfängnisverhütung dazu liefere ich nicht mit.«

Laura spürte, wie ihr vor Verlegenheit und auch vor Zorn die Röte ins Gesicht schoß. »Du weißt genau, daß es nicht um so was geht!«

»Woher soll ich das wissen? Du sagst mir ja nichts. Außer daß du gekommen bist, um eine Hexe um Rat zu fragen.«

»Ich brauche Hilfe für meinen Bruder«, sagte Laura endlich, und Sorry sah daraufhin erst verblüfft und dann ganz unverhüllt wütend aus.

»Dein Bruder!« sagte er. »Du kommst den ganzen Weg bis hierher, nur um ...« Er brach ab. »Wie bist du eigentlich hergekommen?«

»Zu Fuß natürlich«, antwortete Laura.

»Ganz schön leichtsinnig, was?« fragte er. »Denk doch nur mal dran, was Jacynth Close passiert ist.«

»Daran hab ich auch gedacht, aber wie hätte ich sonst herkommen sollen?« sagte sie. »Solche Sachen passieren ja auch nicht oft.«

»Einmal reicht wohl auch, wenn man selber diese Eine

ist«, meinte Sorry. »Du bist also wegen deines Bruders hier...«

»Er ist so furchtbar krank«, sagte Laura.

»Ach, zum Teufel!« rief Sorry. »Geh mit ihm zum Arzt. Ich bestrafe deine Feinde, heile Warzen, laß die Winde wehen...« Er hob die Hand, und ein leichtes Lüftchen fuhr durch das Zimmer und raschelte gespenstisch durch die Seiten der Chemiehausaufgabe der siebten Klasse. »Wenn du die Ziege eurer Nachbarn verhexen wolltest... dann wär ich wohl der Richtige, ja?«

Laura wußte, daß er beleidigt war, aber sie hatte keine Ahnung, womit sie ihn gekränkt hatte.

»Er ist furchtbar krank«, sagte sie. »Schlimmer, als irgend jemand ermessen kann. Ein Arzt kann da nicht helfen.«

Sorry hielt immer noch ihr Handgelenk fest. Er stand auf. »Bei dem Wissen, das du hast, solltest du vorsichtiger sein«, sagte er. »Ich könnte ja eine knallharte Gegenleistung aushandeln, z. B. einen Viertelliter Blut von dir zum Trinken verlangen oder Gott weiß was. Hol einen Arzt. Die Ärzte kriegen von der Regierung Zuschüsse aus öffentlichen Mitteln. Ich bring dich noch bis zum Tor.«

»Ein Arzt würde nichts nützen«, sagte Laura, aber als er ihr die Tür aufmachte, ging sie widerstandslos aus dem Zimmer, obwohl erfreulicherweise jetzt auch in ihr die Wut hochstieg.

»Sorensen?« rief eine Stimme. »Trinkt Laura Kaffee?«

»Hier jedenfalls nicht! Sie ist schon im Aufbruch«, sagte Sorry. »Achtzehn Monate lang haben wir uns quer über den Schulhof mit diesen Blicken angesehen, und ich dachte, sie wäre gekommen, weil... ach, ist ja egal, was ich geglaubt habe. Und sie hält mich für so einen gottverdammten Zauberdoktor, der unentgeltlich die Masern kuriert!«

»Fluch bitte nicht so, Sorensen«, sagte die ältere Mrs. Carlisle, die alte Winter. Als sie vortrat, entsprach sie haargenau Lauras Vorstellung von einer Hexe, denn sie war zum Schlafengehen bereit und trug einen Morgenmantel anstelle von Tweedrock und Twinset, ihrer üblichen Tageskleidung. Das weiße Haar, das normalerweise straff nach hinten gesteckt war, hing ihr in zwei Zöpfen über die Schultern.

Sorensen schaute sie an. »Weißt du was«, meinte er, als wäre ihm gerade ein glänzender Einfall gekommen, »wollen wir Chant nicht die Hexenszene aus dem ersten Aufzug von *Macbeth* vorspielen? Du, ich und Miryam.

›Sagt, wann ich euch treffen muß:
In Donner, Blitz oder Regenguß?‹«

»*Macbeth* nehmen wir erst im nächsten Jahr durch«, fiel Laura ihm ins Wort.

Winter ignorierte das Geplänkel zwischen den beiden. »Wie weit hast du's denn?« fragte sie Laura.

»Ich kann zu Fuß gehen«, sagte Laura steif. »Es ist nicht weit.«

»Sie wohnt im Kingsford Drive«, sagte Sorry mürrisch. »Ich fahr dich mit der Vespa nach Hause, Chant. Das könnte allerdings noch gefährlicher werden. Man weiß ja nie, ob man Pech hat.«

Er sah jetzt allmählich wieder ausgeglichener und interessierter aus, aber dafür war Lauras Zorn auf dem Höhepunkt angelangt. Ihre Stimmungen und Launen gingen nicht synchron miteinander.

»Hast du gedacht, ich wäre gekommen, weil ich dich mag?« fragte sie empört. Dabei fiel ihr allerdings ein, daß sie noch heute morgen auf ein anderes Mädchen eifersüchtig gewesen war, das sich mit ihm unterhalten hatte.

»Warum nicht?« fragte Sorry. »Wollen wir doch mal ehrlich sein . . .«

»Wir wollen lieber nicht ehrlich sein!« unterbrach ihn seine Großmutter.

»Geh und hol dein Motorrad, Sorensen. Durch diese Straßen sollte Laura nicht allein nach Hause gehen.«

»Ich bin durch diese Straßen hergekommen«, gab Laura zurück. »Zumindest lebe ich ein richtiges Leben in einem richtigen Haus, Sorry Carlisle, nicht abgeschieden hinter einer Hecke in einer Art Museum – einem Freizeit-Museum!«

Man konnte Sorry nicht grob kommen, ohne auch gleichzeitig seiner Mutter und Großmutter gegenüber grob zu werden.

»Ach – ich pfeif aufs richtige Leben!« sagte Sorry. »Ich hab's ausprobiert, und du kannst mir glauben: Es ist nichts als Mist.«

»Und auf deinen Besen pfeif ich noch viel mehr!« gab Laura in leisem, bösem Ton zurück. »Hoffentlich ziehst du dir Splitter rein.«

»Na, großartig!« sagte Sorry und wandte sich einer der Türen zu. Aber im Türrahmen blieb er stehen und drehte sich halb um, so als ob er noch etwas sagen wollte. Falls er das wirklich vorgehabt hatte, änderte er jedoch seine Absicht, ging jetzt endgültig und schloß die Tür hinter sich.

»Komm doch wenigstens noch in die Küche, Laura«, sagte Winter Carlisle. »Er muß sich umziehen, und dann fährt er mit dem Motorrad zur Hintertür bei der Küche.«

Laura ließ sich in eine Küche führen, die eindeutig eine Bauernküche war, auch wenn es die Farm nicht mehr gab. Trotz des warmen Abends überkam Laura ein Frösteln, aber sie wollte nicht, daß das jemand merkte. Es war ihr ein bißchen unheimlich, wie unvermindert freundlich diese beiden Frauen ihr begegneten, obwohl sie doch als Fremde hierhergekommen war und sich bei ihnen im Flur mit einem Familienmitglied herumgestritten hatte. Außerdem wußte sie, daß sie zerzaust und müde war und einen jämmerlichen Anblick bot.

Sie gaben ihr Limonade – ihr zweites Glas an diesem Abend, aber diesmal war es kein gekaufter Sprudel aus dem

Laden; die Limonade war selbstgemacht, aus echten Zitronen. Wie eine undurchsichtige kleine Insel schwamm auch tatsächlich ein Zitronenscheibchen darin. Noch bevor Laura so recht wußte, was los war, hielt sie das Glas schon in der Hand, und in die andere Hand wurde ihr ein Teller gedrückt, auf dem ein Stück selbstgebackenes Brot mit Tomatenscheiben lag. Beide Frauen warfen ihr unter friedlichen Augenlidern prüfende Blicke zu, und Laura empfand den Druck einer unausgesprochenen Erwartung und Unruhe, von der ihre gelassenen Mienen nichts verrieten.

Was ist da los? dachte sie und überlegte sich, ob sie nicht diese neuen Hexen für Jacko einspannen sollte – denn wenn sie die beiden so ansah, konnten sie gar nichts anderes sein als Hexen. Sorrys wahre Natur hatte sich, als sie sie zum erstenmal entdeckte, geradezu aufgedrängt, aber bei seiner Mutter und Großmutter war das sanfter, hielt sich mehr im verborgenen. Die Hexengesichter schauten durch ihre eigenen Gesichter hindurch wie durch eine Maske aus grauer Spitze.

»Was wolltest du denn von Sorry, Laura?« fragte die alte Winter Carlisle.

»Mein kleiner Bruder ist so krank«, fing Laura an, aber sie interessierten sich nicht wirklich für Jacko, sondern nur für Sorry und aus irgendeinem Grund auch für Laura.

Miryam unterbrach sie, was diese höfliche Frau, wie Laura vermutete, normalerweise nicht getan hätte, aber sie wollte offenbar unbedingt noch etwas loswerden, bevor Sorry zurückkam.

»Hab bitte Geduld mit ihm«, sagte sie. »Ich weiß, daß er manchmal sehr schwierig sein kann. Die Gründe dafür kann ich jetzt nicht näher ausführen, aber du mußt wissen, daß Sorensens Schwierigkeiten zum Teil meine Schuld sind.«

»Er ist nicht böse«, sagte die ältere Frau. Sie sprach mehr

zu sich selbst als zu Laura. »Noch nicht! Eine böse Hexe kann etwas Schreckliches sein«, fügte sie hinzu und brachte Laura dadurch noch mehr durcheinander.

Laura biß von dem Tomatenbrot ab, nicht so sehr aus Hunger als vielmehr aus nervöser Höflichkeit. Sie spürte, wie die Unruhe der beiden Frauen ein wenig nachließ, hatte aber keine Ahnung, woran das liegen mochte.

»Er war eigentlich gar nicht so schwierig«, sagte sie. »Es war eher so, als hätten wir auf einmal über zwei verschiedene Dinge geredet. Aber er ist anders als in der Schule.«

»Ach ja, das kann ich mir vorstellen«, sagte Miryam. »Aber er muß nun mal zur Schule gehen. Er hat viel von dir erzählt. Du hast diese zwiespältige Doppelnatur, die er in sich trägt, offenbar erkannt, und inzwischen siehst du wohl auch, daß er das geerbt hat.«

»Ich habe ihn für eine Hexe gehalten«, sagte Laura. »Das war das Wort, das mir dafür eingefallen ist.«

»Es handelt sich um eine sehr ausgeprägte weibliche Zauberkraft – das nehmen wir zumindest an«, sagte Miryam. »Und Sorensen sträubt sich manchmal dagegen. Er läßt sich nicht gern als Hexe bezeichnen, obwohl er natürlich eine ist. Ab und zu überkommt es ihn, daß er kein ganzer Mann und auch keine vollständige Hexe ist, sondern so eine Art Zwitter, und er zappelt sich viel zu sehr ab, um ausschließlich das eine oder das andere zu sein. Aber er kann beides nicht aufgeben. Wir geben uns alle Mühe, ihn mit sich selbst auszusöhnen, aber bis jetzt war unseren Bemühungen jedenfalls nur ein sehr zweifelhafter Erfolg beschieden. Das eigentliche Problem liegt jedoch woanders.«

Wieder spürte Laura die Blicke der beiden auf sich, nach außen hin ruhig, aber innerlich besorgt, so als wären sie in einer bestimmten Hinsicht von ihr abhängig, könnten ihr das aber nicht sagen.

»Er hat geglaubt, ich wär deshalb gekommen, weil ich ihn

mag«, sagte sie. »Nicht, daß ich ihn nicht gern hätte«, fügte sie hastig hinzu, »aber – Sie wissen schon – weil ich ihn auf eine ganz besondere Art mögen würde.«

»Na, vielleicht ist es ja auch so«, meinte Miryam lächelnd. »Oder vielleicht eines Tages einmal . . .«

»Ich würde ihn doch nicht am Abend besuchen kommen, weil er mir gefällt«, sagte Laura, ganz entsetzt darüber, daß die beiden das von ihr dachten. Sie schaute auf das Brot in ihrer Hand. Es war nur noch die Kruste davon übrig, und die hielt sie zwischen Daumen und Zeigefinger, wie Mädchen auf altmodischen Bildern manchmal eine Rose hielten. Sie konnte sich nicht daran erinnern, das Brot gegessen zu haben, obwohl der Geschmack der gesalzenen Tomate ihr noch frisch auf der Zunge lag. Ganz plötzlich befand sie sich mit diesen beiden Frauen bereits irgendwie in einer Front, war eine der Verschworenen geworden, ohne überhaupt zu wissen, worum es bei der Verschwörung ging. Sie holte tief Luft und setzte dazu an, sie noch mal wegen Jacko zu fragen, aber da kam Sorry hereinspaziert. Er trug eine teure Motorradjacke und Jeans und hatte einen Sturzhelm auf, der ihn in einen Astronauten verwandelte.

»Ich habe noch einen Ersatzhelm«, sagte er. »Komm her, Aschenputtel, damit der Prinz ihn dir aufsetzen kann. Dein Kopf ist ganz bestimmt der kleinste auf der ganzen Welt, mein Schatz.«

Laura mußte lachen, ob sie wollte oder nicht. Die Vespa stand an der Hintertür der Küche bereit. Sorry schwang sich gekonnt hinauf.

»Du wirst wiederkommen«, sagte die alte Mrs. Carlisle befriedigt. »Immerhin hast du unser Salz und Brot gegessen, das ist ein Zeichen.«

»Das hast du gemacht?« fragte Sorry scharf. »Chant, du hast nicht mal soviel Grips wie ein neugeborenes Baby. Nun ja, dir wird von allen Seiten eingeschärft, daß du bei so jemandem wie mir auf der Hut sein mußt, aber wer bringt dir schon bei, dich vor zwei netten Damen der gehobenen Mittelschicht in acht zu nehmen, die Geld haben und deren Sprache eine vornehme Privatschulbildung verrät? Okay, hüpf rauf. Halt dich an mir fest, wenn du willst, aber zieh mich nicht zu sehr nach hinten, ja?«

»Bring sie auf direktem Weg nach Hause«, sagte Winter, als ob es darüber Zweifel gäbe. Aber die Fahrt dauerte nur ein paar Minuten, und da Laura sehr müde war und die Nordwestwind-Wolken den Mond jetzt ganz und gar in ihrem warmen Bett verbargen, war sie froh darüber, nach Hause gefahren zu werden. Wieder dachte sie, daß es Sorry Carlisle überall dort im Leben sehr leicht hatte, wo es für sie selbst sehr schwierig war.

An ihrer Gartentür zögerte sie und fummelte an dem ungewohnten Kinnriemen des Sturzhelms herum, bis Sorry ihn ihr ziemlich ungeduldig abnahm.

»Übrigens, Chant«, fragte er dabei, »was fehlt deinem kleinen Bruder denn nun eigentlich?«

»Er ist verhext«, sagte Laura, »aber *dich* berührt das ja nicht weiter.«

»Nicht so besonders«, stimmte Sorry ihr zu. »Außerdem sind es wahrscheinlich doch bloß die Windpocken oder so.«

»Es ist eine Art Vampir«, erlärte Laura, und er lachte.

»Wir sind hier nicht in einem Dorf in den Karpaten. Du hast dir sonntagabends die Horrorfilme im Fernsehen angeguckt.«

»Wir haben gar keinen Fernseher«, gab Laura kurz zurück. »Außerdem ist es kein richtiger Vampir, eher ein böser Geist, ein Höllenwesen, ein Dämon.«

»Das ist doch totaler Quatsch!« meinte Sorry verächtlich. »Was davon soll's denn nun sein?«

»Ich weiß nicht«, sagte Laura, »und das ist komisch, denn bei dir habe ich's sofort gewußt, nicht wahr?«

Sie kehrte ihm den Rücken zu und marschierte den kleinen betonierten Gartenweg entlang, an dessen viereckigen Kanten Steinkraut und ein paar Mohnblumen wuchsen. Nach der Haustür der Carlisles, die offenbar so gebaut war, daß sie auch Rammböcken standhielt, sah ihre Tür sehr zart und schwach aus. Und doch hatte Laura hinter dieser Tür ein sehr glückliches Leben geführt und empfand es als tröstlich, sie wiederzusehen. »Bleib doch noch einen Moment, Chant!« rief Sorry hinter ihr her, aber sie machte die Tür aus Furnierholz auf, ging hindurch und schloß Sorry samt seiner blauen Vespa draußen in der Dunkelheit aus, wo er ja auch hinzugehören schien.

Drinnen im Haus starrten Kate und Chris Holly sie mit befangenem Unschuldsblick an.

»Wie geht's Jacko?« fragte Laura.

»Er ist sehr still«, sagte Kate bemerkenswert fröhlich. »Vielleicht schläft er sich aus und hat dann alles überstanden. Man kann nie wissen.«

Laura war sich jedoch ganz sicher, mehr zu wissen. Sie warf den beiden einen prüfenden Blick zu. Es schien ihnen nicht aufgefallen zu sein, daß sie sehr viel länger weggeblieben war, als sie es beim Fortgehen angedeutet hatte. Auf dem Kingsford Drive herrschte selbst um diese Uhrzeit noch ein solcher Verkehr, daß Sorrys Motorrad leicht zu überhören war, oder vielleicht hatten sie auch an etwas anderes gedacht ... Laura hatte jedenfalls das starke Gefühl, daß man sie nicht vermißt hatte.

Verschiedene Richtungen

»Laura! Laura!« schrie Kate gellend und dann noch einmal »Laura!« Zutiefst erschrocken war Laura sofort auf den Beinen, wenn auch noch etwas benommen von den letzten Resten Schlaf, aus dem sie an diesem Samstagmorgen so früh gerissen wurde. Als sie in Kates Zimmer gestürzt kam, gingen dort furchterregende Dinge vor sich. Sie konnte nichts weiter tun, als entsetzt zusehen, aber Kate hatte sie auch nur deshalb gerufen: um jemanden dabeizuhaben, und nicht deshalb, weil sie angenommen hatte, daß Laura wirklich etwas unternehmen könnte.

Das Zimmer stank nach Carmody Braque, und Jacko lag auf seinem Bettuch und trommelte mit den Fersen. Seine Augen waren offen, aber nach oben verdreht, so daß nur das Weiße zu sehen war.

Vor ihren Augen wölbte sich sein Körper zu einem steifen Bogen, brach zusammen und bog sich erneut. Ein Blutstropfen floß ihm plötzlich aus der Nase und lief seitlich an seinem Gesicht herunter, so als ob etwas in ihm ausgewrungen würde und widerstrebend seine Säfte preisgab.

Kate keuchte vor Entsetzen. »O Gott! O Gott!« rief sie. »Laura, er stirbt!«

Aber Jacko starb noch nicht. Er fiel in sich zusammen und wurde schlaff, riß mehrmals hintereinander den Mund so weit auf, daß man noch hinter die Zähne bis tief in seinen Schlund hineinsehen konnte, und fiel dann schnarchend in einen raschen Schlaf.

Kate flatterte um ihn herum. Es drängte sie, ihn hochzuheben und in die Arme zu nehmen, gleichzeitig aber hatte sie die schreckliche Vorstellung, daß sie ihm vielleicht schadete, wenn sie ihn bewegte.

»Den Arzt anrufen«, sagte sie. »Ich muß den Arzt anrufen. Laß ihn nicht allein, Laura.«

»Lauf zu Sally hinüber«, rief Laura.

»Die sind fort!« gab Kate zurück. »Es ist Samstag – morgens Schwimmunterricht. Wo ist das Telefongeld?«

Mit wilder Hast wurde nach Geld zum Telefonieren gesucht. Aber obwohl es doch sonst viel zu viele nutzlose kleine Münzen auf der Welt gab – wenn man sie wirklich brauchte, benahmen sie sich wie verängstigte Käfer, krabbelten in alle Ritzen und Spalten und ließen sich nicht hervorlocken. Endlich, nachdem Kate schluchzend und schimpfend ihre Manteltaschen durchsucht hatte, fand sie genug Kleingeld, um nötigenfalls auch zwei Telefongespräche führen zu können. Sie rannte aus dem Haus und ließ die Tür hinter sich offen.

Laura saß bei Jacko, dessen Schlaf ruhiger und leichter wurde, während sie über ihm wachte. Und dann war Kate wieder da, mit einem vor Erleichterung ganz weichen Gesicht, denn nachdem sie zuerst an einen Anrufbeantworter geraten war, hatte sie Glück gehabt und dann doch noch den Arzt erreicht, genau denjenigen, bei dem sie gestern gewesen waren und der jetzt auch übers Wochenende Dienst hatte. Vielleicht hatte ihr heftiger Kummer ihn überzeugt, denn er wollte sofort kommen, während man sonst nicht unbedingt damit rechnen konnte, daß ein Arzt das tat. Um eine Sorge leichter, konnte sich Kate nun wieder über Jacko beugen und ihn mit verzweifelter Zärtlichkeit und Trauer betrachten.

»Er sieht so alt aus«, sagte sie. In ihrem Gesicht und in der Stimme lag ein solcher Schmerz, daß Laura es kaum ertrug, sie anzusehen. »Ich habe von so einer schrecklichen Krankheit gehört, bei der Kinder zu alten Männern oder Frauen werden, aber ich glaube nicht, daß das so plötzlich kommt... Oh, Laura! Nur mal angenommen, das *ist* es, was ihm fehlt! Woran kann das nur liegen, daß er so zusammenschrumpft? Es muß etwas Furchtbares sein.«

»Ich weiß es nicht«, rief Laura, der Kates hysterisches Geschrei genauso naheging wie Jackos Krämpfe. »Das heißt, ich weiß es schon, aber du glaubst mir ja nicht.«

Kate richtete sich auf. Sie trug ihren alten blauen Morgenrock, der früher einmal sehr hübsch gewesen war. Laura konnte sich fünf lange Jahre zurückerinnern, an ihren Vater, der Kate in dem blauen Morgenmantel bewunderte, sie in die Arme nahm und ihr das blonde Haar streichelte, während Laura zusah – beeindruckt von diesem Erwachsenengeheimnis, das sie dahinter spüren konnte, und ganz begeistert, weil sie dachte, daß damit ihre Streitereien ein Happy-End gefunden hatten und daß von nun an nichts mehr schiefgehen würde. Damals hatten Kates Augen schläfrig gelächelt. Jetzt waren sie ihr zugewandt, weit aufgerissen, erregt und mit dem ersten Aufflackern von Zorn.

»Du gibst für all das diesem Trödelhändler und seinem Stempel die Schuld?« fragte sie fassungslos.

»Irgend etwas wird aus Jacko herausgequetscht und fließt in ihn hinein«, beharrte Laura. »Jacko wird die Lebenskraft weggestohlen.«

»Grundgütiger Himmel!« explodierte Kate. »Jag mir mit deinen kleinen grünen Männchen vom Space-Invaders-Spiel doch nicht noch mehr Angst ein! Ich muß ja sonst glauben, daß du mir jetzt noch verrückt wirst.« Sie hielt inne und holte tief Luft.

»Ich weiß, daß du mir nicht glauben kannst«, sagte Laura resigniert, »aber es stimmt. Manchmal riecht es hier im Zimmer nach Pfefferminz, und das war der Geruch von Carmody Braque – gräßliches Pfefferminz. Und manchmal lächelt Jacko sein Lächeln. Ich muß doch sagen, was ich weiß. Er ist verhext.«

»Das ist kein Spiel«, sagte Kate. »Ich würde dir ja glauben, wenn ich könnte – ich würde alles glauben, wenn ich dadurch nur besser verstehen könnte, was los ist. Aber was du dir da vorstellst, ist symbolisch, so wie der scheußliche Sherry . . . Was daran stimmen mag, hat sich inzwischen als Märchen getarnt.«

Der Arzt kam und sah sich Jacko an, ohne daß ihm dadurch eine Erleuchtung gekommen wäre.

»Ich glaube, wir sollten ihn zur Beobachtung ins Krankenhaus bringen, Mrs. Chant«, meinte er schließlich. »Können Sie sich eine Privatklinik leisten?«

Kate schaute voller Zweifel um sich. »Eigentlich nicht . . .« fing sie an, und dann sagte sie: »Ach, aber sein Vater! In einem solchen Fall springt er bestimmt ein. Und wenn nicht, können wir immer noch das Haus verkaufen. Es geht nur darum, was für Jacko das beste ist.«

»Es könnte schwierig sein, ihn im staatlichen Krankenhaus unterzubringen«, meinte der Arzt seufzend. »Ich rufe mal dort an, wenn ich darf . . .«

»Wir haben kein Telefon«, erklärte Kate, und der Arzt sagte, er würde ins Krankenhaus fahren und von dort aus alles erledigen. In ein, zwei Stunden sollte Kate ihn dann anrufen, damit er ihr sagen konnte, was er organisiert hatte.

Gerade als er aufbrechen wollte, bekam Jacko wieder einen Krampf. Er wand und krümmte sich, zwar etwas weniger furchterregend als beim erstenmal, aber der Arzt wurde sichtlich besorgter.

»Das Problem ist, Mrs. Chant, daß ich nicht die geringste Idee habe, was mit ihm los sein könnte. Denkbar wäre eine Art Epilepsie, aber es gibt ein paar andere Symptome, die überhaupt nicht dazu passen. Im Krankenhaus ist er jetzt am besten aufgehoben. Dort gibt es einen Arzt – Dr. Hayden –, der ist sehr gut. Ich werde versuchen, selbst mit ihm zu sprechen.«

Obwohl er noch zu Hause im Bett lag, schien Jacko bereits der medizinischen Geheimwelt anzugehören – kein Sohn oder Bruder mehr, sondern ein rätselhafter Fall, den es zu lösen galt.

Der Arzt fuhr weg, und Kate schaute Laura unglücklich an. »So, das wär's«, sagte sie. »Welche Geschäfte sind denn samstags morgens geöffnet? Er wird auf alle Fälle zumindest einen neuen Schlafanzug brauchen. Es ist ja verrückt, jetzt an so etwas zu denken, aber all seine Sachen sind entweder zu klein oder gerade in der Wäsche. Ich möchte nicht, daß er einen vernachlässigten Eindruck macht.«

»New Brighton hat samstags offen«, sagte Laura. »Hast du denn Geld?«

»Wenn's sein muß, stelle ich eben einen Scheck aus«, sagte Kate. »Also: eine Viertelstunde hin, eine Viertelstunde – oder sagen wir mal zwanzig Minuten – für den Einkauf und eine Viertelstunde zurück. Das macht ja schon fast eine Stunde. Dann sollte ich vielleicht lieber doch nicht weg. Wenn du doch nur schon alt genug für den Führerschein wärst!«

»Ich bleibe bei ihm!« rief Laura. »Ich werde genauso für ihn sorgen, wie du es tun würdest. Aber bleib nicht allzulange weg, ja?«

»Eigentlich ist es ja gar nicht so wichtig«, sagte Kate. »Wahrscheinlich wird er dort sowieso nur in ein Krankenhausnachthemd gesteckt.«

Das Geld der Familie ging zumeist für Straßenkleidung drauf und nicht für solche Kleider, die man nur zu Hause trug. Jacko wurde nicht vernachlässigt, aber seine Schlafanzüge schon, und Kate kam schließlich zu dem Schluß, daß sie den Einkauf machen mußte. Sie ging zur Tür, kam dann aber noch einmal schnell zurück und nahm Laura in die Arme.

»Schätzchen!« sagte sie mit belegter Stimme. »Lauraschätzchen! Ihr seid mir *beide* so kostbar. Sorg gut für Jacko und sorg auch gut für dich.«

»Sorg du mal für dich selbst«, sagte Laura. »Du bist schließlich diejenige, die in die Welt hinauszieht, nicht ich.«

Sie sah durchs Fenster zu, wie Kate den Wagen anschob und dann hineinsprang, als er ins Rollen gekommen war.

Einen Augenblick später hörte sie, wie der Motor widerstrebend zu stottern begann und mit lautem Gerassel ansprang. Laura war allein. Das Haus, das ein so glückliches Haus gewesen war, wirkte jetzt bedrohlich, denn die Verzweiflung, die darin herrschte, drang auch in die Vergangenheit ein und verdarb nicht nur den heutigen Tag, sondern auch die Erinnerung an all das, was vorher gewesen war und nun plötzlich nur noch wie ein Katz-und-Maus-Spiel wirkte, das die Welt mit ihnen getrieben hatte.

Jacko lag sehr still, schien kaum zu atmen. Sein blondes Haar war ganz stumpf, die Lippen hatten die Farbe von Ton, wie man ihn im Werk- und Kunstunterricht in der Schule zum Töpfern verwendet. Er machte einen verschrumpelten Eindruck, so wie ein Apfel, den man ganz unten in der Obstschale entdeckt. Durch seine Haut zogen sich winzig kleine Furchen. Sie schlug über dem schrumpfenden Körper Falten, als wäre sie ihm innerhalb kürzester Zeit zu weit geworden. Laura hatte noch nie einen Menschen gesehen, der so entrückt wirkte, versteckt hinter geschlossenen Lidern, die mit unsichtbaren Fäden fest vernäht waren und ganz so aussahen, als wollten sie sich niemals wieder öffnen.

»Jacko!« flüsterte sie. »Ich bin's, Jacko! Hier ist Lolly!«

Aber seine Augen und die Lippen blieben fest geschlossen. Sie nahm seine Hand und hätte sie beinahe fallen gelassen, denn sie war kalt, eine stille, tiefe Kälte, so als ob kein Blut in ihr wäre und sich auch sonst kein Anzeichen von Leben in ihr regte. Laura hielt seine Hand und küßte die Innenfläche. Sie hoffte, daß er auf diese kleine Zärtlichkeit vielleicht reagieren würde, aber er blieb still und bewegungslos.

Sie ging nach hinten ans Fenster, obwohl noch keinerlei Aussicht bestand, daß Kate schon wiederkommen könnte. Ein leichter Regen hatte eingesetzt. Die Außenwelt paßte sich ihrer eigenen grauen Tränenstimmung an. Draußen gab es zwei Farbflecke; die rote Telefonzelle am Rand des Bildes, das vom Fenster eingerahmt wurde, und die blaue Vespa daneben. Ein Astronaut mit weißem Sturzhelm kam den Gartenweg herauf. So wie in einem Spukschloß wartete Laura darauf, daß es an der Tür klopfte. Einen Augenblick später kam das Klopfen dann auch. Laura machte die Tür auf. Sorry stand da, den Sturzhelm wie einen Ersatzkopf unter dem Arm.

»Morgen, Chant«, sagte er hastig, aber in versöhnlichem Tonfall. »Ich bin gekommen, um Frieden zu schließen.« Unter seiner Jacke trug er einen schwarzen Rollkragenpullover, der sein fahles Haar leuchtend gelb erscheinen ließ. Er war ziemlich braungebrannt, und im Kontrast zu seiner dunklen Haut wirkten seine Augen bestürzend hell, aber jetzt am Morgen doch nicht mehr ganz so außergewöhnlich – weniger unter Hochspannung stehend und bedrohlich.

»Was willst du?« fragte sie und dachte dabei, daß sie sich kindisch anhörte anstatt überlegen und bissig, wie sie gern gewesen wäre. Er schaute jedoch an ihr vorbei ins Haus, fast so, als suche er Hinweise darauf, ob noch jemand da sei.

»Ist deine Mutter nicht zu Hause?« fragte er. »Du hast doch eine Mutter, oder? Du wohnst doch nicht allein hier.«

»Sie ist unterwegs«, sagte Laura kurz.

»Na schön! Dann werde ich mich eben wieder normal benehmen und nicht charmant«, sagte Sorry. »Ich habe einen guten Spruch drauf, um Mütter zu bezaubern, aber das spar ich mir jetzt wohl lieber. Komm schon, Chant! Nimm dir ein Herz und bitte mich herein!«

Laura trat beiseite, um ihn hereinzulassen, aber er blieb immer noch zögernd auf der Türmatte stehen.

»Du mußt mich hereinbitten«, sagte er lächelnd. »Man muß mich einladen, aber dann – danach – kriegt man mich nur schwer wieder los.«

»Ach, na gut! Komm schon rein!« sagte Laura ziemlich ungeduldig.

Vorsichtig schritt er über die Schwelle. »Wir besuchen uns zu sonderbaren Uhrzeiten, findest du nicht? Aber ich statte meinen Besuch immerhin zu einer ehrbareren Stunde ab als du. Trägst du eigentlich immer solche Schlafanzüge?«

Laura erinnerte sich daran, wie sie ihn am Abend zuvor in seinem schwarzen Bademantel angestarrt und wie sie das ganze Zimmer einer kritischen Musterung unterzogen hatte, während die Katze auf seinen Knien schnurrte. Ihr Schlafanzug war auch nicht viel vorzeigbarer als der von Jacko, aber es waren zumindest noch alle Knöpfe dran.

»Es ist nicht mein Prunkstück«, sagte sie in dem Versuch, einen kleinen Scherz zu machen. »Den Schlafanzug aus schwarzem Satin heb ich mir für besondere Anlässe auf.«

»Das hier *ist* ein besonderer Anlaß«, sagte Sorry und riß mit gespieltem Erstaunen die Augen weit auf. »Aber lauf jetzt nicht weg, um dich umzuziehen oder so. Erzähl mir lieber noch mal, was mit deinem kleinen Bruder ist.«

»Er ist hier drin«, sagte Laura. »Ein Arzt war da. Jacko kommt ins Krankenhaus. Das wird aber auch nichts bringen. Außer mir weiß keiner, was passiert ist, und meine Mutter glaubt mir nicht. Sie kann mir nicht glauben. Das kann niemand.«

»Ich versichere dir hoch und heilig, daß ich vor dem Frühstück auf nüchternen Magen sechs unmögliche Dinge glauben kann«, sagte Sorry. »Deshalb habe ich heute morgen auch das Frühstück ausgelassen, bevor ich hierhergekommen bin, um deine Hypothese zu überprüfen. Habt ihr in der vierten Klasse Naturwissenschaften? Das hast du mir gestern abend nicht gesagt.«

»Das sind Pflichtfächer«, sagte Laura. »Ich bin mir nicht so ganz sicher, was eine Hypothese ist, falls deine Frage darauf abzielt, aber ich kenne *Alice hinter den Spiegeln*.«

»Eine Hypothese ist eine Vermutung über etwas, das zutreffen kann oder auch nicht«, erklärte Sorry. »Man kann sie widerlegen, aber sie läßt sich niemals voll und ganz beweisen. So ungefähr funktioniert das – wieder ein Beweis mehr dafür, daß die Erde schief ist. So, und jetzt schauen wir uns mal den Jungen an, bevor deine Mutter wiederkommt und dir das Fell über die Ohren zieht, weil du im Schlafanzug ältere Herren aus der siebten Klasse empfängst.«

»Du hältst dich wohl für ganz großartig, was?« sagte Laura mit einem schwachen Lächeln.

»Jemand muß das ja tun«, gab Sorry zurück und folgte ihr in Jackos Zimmer. »Diese alten Vetteln bei mir daheim haben ... Grundgütiger Himmel, Chant!« rief er plötzlich aus. »Was ist das für ein Geruch?«

Laura wäre ihm am liebsten um den Hals gefallen, weil auch er das Pfefferminz riechen konnte, aber sie hielt den Atem an und wartete, während Sorry sich Jacko ansah.

»Na so was«, sagte er kurz darauf. »Du kluges Kind! Du hattest recht, und ich hab mich geirrt.«

Erleichtert atmete Laura tief aus. Sorry ließ sich neben Jakkos Bett auf einem Stuhl nieder – auf einem Stuhl, der mit Kates Unterwäsche drapiert war.

»Na los! Erzähl mir alles!« sagte er, während er erst das eine und dann das andere Augenlid von Jacko nach oben schob, nicht so sehr um das Auge zu sehen, sondern um beobachten zu können, wie das Lid sich schloß. Laura erzählte ihre Geschichte, so knapp es nur ging.

»Dämon! Böser Geist! Höllenwesen!« sagte Sorry. »Mir kommt's so vor, als ob die Gabe, die du hast – du weißt schon, mit der du erahnen kannst, wer zu den außergewöhnlichen Menschen gehört, die auf der Welt so herumschwirren –, als ob diese Gabe selbst im dunkeln tappen würde, was die richtige Bezeichnung anbetrifft. Hat dieser Carmody Braque irgendein ... war er mit einem Wort auf der Stirn gezeichnet, oder hatte er irgendein Mal, das vielleicht ein ausgelöschtes Wort gewesen sein könnte?«

»Nein, nichts dergleichen«, sagte Laura bestimmt. »Er war ziemlich kahl – sein Haar war dünn und sehr kurz. So was hätte ich ganz bestimmt gesehen.«

Sorry schien eine Hypothese, von der er für kurze Zeit ausgegangen war, gleich wieder zu verwerfen. Er sah Jacko an – hob seine Hand auf, schüttelte den Kopf und seufzte.

»Hast du schon mal was von Lemuren gehört?« fragte er schließlich.

»Affen?« fragte Laura.

»Halbaffen«, sagte er geistesabwesend. »Nein, nicht die. Die Lemuren waren die Geister der Verstorbenen ... *lavae* oder *lemures*. Ich glaube nicht, daß dein Carmody Braque tatsächlich ein Höllenwesen ist. Ich halte ihn für einen bösen Geist, der es geschafft hat, noch einmal einen Körper für sich zu gewinnen, und sich vermutlich durch das Leben anderer – ihre Energie – weiterhin am Leben erhalten kann. Du hast es beinahe getroffen, als du gesagt hast, es wäre ein Vampir. Aber es geht ihm nicht nur um Blut. Es geht ihm um die Lebenssubstanz.« Er schaute Jacko an, als wäre er eine seltene Blume, die vom Sturm geknickt worden war. »Das läuft darauf hinaus ...« sagte er nach einer kurzen Pause und verstummte dann. »Du bist doch ein großes, tapferes Mädchen, Chant, nicht wahr? Es läuft wohl darauf hinaus, daß dein kleiner Bruder erledigt ist.«

»Du meinst, daß er sterben könnte?« rief Laura. Sie konnte ihre eigene Stimme schrill und hart in dem dämmrigen Zimmer hören.

»Er macht die Schotten dicht«, sagte Sorry in seiner lockeren, unbeteiligten Art. »Mir fällt nichts ein, was ich tun könnte, selbst wenn ich schon gestern abend gekommen wäre.«

Laura wurde es auf einmal sehr kalt – so kalt vielleicht wie Jacko, der unter seinen Decken lag, ohne von ihnen gewärmt zu werden.

»Du glaubst wirklich, daß er sterben wird?« wiederholte sie.

»Er macht die Schotten dicht.« Sorry gab dieselbe Antwort wie zuvor, in betont vernünftigem Tonfall, so als ginge es um eine Tatsache, die Laura eben akzeptieren müsse. Er sah ganz wohlgemut aus, an dem Problem interessiert, aber nicht davon berührt. »Dieses Dichtmachen wird eine Weile helfen, nehme ich an. Es ist eine Art Winterschlaf – oder vielmehr Sommerschlaf . . .«

Laura schaute ihn fassungslos an, weil er sich haargenau so anhörte wie ein Lehrer in der Schule. »Ich möchte keinen Vortrag gehalten bekommen«, sagte sie. »Du meinst wirklich, daß er sterben wird?«

»Das hast du mich gerade eben schon mal gefragt. Es tut mir leid«, sagte Sorry und zuckte die Schultern. »Ich wüßte nicht, wie er gegen eine solche Besessenheit lange durchhalten sollte. Nun ja, besessen ist er eigentlich nicht, obwohl der Geist von ihm Besitz ergriffen hat. Er wird eher von innen heraus aufgezehrt.«

»Komm ins aufgeräumte Zimmer hinüber«, sagte Laura nach einer Weile. »Du könntest ein Glas symbolischen Sherry haben.«

»Um Viertel nach neun am Morgen?« fragte Sorry. »Und auf nüchternen Magen?«

Er ging hinter ihr her aus dem Zimmer und ließ sich ihr gegenüber am Tisch nieder. Laura schaute auf und sah ihm unverwandt in die Augen. Seine grauen Augen bekamen einen bestürzten Ausdruck und wichen ihrem Blick dann aus. Im Licht, das schräg durchs Fenster fiel, wurden sie ganz silbrig.

»Schlimm für dich?« fragte er behutsam.

»Er ist mein Bruder, und ich hab ihn lieb, und du sagst, daß er sterben wird«, sagte Laura. »Er war so ein toller Kerl, und du redest von seinem Tod, als ob dir das völlig Wurst wäre.«

»Ich hatte mal Brüder«, sagte Sorry. »Ich weiß nicht, wie mir zumute wäre, wenn einer von ihnen im Sterben läge, aber eins weiß ich mit Sicherheit – keiner von ihnen würde sich meinetwegen den Kopf zerbrechen. Meine Gefühle haben jahrelang richtig gut funktioniert, aber ich weiß, daß ich in dieser Hinsicht jetzt nicht sonderlich gut drauf bin. Ich habe wohl ebenfalls dichtgemacht – anders als Jacko – schon vor einiger Zeit. Aber ich werde alles für ihn tun, was in meiner Macht steht, und das heißt, daß ich Winter fragen werde. Sie weiß alles, unsere Winter. Also atme mal tief durch, Chant. Du bist jetzt nicht schlechtergestellt als vorher, sondern vielleicht sogar besser... und wenigstens bist du nicht mehr ganz allein damit.«

Das stimmte. Laura atmete also wirklich tief durch, und dabei merkte sie, daß Sorry ihr nicht ins Gesicht schaute, sondern statt dessen zusah, wie sich ihre Brust unter der alten Schlafanzugjacke hob und senkte. Er fing ihren Blick auf, seufzte und lächelte mißbilligend und beschwichtigend zugleich.

»Du hast mich hereingebeten«, betonte er, »obwohl du ja wußtest, daß ich kein reiner Segen sein würde.«

»Ich hab dich nicht hereingebeten, damit du mir beim Atmen zusiehst«, stellte Laura klar.

»Du hast aber auch keine Bedingungen gestellt.« Sorry sah wieder von ihr weg. »Eine Einladung ist für eine Hexe von großer Bedeutung. Und der Lemure konnte deinem kleinen Bruder nur deshalb sein Zeichen aufdrücken, weil er ihm die Hand entgegengehalten hat. Jetzt mußt du ihn dazu bringen, daß er es wieder entfernt, und das ist meiner Ansicht nach nur dadurch zu erreichen, daß man *ihn* mit einem Mal der geheimen Kräfte versieht, durch das man ihm dann befehlen kann.«

»Könnte ich das tun?« fragte Laura zweifelnd.

Sorry schüttelte den Kopf. »Das kann ich mir nicht vorstellen«, sagte er. »Ich glaube, das müßte eine Hexe machen – oder so jemand Ähnliches. Das Problem dabei ist nur, daß er eine Hexe doch nie an sich heranließe und ihr schon gar nicht die Hand entgegenstrecken würde, aus welchem Grund auch immer. Aber wir werden ja sehen, was Winter dazu einfällt.«

»Na, ich zieh mich jetzt mal an«, sagte Laura. »Möchtest du dir inzwischen ein paar Bücher ansehen?«

»Wenn du willst, mach ich uns einen Kaffee«, schlug Sorry vor. »Du mußt gar nicht erst versuchen, mir zu erklären, wo die Sachen sind. Ich werd's schon raten.«

»Dann wirst du aber falsch raten«, sagte Laura. »Meine Mutter hat sonderbare Aufbewahrungsorte.«

»Aber ich habe einen Instinkt für Kaffee«, sagte Sorry. »*Du* würdest bestimmt darauf schwören, daß es Hexerei ist.«

»Es ist nur Pulverkaffee«, teilte Laura ihm mit.

»Pulverkaffee ist mir sowieso lieber«, rief Sorry triumphierend. »Ich wirke jetzt vielleicht wie ein Kosmopolit, aber im Grunde meines Herzens bin ich ein echter Kleinbürger aus der Vorstadt.«

»Ich weiß nicht mal genau, was Kosmopoliten sind«, gab Laura zurück. »Wie wär's denn, wenn du den Kaffee machst und aufhörst, von dir selber zu reden?«

»Du bist verdammt rücksichtslos zu deinen Gästen«, rief Sorry hinter ihr her. »Dabei wär's doch deine Aufgabe, dafür zu sorgen, daß der Gast sich wohlfühlt.« Aber er hörte sich gut gelaunt an.

»Also, paß auf den Kessel auf«, sagte Laura. »Stör dich nicht daran, wenn er zischt. Er ist ein bißchen undicht. Mach ihn ganz voll, und wenn er pfeift, kocht das Wasser.«

Sie zog sich mit etwas mehr Sorgfalt an als normalerweise, lieh sich zu ihren Jeans ein weißes Hemd von Kate aus. Der Kessel kreischte wild auf und wurde zum Schweigen gebracht. Als Laura sich die Haare bürstete, hörte sie Kates Stimme, trat ins Zimmer und fand Kate mit Chris Holly an der Seite vor, wie sie verblüfft den Fremden anstarrte, der in der Küchentür stand und ihr eine Tasse von ihrem eigenen Kaffee anbot. Sorry war freundlich und höflich und wirkte völlig unbefangen. Er hatte ein Tablett gefunden und es hergerichtet. In der Mitte, in einem ehemaligen Erdnußbutterglas, prangte ein Strauß rosa Röschen, so perfekt wie frisch aus dem Schaufenster eines Blumenladens. Kate brach in Entzücken darüber aus, aber Laura wußte, daß es sich nicht um natürliche Blumen handelte. Sie waren der zweite sichtbare Beweis für Sorrys Doppelnatur.

»Ich werde den Tag aber zumeist im Krankenhaus sein«, sagte Kate müde. »Chris, was kann er nur haben?«

»Das Krankenhaus ist genau der richtige Ort, um das herauszufinden«, sagte Chris.

Laura sah ihn mißtrauisch an und fragte sich, was er hier zu suchen habe. Aber es stellte sich heraus, daß er vorgehabt hatte, Kate heute ein bestimmtes Buch vorbeizubringen, und da sie wußte, daß sie am Nachmittag nicht zu Hause sein würde, war sie bei ihm vorbeigefahren, um ihm alles zu erklären. Chris hatte ihr sofort angeboten, sie zum Krankenhaus zu fahren, da sein Wagen größer war und alles funktionierte, so daß Jacko es bequemer haben würde. Laura fand, daß er sich in ihrer Runde ziemlich verwirrt ausnahm. Außerdem dachte sie – und das versetzte ihr einen nachhaltigen Schreck –, daß Kate nur deswegen zu ihm gegangen war, weil es sie bekümmert hätte, ihn zu versetzen. Das zeigte, wie wichtig er ihr war. Bei den meisten Leuten wäre ihr das erst hinterher eingefallen.

»Laura, ich weiß nicht, wie lange ich bleiben werde . . .« fing Kate an.

»Mrs. Chant, meine Mutter meinte, daß Laura den Tag über vielleicht zu uns kommen möchte – und gegebenenfalls auch über Nacht bleibt«, sagte Sorry. Laura wußte, daß er diese Einladung aus der Luft gegriffen hatte. Kate zögerte. »Das ist sehr freundlich . . .« sagte sie zweifelnd.

»Wir haben jede Menge Platz«, fuhr Sorry fort, »kein besonderer Komfort, aber wir hätten sie sehr gern bei uns.« Mit der geschickten Andeutung, daß es sich nur um eine bescheidene Unterbringung handelte, machte er es Kate schwer, die Einladung abzulehnen.

»Also, es ist ja eine Zumutung«, sagte Kate, »aber die Familie nebenan ist nicht da – sonst organisieren wir das immer untereinander. Ich kann nicht sagen, wann sie wieder zurückkommen. Es wäre mir eine große Erleichterung, wenn . . . bist du sicher, daß deine Eltern – das heißt, deine Mutter – einverstanden ist?«

»Winter zählt weiß Gott als Vater!« antwortete Sorry. »Sie würden es übelnehmen, wenn ich Laura unter diesen Umständen nicht mitbringen würde.« Er hörte sich sehr ernst und verantwortungsbewußt an, aber dann sagte er in einem deutlich anderen Tonfall zu Laura: »Pack deine Zahnbürste und deinen schwarzen Satinpyjama ein, Chant.« Kate fiel das gar nicht auf, aber Chris schon, und er warf Sorry und dann Laura einen schnellen, neugierigen Blick zu.

Zwei Telefonanrufe später trug Chris Jacko zu seinem großen Wagen hinaus und bettete ihn dort neben Kate zurecht. Und dann, nach Küssen und Umarmungen zwischen Kate und Laura und unter Anweisungen über Türen abschließen und Strom abstellen und dem Versprechen, sich telefonisch zu melden, fuhren sie zu einer Privatklinik, in der Jacko als Patient erwartet wurde. Dort wurde den Müttern im Zimmer der Kinder eine Unterkunft angeboten, hatte Kate gesagt, so daß sie beliebig lange bei Jacko bleiben konnte, wenn nötig auch die ganze Nacht.

Chris und Kate zusammen mit Jacko sahen so nach einer Familie aus, daß Laura sich verlassen fühlte, ob sie wollte oder nicht. Sie hegte einen Groll gegen Chris, weil er mitgefahren war, während sie zurückbleiben mußte. Freilich, sie hätte den Wagen nicht steuern können, aber es machte ihr auch weiterhin zu schaffen, wie bereitwillig Kate seine Hilfsangebote angenommen hatte.

»Jetzt bist du in meiner Macht!«, sagte Sorry freundlich. »Bedenke das und zittere.«

»Na und?« gab Laura zurück. »Das bin ich doch von der Schule her schon gewöhnt.«

»Ja, wenn das so ist«, sagte Sorry, »dann muß ich mir wohl was Neues einfallen lassen, was meinst du? Ich werde meine Liebesromane daraufhin durchsehen. In *Um Philippas Liebe willen* könnten ein paar gute Anregungen stehen. Oder in *Gestohlene Augenblicke*.«

»Wieso willst du mich denn überhaupt zum Zittern bringen?« rief Laura gereizt. »So denkt nur ein echter Chauvi.«

»Ich bin eben altmodisch«, gab Sorry ihr recht. »Einen Helm für dich habe ich nicht dabei. Ich werde nur ganz langsam dahinkriechen, aber wir sollten nach Polizisten Ausschau halten. Ob wir mal einen Blick in diesen Trödelladen riskieren?«

Laura war froh darüber, abgelenkt zu werden. Später, mit ein paar Habseligkeiten in einer Einkaufstüte, fuhr sie auf der Vespa und hielt sich an Sorry fest. In Gedanken folgte sie jedoch dem Weg durch die Stadt zu dem unbekannten Krankenhaus von Jacko und Kate. Darauf war ihre eigentliche Konzentration gerichtet. Auch ohne Hexerei konnte Laura an die Welt um sie herum nicht mehr so recht glauben. Ihr war zumute, als ob ein Teil von ihr aus einem lesenden Auge bestünde und der überwiegende Teil von ihr eine Figur wäre, die sich durch eine Geschichte hindurchbewegte – noch dazu eine Figur, die allmählich den Verdacht hegte, daß sie nicht ganz wirklich war, vielleicht nichts weiter als eine Marionette. Oder sie bestand einfach aus Wörtern auf einer Buchseite.

Die Carlisle-Hexen

»Natürlich war es richtig, daß Sorensen dich mit hergebracht hat«, sagte die jüngere Mrs. Carlisle. »Das muß ja schrecklich für dich sein – und für deine arme Mutter. Ich hoffe nur, daß Sorensen sich angemessen verhalten hat.«

»Er war sehr höflich, jedenfalls meistens«, sagte Laura, »aber auch sehr merkwürdig. Er benahm sich so, als ob etwas mit dem Auto wäre und nicht mit meinem Bruder. Aber dann hat er mich zur Gardendale-Ladenpassage gebracht, damit wir uns den kleinen Laden ansehen konnten. Dort war alles dicht. Sorry meinte, daß jede Ritze zu wäre, selbst unten am Türspalt alles abgedichtet. Er hat gesagt, ich müsse Mr. Braque dazu bringen, das Zeichen wieder von meinem Bruder zu nehmen, aber er wüßte nicht wie, weil Braque ein alter, vorsichtiger Dämon sei.«

»Nun, darüber müssen wir mal nachdenken«, sagte die alte Mrs. Carlisle. »Wir sind nämlich auch nicht so ganz ohne geheime Kräfte ... Wir sind die Töchter des Mondes. Aber das besprechen wir lieber später.«

Sie waren in einem großen, hellen Zimmer mit kleinen Webteppichen auf dem polierten Fußboden. An den weißen Wänden hingen die Bilder in so dichten Reihen, daß sie wie lauter Fenster in eine andere Welt wirkten. Auf einem Bild seitlich von Laura war ein silbernes Feuer dargestellt. Daneben hing ein Landschaftsbild in frischen, klaren Farben. Zwischen kleinen Hügeln und Bäumen und hell funkelnden Quellen spielten lächelnde Ungeheuer Karten oder pflückten Blumen. Im Hintergrund beobachtete ein großes Gesicht, das teilweise ein Gebäude war, mit melancholischem Gleichmut die Szene, und vorn im Bild blickte ein Mann, der über und über mit kurzen Federn bedeckt war, mit einem Eulengesicht aus dem Rahmen heraus. Ob er eine Maske trug oder eine Art Vogelmensch war, konnte Laura jedoch nicht beurteilen. Das Bild gehörte zu den vielen Merkwürdigkeiten hier im Zimmer, die sie sich gern genauer angesehen hätte, aber die Anwesenheit ihrer Gastgeberinnen hemmte sie, alles so gründlich in Augenschein zu nehmen, wie sie es eigentlich wollte.

»Hoffentlich war Sorensen freundlich zu dir«, sagte seine Mutter. »Wir müssen immer damit rechnen, daß er Fehler macht, aber das ist nicht ausschließlich seine Schuld; das sollte ich dir vielleicht doch erklären. Mir unterlaufen manchmal die gleichen Fehler.«

Sie trug ein schlichtes rosa Kleid mit einem matten Schimmer, wie die Außenseite von einem Rosenblatt, das zu ihrem weißen Haar und den kühlen blauen Augen einen bemerkenswert schönen Kontrast bildete. Laura wurde augenblicklich von heftiger Sehnsucht nach Kate gepackt, die ein Kleid in einer solchen Farbe keine fünf Minuten tragen konnte, ohne sich vorn zu bekleckern.

»Wenn du doch nur die alte Farm gekannt hättest, dann ließe sich das leichter erklären«, sagte die alte Mrs. Carlisle. »Es ist vermutlich ein Fehler, sein Herz allzusehr an ein Stück Land zu hängen. Aber weißt du, wir haben unsere Farm geliebt. Früher einmal hat uns das ganze Tal da draußen gehört, und damit besaßen wir eine ganze Welt – eine Welt mit einem Wald, einem Fluß und Flachland ... Wir bauten einen Damm aus Steinen und gingen dort nackt schwimmen. Es macht mich manchmal traurig, daß ich nie wieder eine solche Nähe zu Wasser haben werde – es gibt keine privaten Stellen mehr. Natürlich läßt sich mit Zauberei immer noch etwas machen, aber früher war das einfach und direkt.« Sie seufzte. »Wenn wir den Berg ein kleines Stück hinaufgingen, konnten wir die Stadt sehen«, sagte Miryam. »Sie war wie, nun ja, wie die Armee eines Nachbarlandes, die sich auf ihre Art vergnügte, am Horizont eifrig ihre Truppenübungen abhielt. Meine Mutter hat wohl recht – es ist vermutlich klüger, einen

Flecken Erde nicht zu sehr zu lieben. Land gehört einem niemals ganz. Es kommt und geht, auch wenn man ihm noch so zugetan ist. Am Ende besitzt es einen.«

»Die Armee kam nämlich näher«, sagte Winter. »Mein Mann war ein Sonderfall in seiner Familie, eigentlich einer von uns – ein Mondmann –, kein starker Zauberer und auch keine Hexe. Er war mehr so wie du, ein empfänglicher Mensch. Nun, seine Brüder besaßen nichts davon. Es sind Geschäftsleute, die in der Stadt ganz groß herausgekommen sind. Trotzdem – es hätte uns eine Warnung sein sollen, Miryam und mir.«

»Die Armee kam näher«, fiel Miryam ein. Sie unterbrach den Redefluß nicht, sondern spann den Faden weiter. »Plötzlich mußten wir nicht mehr auf den Berg steigen, um sie sehen zu können. Wenn wir durch unser Tor auf die Straße traten, die damals noch ein einfacher Weg war, konnten wir sie auf uns zukommen sehen. Das ist schon Jahre her...«

»Ungefähr zwanzig Jahre«, fügte Winter an.

»Ich war damals sehr jung und eigenwillig«, sagte Miryam und lächelte über sich selbst und darüber, wie sie früher gewesen war. »Für mich war das Tor der Farm das A und O der Welt, und ich mißtraute allem und jedem, was außerhalb lag. In regnerischen Nächten ergriffen die Lichter der Stadt schon vom ganzen Himmel Besitz. Meine Mutter und ich wollten alles versuchen, um unser Tal zu retten, und wir beschlossen...« Sie warf ihrer Mutter einen Blick zu.

»Wir beschlossen, über der Farm etwas entstehen zu lassen, was wir einen Kraftkegel nennen«, sagte Winter ruhig. »Man könnte uns dann immer noch sehen, aber irgendwie nicht mehr richtig wahrnehmen. Die Stadt würde zwar wissen, daß wir da sind, würde aber an uns vorbeiziehen. Es ist jedoch schwer, einen solchen Zustand heraufzubeschwören, und noch schwerer läßt er sich auf Dauer erhalten. Wir brauchten eine dritte Hexe.«

Miryam beugte sich mit einer fast flehenden Geste vor. »Als Trio arbeiten wir am besten, weißt du«, erklärte sie, »als die drei weiblichen Lebensphasen.«

»Ich war die alte Frau«, sagte Winter.

»Und ich sollte die Mutter sein und meine Tochter die Jungfrau.« Miryam lehnte sich wieder zurück. »Ich dachte, daß es ganz sicher eine Tochter werden würde, wenn ich ein Kind bekam. Wir haben fünfzig Jahre lang Töchter bekommen – keinen einzigen Sohn in der ganzen Zeit. Die ganze Schwangerschaft hindurch sprach ich mit meinem Baby, als ob es eine Tochter wäre – versprach ihr das Tal –, aber wie du ja weißt, bekam ich einen Sohn.«

»Sorry!« sagte Laura. »Ich meine Sorensen.«

»Das ist ein alter Name in der Familie«, sagte Winter. »Obwohl wir ihn nicht für einen aus der Familie hielten, gaben wir ihm doch einen Namen, der ihn mit uns verband. Ich hatte schon einen Verdacht, als ich merkte, daß Miryam mit ihrem ungeborenen Kind keine Träume austauschen konnte. Es war eine schwere Geburt. Man sagte uns, daß er ihr einziges Kind bleiben würde, und – um ehrlich zu sein – als er geboren wurde, wollten wir ihn alle beide nicht haben.«

»Hätte er denn nicht die Jungfrau sein können?« fragte Laura und grinste kurz in sich hinein. »Er ist doch eine Art Hexe, oder?«

Einen flüchtigen Augenblick lang war Winter anzusehen, wie die einstigen Hoffnungen sie getrogen hatten. Verwirrung und Zorn über den absonderlichen Gang der Ereignisse damals huschten wie eine dunkle Gewitterwolke über ihr Gesicht.

»Wir haben erst viel später gemerkt, was er war«, sagte sie. »Vielleicht entwickeln sich bei Männern die Anzeichen erst später, oder vielleicht . . . jedenfalls, es ist uns damals nicht aufgefallen. Damit unterlief uns aber nicht nur einfach ein Irrtum, sondern gleich zwei Fehler auf einmal: Wir hatten

Sorensen unterschätzt, und uns selbst schätzten wir zu hoch ein.«

Jetzt verstummten sie plötzlich beide. Laura, voller eigener Ängste und verwirrt darüber, mit welchem Eifer sie ins Vertrauen gezogen wurde, wußte nun, daß sie beim Kernpunkt der Geschichte angelangt waren. Jetzt, wo sie so weit gekommen waren, zögerten sie und schauten einander an.

»Ich werde weitererzählen . . .« sagte Miryam mit einem Seufzer. »Zuletzt war es ja meine Entscheidung.«

»Mein Liebes . . .« Winter wandte sich ihr zu und sprach jetzt sehr sanft.

»Am Anfang war es meine.«

»Laura«, sagte Miryam, »ich bin keine mütterliche Frau, und wenn ich an meinen Sohn dachte, hatte ich das Gefühl, in der Falle zu sitzen. Die Vorstellung, ihn aufwachsen zu sehen, so nahe und doch unabdingbar ein Fremder – wie ich damals ja glaubte –, ohne die Fähigkeit, mir dabei zu helfen, mein Heim vor jener Armee zu schützen – das heißt auch vor der Stadt, die auf uns zumarschiert kam und sich unterwegs die Gemüsegärten hier einverleibte . . . also, ich konnte das nicht ertragen. Ich beschloß, Sorensen zur Adoption freizugeben. Aber kaum hatte ich das beschlossen, als mir klarwurde, daß ich ihn andererseits auch wieder nicht aus den Augen verlieren wollte. Ich möchte gar nicht vertuschen, wie ichbezogen ich war . . . Ich hatte keine Lust, ihn zu versorgen, wollte aber doch Nachricht über ihn erhalten und auch eine gewisse Kontrolle darüber ausüben, was mit ihm passierte. Ich weiß, daß das egoistisch war . . . Nun ja, wie sich alles ergab, war es vielleicht mein Glück, daß ich wohlhabend genug war, um von beiden Möglichkeiten die Vorteile genießen zu können.«

»Wir haben für das Baby Pflegeeltern ausfindig gemacht«, sagte Winter. »Das war eine Familie wie aus dem Bilderbuch . . . eine wunderbare, mütterliche Mutter mit selbstgemachtem Gebäck in der Vorratsdose, ein gütiger Vater, ein so zuverlässiger Mann, und vier Brüder – so eine Familie, die sonntags morgens zur Kirche geht und am Nachmittag gemeinsam mit dem Auto zum Picknick fährt. Sie waren kinderlieb, wollten aber keine eigenen Kinder mehr haben und hatten beschlossen, ein Kind in Pflege zu nehmen.«

»Ich habe allerdings bestimmte Bedingungen gestellt«, sagte Miryam, »und ich bin mir bis heute noch nicht sicher, ob das klug oder dumm war. Daß doch noch alles gut ausgegangen ist, hatte ganz andere Gründe, als ich zunächst dachte. Weißt du, die schönen Künste und Bildung überhaupt gehörten für mich seit jeher zu den verheißungsvollsten Tröstungen, die die Welt uns geben kann . . .« Sie brach ab und meinte lächelnd: »Du bist noch zu jung, um verstehen zu können, wovon ich rede. Ich meine damit, daß ich Sorensens Familie gesagt habe, welche Schule er besuchen soll, und ich bat die Eltern, ihn beim Lesen und Musikhören zu fördern . . . Außerdem habe ich versprochen, daß ich mich nie direkt mit ihm in Verbindung setzen würde . . .«

»Du hättest alles ganz anders regeln können, und es hätte doch keinen Unterschied gemacht«, sagte Winter. »Seinem wahren Wesen nach war er eine Hexe, und vor diesem Unterschied werden alle anderen bedeutungslos.«

»Wir verfolgten seine Entwicklung aus der Ferne«, erzählte Miryam weiter. »Es schien immer alles gutzugehen. Eine Zeitlang dachte ich jeden Tag darüber nach, ob ich mich richtig verhalten hatte – aber es hätte sowieso keine Möglichkeit gegeben, das Richtige zu tun –, und nach einer Weile habe ich mir dann nicht mehr den Kopf darüber zerbrochen. Die Stadt kam. Mein Vater starb, meine Onkel zwangen uns, die Farm zu verkaufen, wobei wir allerdings das Haus mit dem umliegenden Garten behielten. Und dann, an einem Morgen vor drei Jahren, kam ich in den Hof und fand dort Sorensen vor. Er sah meinem Vater so ähnlich, daß ich ihn sofort erkannte, obwohl er in einem schrecklichen Zustand war abgerissen, schmutzig, erschöpft, verwundet, nicht in der Lage zu sprechen. Er konnte mir nicht einmal seinen Namen sagen. Und dann wurde mir zum erstenmal klar, daß dieser kaputte Junge – damals war er fünfzehn – all das war, was ich mir vorgestellt hatte: ein wahres Kind der geheimen Kräfte.« Sie schüttelte den Kopf, was weniger an Laura als vielmehr an Winter gerichtet war, mit der sie eine Erinnerung teilte, die sich nicht beschreiben ließ.

»Woher hatte er gewußt, wo er hin sollte?« fragte Laura. »Wenn Sie doch nie geschrieben haben oder so?«

»Es war wohl so, daß er immer noch mit uns verbunden war, auch wenn wir uns dessen gar nicht bewußt waren«, sagte Miryam. »Und als er einen Zufluchtsort brauchte, kam er nach Janua Caeli, so wie eine Spinne sich an einem unsichtbaren Faden zu ihrem Netz zurückhangelt. Als er Menschen seiner eigenen Art brauchte, hatte er auch die besondere Fähigkeit, sie zu finden. Unter diesen Umständen mußten wir froh darüber sein, aber wir hatten auch Angst bei der Vorstellung, daß wir uns nie vor ihm verstecken konnten.«

»Wir gaben uns alle Mühe, ihn zu retten«, fuhr Winter fort, »oh, nicht sein Leben – er befand sich nicht in Lebensgefahr –, aber es stand schlimm um ihn.« Sie warf Miryam einen unsicheren Blick zu. »Um seine Menschlichkeit, so kann man es wohl nennen. Wir erkannten die Gefahr, in der er sich befand. Weißt du, Laura – du wirst dir vielleicht vorstellen können –, eine Hexe ohne Menschlichkeit ist in neun von zehn Fällen eine Hexe der Schwarzen Kunst, eine böse Hexe. Wir brachten ihn zu verschiedenen Ärzten, wir stückelten ihn wieder zusammen. Wenn es sein muß, kann er ein normales Leben jetzt schon sehr gut nachahmen, aber es ist kein Wunder, daß er von deinem kleinen Bruder wie von einem Auto mit Motorschaden gesprochen hat. Sorensen ist selbst so ein kaputtes Auto, und keiner von uns kann beurteilen, wie kaputt er eigentlich ist. Seine Gefühle scheinen nicht sehr tief zu gehen, obwohl er einen recht klugen Eindruck machen kann.«

»Gescheit!« sagte Laura. »Gescheit und schwer durchschaubar.«

Die Geschichte lenkte sie ab, ob sie wollte oder nicht, wobei ihre tiefsten Gedanken aber immer bei Jacko waren. »Was ist denn in der anderen Familie schiefgegangen?«

»Zu viel, um dir das jetzt alles zu erzählen«, sagte Miryam. »Ich habe versucht, dir unser Verhalten zu vermitteln. Aber jetzt zahlen wir wohl den Preis dafür, denn wir haben Sorensen sehr liebgewonnen, und nachdem wir in der Vergangenheit solche Fehler gemacht haben, trauen wir uns nicht sehr viel zu. Wir können nur wenig von dem erfassen, was er wirklich denkt oder fühlt – vielleicht weiß er es auch selbst nicht. Oft können wir nur raten.« Sie schaute Laura sehr direkt an, aber ihre Stimme wurde geradezu schüchtern. »Wir haben uns gefreut, als er anfing, von dir zu erzählen, denn es kam uns so vor . . . wir haben beide gedacht . . . Wir dachten, weil du ihn ja erkannt hast, daß du schon allein dadurch etwas bei ihm in Gang gesetzt hättest, daß er sich jetzt allmählich . . .« Sie zögerte und schien darauf zu warten, daß Laura den Satz zu Ende sprach, aber Laura schwieg.

»Freilich«, Winter schien nun ein anderes Thema anzuschneiden, »aus deiner Sicht birgt das allerhand Gefahren. Wir können dir nicht versprechen, daß dir mit ihm nichts passieren wird.«

Laura sah sie unsicher an. Der Körper unter ihren Kleidern verwunderte sie immer noch, weil er noch nicht ganz sie selbst war. Seine Anziehungskraft, ob groß oder klein, war ihr noch weitgehend unbekannt. Deshalb, weil sie ein Mädchen war, meinten sie, daß Sorensen ihr gefährlich werden könnte. Aber sie wußte, daß sie sich keinen Ängsten hingeben durfte.

»Ich bin okay«, sagte sie ungehalten, »oder ich werde es zumindest sein, wenn Jacko wieder gesund wird.«

Die alte Winter reckte sich und sagte dann energisch: »Darüber spreche ich nach dem Abendessen mit dir. Aber jetzt werde ich mal meine Knochen in Bewegung setzen und zusehen, daß das Essen auf den Tisch kommt. Es wird nicht lange dauern. Vielleicht könntest du zu Sorensen ins Studierzimmer gehen und ihm sagen, daß wir in etwa zehn Minuten essen werden. Erinnere ihn auch ans Händewaschen.«

Laura lernte allmählich die Geographie des Hauses mit seinen Marksteinen – die geschnitzte Truhe gleich hinter dem Türbogen des großen Zimmers, der Tisch mit seinen schlanken Beinen und der Platte mit den Elfenbeinblättern in Einlegearbeit, auf der das Telefon stand. Laura ging daran vorbei und wünschte sich ganz fest, es möge klingeln und daß Kate am Apparat wäre und sagte: »Ich komme dich jetzt sofort abholen«, aber das Telefon tat ihr diesen Gefallen nicht. Sie ging zur Tür von Sorensens Studierzimmer und klopfte an, erhielt aber keine Antwort. Sie klopfte noch einmal und drückte dann kühn die Klinke herunter.

Die Tür ging so langsam auf wie im Traum, und wie einst die schöne Fatima betrat Laura Blaubarts Schloß. Natürlich hingen hier keine früheren Frauen, an ihren Haaren aufgehängt, mit durchbohrtem Herzen und durchgeschnittener Kehle, lächelnd in ihrem schrecklichen Wissen – nur die Hausaufgaben aus der siebten Klasse waren quer über dem Fußboden und auf dem Schreibtisch ausgebreitet. Mit dem Interesse eines Menschen, der etwas Geschriebenes in einer Sprache sieht, die er gerade selbst anfängt zu lernen, besah sich Laura die Matheaufgaben, und dann richtete sie den Blick auf die Buchrücken der Reihe mit Liebesromanen unten im Bücherschrank. Dort würde sie zweifellos *Um Philippas Liebe willen* und *Gestohlene Augenblicke* finden. Hinter der Tür entdeckte Laura jetzt viele Aufnahmen von Vögeln und ein Fach mit Sorensens Fotoapparat und viereckigen Flaschen, auf denen *Entwicklerflüssigkeit* und *Fixiersalz* stand. Die meisten Fotos hatte sie schon in der naturwissenschaftlichen Ausstellung der Schule gesehen, deshalb wandte sie sich anderen Bildern zu. In einem schweren Rahmen, wie durch ein Fenster, beobachtete sie ein gemalter Mann. Sein Gesicht wurde von gewaltigen Flügeln überschattet, die sich hoch über seine Schultern erhoben, aber aus seiner Stirn wuchsen Blätter und zwischen den Blättern entweder Hörner oder Zweige. Neben ihm lehnte sich die fotografierte Frau auf dem Poster zurück, nackt und so glatt wie Satin. Sie lächelte Laura zu, wie sie auch Sorry zulächelte, aber der Blick besagte etwas anderes. Für Laura war es das Lächeln einer Schwester, nicht einer lockenden Frau. Oben an der Ecke des Posters war das kleine Foto befestigt, das bereits vor nahezu vierundzwanzig Stunden ihre Neugier geweckt hatte. Das Skelett schaute sie an und lächelte bemüht, aber sie wich seinem Blick aus, stieg statt dessen über die Hausaufgabeninseln am Boden und trat unten ans Sofa heran, um das Foto genauer in Augenschein zu nehmen.

Sie sah sich selbst, durch die Vergrößerung unscharf geworden, so als ob man bei einem anderen Foto einen Ausschnitt aus dem Hintergrund herausgenommen und bis zur Auflösungsgrenze vergrößert hätte. Und doch war sie es, festgehalten in einem Augenblick, der erst kürzlich gewesen sein mußte, aber doch schon der Vergangenheit angehörte. Sie sprach mit jemandem, vielleicht mit Nicky, die aber nicht auf dem Bild drauf war. Ihre Knie ragten verschämt unter der Schuluniform hervor. Laura schaute von ihrem eigenen Bild zu dem der nackten Göttin, die sich träge nach links lehnte. Sie seufzte und schüttelte den Kopf.

Mit gerunzelter Stirn wandte sie sich um und sah, daß Sorry im Türrahmen stand und sie interessiert beobachtete, während sich die Katze um seine Knöchel schmiegte. Er wirkte gar nicht so sehr viel anders als seine Bilder, und wie bei der ersten Begegnung mit ihm in diesem Zimmer dachte Laura auch jetzt wieder, daß man ihm hier sein wahres Selbst stärker ansah – ein wilder Mann, eingerahmt vom schweren Gebälk der Tür, das Telefon hinter ihm im Flur noch schwach erkennbar.

»Wenn du *Wendys unstetes Herz* gelesen hättest«, sagte er, »würdest du dich mit meinem Gesichtsausdruck auskennen. Ich versuche, voll kläglicher Reue dreinzuschauen, weil man mich bei einer Gefühlsduselei ertappt hat.«

Laura sagte nichts.

»Wie gelingt mir das?« fragte er.

»Ich finde nicht, daß du gefühlsduselig aussiehst«, sagte sie, und sie fand auch nicht, daß es gefühlsduselig gewesen war, ihr Foto an das Poster zu heften.

Im Nu trat er so nahe an sie heran, daß er direkt vor ihr stand, und obwohl er nicht viel größer war als sie, war sie dadurch zwischen Wand und Sofa eingeklemmt und kam nicht an ihm vorbei. Er warf einen Blick auf das Foto über ihrem Kopf.

»Es ist nicht sehr scharf, nicht wahr?« sagte er. »Ich hab so getan, als ob ich die Bibliothek fotografieren würde. Du hast einfach nicht stillgehalten.«

»Du hättest mich fragen können«, gab sie zurück. »Ich hab nichts dagegen, fotografiert zu werden.«

»Dazu war ich zu schüchtern«, sagte er, und Laura konnte nicht beurteilen, ob sein finsteres Lächeln sich auf ihn selbst bezog oder auf die Vorstellung, er könne schüchtern sein.

Jetzt hielt Laura still. Sie war so unbeweglich wie die Hauptdarstellerin in einem Dschungelfilm, die beim Aufwachen eine zusammengeringelte Schlange auf ihrer Brust entdeckt. Damit sie nicht gebissen wird, kann sie sich nicht bewegen, atmet nur ganz langsam, bleibt still liegen und sieht zu, wie das Licht über die wunderbar gezeichnete Schuppenhaut wogt. In diesem Augenblick kam ihr Sorry umwerfend vor, sein stockender, stoßweiser Atem, in den Augen ein strahlender, funkelnder Glanz.

Es wird etwas geschehen, dachte Laura. Sie würde geküßt werden. Bei einem Kuß lagen auf der einen Seite Kindheit, Sonnenschein, Unschuld und Spielzeug, und auf der anderen waren Umarmungen, Dunkelheit, Leidenschaft und der Zutritt für einen anderen Menschen, der bei aller Liebe stets etwas Andersartiges bleiben würde – sein Einlaß nicht nur in ihr Vertrauen, sondern irgendwie bis unter die Haut, mit der sie sich nach außen abschloß.

Sorry küßte sie jedoch nicht. Dafür legte er ihr seine linke Hand auf die Brust, ohne dabei den Blick von ihrem Gesicht abzuwenden, und er hörte auch nicht auf, sie anzulächeln. Laura merkte, wie ihr Gesicht einen ungläubigen Ausdruck annahm. Und doch, seine Berührung war echt und bewirkte auf der Stelle eine Verwandlung in Sorry. Denn während ihm noch vor wenigen Augenblicken sein bedrohliches Gebaren eine Art unergründlichen Glanz verliehen hatte, wurde sein Gesicht jetzt weich, seltsam unscharf, so als ob ihn das alles mehr beunruhigen würde als sie selbst.

»Nicht!« sagte sie in einer plötzlichen Anwandlung. »Denk daran: Du mußt hereingebeten werden.«

»N-na, dann b-bitte mich d-doch herein«, verlangte er. Er fing an zu stottern, aber während seine Stimme an Zuversicht verlor, wurde seine bisher nur angedeutete Umarmung zudringlicher. In diesem Augenblick klingelte das Telefon. Laura spürte, wie Sorry sich an sie lehnte und überrascht und vielleicht auch erleichtert nach Atem rang.

»Das war Rettung in letzter Sekunde, Chant«, stellte er fest.

»Ich hätte dich nicht hereingebeten«, rief sie ihm nach, als er zum Telefon ging. »Du bist genauso gerettet worden wie ich.«

»Ich hatte mir vorgenommen, sehr lieb zu dir zu sein. Es hätte dir vielleicht gefallen«, gab er zurück. Er meldete sich am Telefon, drehte sich dann um und hielt ihr den Hörer hin. »Deine Mutter ist dran«, sagte er. »Ist das nicht wunderbar! Vielleicht hat sie geahnt, daß du in tausend Nöten steckst.«

Laura griff nach dem Hörer. »Nicht in richtigen Nöten«, sagte sie.

»Um Haaresbreite wär's passiert«, sagte Sorry. »Und hiermit gehe ich ab.« Er ließ sie allein, und gleichzeitig kam Kates Stimme aus einer anderen Welt. Laura glaubte das Krankenhaus durch die Leitung geradezu riechen zu können.

»Wie geht's dir, Lolly?« fragte Kate.

»Gut!« sagte Laura. »Sie sind schrecklich nett zu mir. Alles bestens. Was ist mit Jacko?«

»Das weiß man noch nicht«, sagte Kate nach einer Pause. Ihre Stimme klang sorgsam bemüht, aber Laura konnte hören, wie sich die Verzweiflung durch ihre Worte fraß. »Das weiß man noch nicht«, wiederholte sie. »Sag ehrlich – meinst du, daß es den Carlisles etwas ausmacht, daß du da bist?«

»Das glaube ich nicht.« Laura mußte sich an die Wahrheit halten. »Aber mir macht es etwas aus. Ich finde es furchtbar, von dir und Jacko weg zu sein.«

»Mir geht es genauso«, sagte Kate, »aber du könntest hier auch nichts anderes tun, als mit mir und Chris herumzusitzen.«

»Was macht *der* denn dort?« Lauras Stimme nahm vor Eifersucht einen scharfen Tonfall an. »Wieso ist er da und ich nicht?«

Kate schwieg.

»Mama?« rief Laura.

»Ich weiß nicht«, sagte Kate schließlich. »Ich weiß es einfach nicht. Ich hatte das nicht geplant. Es kam alles so plötzlich, aus heiterem Himmel. Ich weiß auch nicht, wieso du dort bist, wo du bist. Es ging alles so schnell . . . ein Angebot wurde gemacht ... es war gerade günstig, und da hab ich's eben angenommen. Ich habe über all das nachgedacht, während ich hier an Jackos Bett saß. Laura, ich bleibe heute nacht bei Jacko. Ich kann die Vorstellung nicht ertragen, daheim in ein leeres Haus zu kommen.«

»Ich könnte aber doch nach Hause kommen«, rief Laura. »Ich bin schließlich keine Gefangene. Wir könnten zusammensein.«

»Ich würde ja doch nicht schlafen«, sagte Kate. »Da kann ich ebensogut hierbleiben.«

»Ich würde mit dir aufbleiben«, versprach Laura, aber Kate hatte ihre Entscheidung schon getroffen. Und außerdem hatte sie noch etwas anderes beschlossen.

»Laura, ich werde mich wohl mit deinem Vater in Verbindung setzen müssen«, sagte sie. »Ich glaube, Jacko ist so krank, daß er darüber informiert sein sollte.«

Zu ihrem eigenen Entsetzen merkte Laura, wie sie ganz steif wurde vor Schmerz. Dabei war dieser Schmerz doch so alt, daß es ihr unfair erschien, immer noch an ihm leiden zu müssen. Sie hatte geglaubt, die Trauer um ihren verschwundenen Vater überwunden zu haben. Einen Augenblick lang kämpfte sie mit der Erinnerung an diesen Kummer, und gerade da kam Sorry wieder in den Flur und wies durch den Türbogen. Vielleicht wollte er ihr damit anzeigen, daß das Abendessen fertig war.

»Die Aussicht, in Zukunft vielleicht weniger Unterhalt zahlen zu müssen, muntert ihn ja möglicherweise auf«, sagte sie schließlich mit harter Stimme.

»Sei doch nicht so, Lolly«, bat Kate. »Das ist jetzt eine zu ernste Zeit, um sich mit solchen Gedanken zu befassen. Ein Teil von dem, was wir an Jacko gern haben, ist dein Vater. Das gilt für dich genauso. Ich meine, du hast seinen Anteil in dir. Und er hat dich so liebgehabt. Jacko hat er ja nie richtig kennengelernt.«

»Na gut!« sagte Laura. »Tu, was du für richtig hältst.«

»Danach muß es jetzt auch gehen«, sagte ihre Mutter. »Morgen früh rufe ich dich gleich als allererstes an und sage dir, ob es eine Veränderung gegeben hat. Und Laura – ich weiß, daß ich noch wirrer rede als sonst, aber ich liebe dich, und ich denke an dich. Das darfst du nicht vergessen!«

»Mir geht's genauso!« rief Laura. »Grüß Jacko ganz lieb von mir.«

»Es steht nicht gut da draußen in der Welt?« fragte Sorry, als sie den Hörer auflegte.

»Nicht sehr«, sagte Laura. »Hoffentlich ist es okay, wenn ich wirklich über Nacht bleibe. Ich hab vergessen, eine saubere Bluse einzupacken, aber vielleicht könnte ich mir morgen früh eine holen.«

»Du merkst doch, wie entzückt Winter und Miryam davon sind, daß du hier bist«, meinte Sorry liebenswürdig. »Und ich habe meine Begeisterung schon bewiesen, nicht wahr? Der perfekte Gastgeber, das war ich doch, oder?«

»Außerhalb von deinem Zimmer bist du anders«, bemerkte Laura und hoffte, daß sie sich lässiger anhörte, als ihr zumute war.

»Nun ja, vielleicht!« gab Sorry voller Unruhe zurück. »Da drin bin ich machtvoll und sexy, aber je weiter ich mich von meinem Zimmer entferne, desto mickriger werde ich. In der Schule ist dann kaum noch was von mir übrig. Hast du Hunger?«

Ziemlich überrascht stellte Laura fest, daß sie ganz ausgehungert war. Sie gingen in ein Zimmer, in dem ein großes Fenster zu einer weinumwucherten Veranda hinausführte. Jetzt, wo sich draußen der Abend herabsenkte, sahen die Weinranken allerdings wie gespenstische Schlangen aus, weniger wirklich als die Fensterspiegelung des Tisches mit den vier Leuten um ihn herum.

Es war ein richtiges warmes Abendessen mit einer dünnen,

klaren Suppe, Salat, einer Hühnerpfanne und sogar Nachtisch. Laura wurde es bei diesem Anblick ganz schwach vor Freude, obwohl es ihr herzlos vorkam, daß sie aß, während Jacko so krank war und Kate so besorgt.

»Ich habe über die Situation deines Bruders nachgedacht«, sagte Winter Carlisle. »Sorensen – sei Laura behilflich und rücke ihr den Stuhl zurecht.«

»Das ist doch nicht nötig!« sagte Laura erstaunt. »Ich kann mich allein hinsetzen.«

So ritterliche Manieren waren Teil eines beängstigend fremden Rituals. In ihrer Klasse gab es Mädchen, die einen Freund hatten und mit ihm schliefen, aber keiner von ihnen war besonders nett zu den Mädchen. Jeder Junge, der sich in aller Öffentlichkeit wohlerzogen benahm, ohne dazu gezwungen zu werden, fiel der Verachtung anheim, denn zumindest in Lauras Klasse wußte jeder, daß in dieser Welt die Jungen gegen die Mädchen standen, und Höflichkeit bedeutete entweder Unterwerfung, oder sie gehörte zu einem Trick, wurde zur Manipulation eingesetzt und verdiente jedenfalls nichts als Geringschätzung.

»Das mag ja sein, aber Sorensen kann trotzdem zuvorkommend sein, um mir einen Gefallen zu tun«, sagte seine Großmutter. »In unserer Familie herrscht eher Zuneigung als Liebe, deshalb ist Rücksichtnahme doppelt wichtig. Wir können es uns nicht leisten, gute Manieren über Bord zu werfen, so wie in Liebe verbundene Familien das aus gegenseitigem Vertrauen heraus vielleicht fertigbringen. Also, Laura – wenn dein Mr. Braque und ich einander gegenübertreten, könnte ich mich als durchaus ebenbürtig erweisen, aber ich kann ihn nur dann dazu bringen, sein Mal von deinem Bruder zu nehmen, wenn ich eine gewisse Macht über ihn gewinne. Sorensen hatte recht in seiner Überlegung, daß wir Mr. Braque ein Zeichen aufdrucken sollten, um diese Macht zu bekommen. Und das dürfte sich als sehr schwierig erweisen.

Es unterscheidet sich nicht sehr von der Runenmagie«, fuhr Winter fort. »Früher haben sich viele Zauberer auf die Kunst verstanden, die Runenstäbe zu werfen. In Australien zeigt der Stammeszauberer mit einem Knochen auf jemanden, und das Opfer siecht dahin und stirbt. Das Mal, das Carmody Braque verwendet, ist etwas ganz Ähnliches. Es ist ein Zeichen für Besitz, das in deinem Bruder eine Tür entstehen ließ, durch die Mr. Braque nach Belieben ein und aus gehen kann. Dabei könnte er Gaben bringen, aber statt dessen hat er sich zum Nehmen entschieden. Er kennt seine Kraft und würde auch unsere Kräfte erkennen. Mir oder Miryam oder auch Sorensen würde er nie die Hand entgegenstrecken.«

»Meine Mutter sagt, daß Jacko sehr schwer krank ist«, sagte Laura. Sie mußte gar nicht erst sagen: ›Gibt es denn nichts, irgend etwas, was sich tun ließe, um uns zu helfen?‹

»Diese Gefahr bestünde nicht«, meinte Winter so ganz nebenbei, »wenn du selbst eine Hexe wärst.«

Miryam lächelte Laura zu. Sorry sah seine Großmutter nachdenklich an.

»Du willst eine Hexenwerdung bewirken?« fragte er.

»Warum nicht?« fragte Winter zurück.

»Das k-könnte sie umbringen«, warnte Sorry.

»Oh, nein – ganz gewiß nicht!« gab Winter rasch zurück. »Sie ist es doch schon zur Hälfte, nicht wahr? Das mußt du zugeben. Du spürst es ja selbst.« Sie wandte sich wieder an Laura. »Wie du weißt, gehörst du zu den Empfänglichen, wie wir das nennen, mein Liebes. Du stehst an der Schwelle zu unserem Zustand, und wir können dich hereinbitten – Sorry, Miryam und ich. Wir könnten dir dabei helfen, dich in eine Hexe zu verwandeln. Die Natur, die zur Zeit vor dir ein bißchen schwankt, würde dich einlassen. Und wenn du einen Weg findest, Mr. Braque ein Zeichen aufzudrücken, dann glauben wir, daß es dir gelingen würde – wie lautet die Bezeichnung dafür, Sorensen?«

»... seine Integrität zu durchbrechen«, beendete Sorry den Satz.

»Der hat doch gar keine Integrität!« rief Laura. »Ich finde, er ist durch und durch gräßlich.«

»Seine Unversehrtheit!« sagte Sorry. »Das, was ihn zusammenhält! Wir gehen davon aus, daß er möglicherweise Stück für Stück zerfällt, wenn du ihn mit einem Mal zeichnest. Nach dem, was du erzählt hast, muß er schon sehr alt sein, und es wird immer schwieriger, einen unnatürlichen Körper aufrechtzuerhalten.«

»Wenn ich eine Hexe wäre, würde er mich doch aber auch erkennen, oder?« fragte Laura. »Ich meine, Carmody Braque.«

Hier, mitten auf dem Tisch, stand ein ganz normaler Milchkrug. Das Geschirr neben ihrem Ellbogen war ganz normal schmutzig. Nur dadurch gelang es ihr, bei diesem ungewöhnlichen Vorschlag sachlich zu bleiben. Sorry sah seine Großmutter nachdenklich an, aber nur so, als hätte sie Laura einfach nahegelegt, Mr. Braque einmal in ihren besten Kleidern aufzusuchen. Dabei hatte ihr Winter allen Ernstes vorgeschlagen, eine Hexe zu werden.

»Das könnte sein«, sagte Winter, »aber weißt du, er kennt dich ja. Er ist dir schon begegnet und weiß bereits, daß du keine Hexe bist. Also, wenn du eine dunkle Brille aufsetzt, damit er dir nicht in die Augen sehen kann – denn das können sehr verräterische Fenster sein, die Augen –, und wenn einer von uns, vielleicht Sorry, mit dabei wäre und als Hexe erkannt wird, dann halten wir es für sehr wahrscheinlich, daß auf dich kein Verdacht fallen würde. Dein umgewandeltes Wesen wäre verdeckt. Du müßtest ihn dann dazu überreden, etwas von dir entgegenzunehmen, oder du überlistest ihn so, daß er es von sich aus haben will ... egal was, aber du mußt ihn dazu bringen, die Hand auszustrecken. Und wenn du ihm erst einmal das Zeichen aufgedrückt hast, dann ist es wichtig, daß er dich auch erkennt und genau weiß, was du bist und was du vorhast.«

»Könnte ich mich als Hexe dann wieder zurückverwandeln?« fragte Laura.

»Nein!« sagte Sorry. »Man kann eine solche Umwandlung nur einmal im Leben vollziehen.«

Nachdenklich runzelte Laura die Stirn. »Das läßt sich nur schwer vorstellen«, sagte sie. »Ihr wirkt zwar irgendwie anders, aber eigentlich verhaltet ihr euch ganz ähnlich wie andere Familien. Was tun Hexen denn?«

»Wir sind wie Wissenschaftler«, sagte Sorry. »Wir befehlen der Natur – bewegen sie nach unserem Willen. Aber Wissenschaftler folgen Richtlinien, die sie sich gedanklich erarbeitet haben, während unsere wohl aus der Vorstellungskraft kommen.«

». . . und aus einem gegenseitigen Tausch«, stimmte Miryam ihm zu. »Der Wissenschaftler denkt logisch nach und wendet dann im Forschungslabor oder auch für gewerbliche Zwecke seine Überlegungen praktisch an. Der Preis für die Eingriffe in die Natur wird oft ganz außerhalb des Wissenschaftlers bezahlt. Aber wenn Hexen verändernd eingreifen, lassen sie etwas von ihrem eigenen Lebenssaft in die Welt einfließen. Das baut sich wieder auf, aber es braucht Zeit – Sekunden, Stunden, Tage . . . Wenn man das Wetter verändert, kann es lange dauern, bis man sich wieder erholt hat, und selbst dann hat es keinen Zweck, es regnen lassen zu wollen, wenn weit und breit keine Regenwolke vorhanden ist. Oder wir können ein wenig in die Zukunft eintauchen, aber nur blind. Manchmal ist es von Nutzen, und manchmal . . .«

Während sie sprach, hob Sorry die Hand. Die Luft direkt über ihm wand und drehte sich, und im nächsten Augenblick saß ihm ein Eisvogel auf dem Finger. Der Vogel klapperte mit dem Schnabel, wirkte ansonsten aber ganz gelassen.

Sorry sah ihn verwundert an. »Damit sind Chants Probleme aber noch lange nicht gelöst«, sagte er. »Mal angenommen, sie möchte die Hexenwerdung nicht vollziehen?«

»Sie muß sich ja auch nicht sofort entscheiden«, sagte Miryam in ihrer ruhigen Art. »Du solltest deine Entscheidung aber innerhalb von vierundzwanzig Stunden fällen, Laura.«

»Vielleicht findet man im Krankenhaus doch noch ein Heilmittel«, meinte Laura. Sie fing einen Blick von Sorry auf, der ausgesprochen gequält war – ganz offensichtlich der Ansatz einer Entschuldigung für den Vorschlag seiner Großmutter. Etwas daran machte ihm zu schaffen, was er aber nicht eingestehen wollte. Als er merkte, daß sie ihn beobachtete, drehte er den Kopf weg und betrachtete den Eisvogel, der kurz darauf ebenso geheimnisvoll wieder verschwand, wie er gekommen war.

»War er aus der Zukunft?« fragte Laura, und er nickte.

»Aber nicht sehr weit weg in der Zukunft«, meinte er. »Nicht viel länger als einen Tag. Er wird schon unterschlüpfen können.«

»Paß auf, daß du dir keine Kopfschmerzen einfängst«, warnte Winter. »Er wollte bloß angeben«, fügte sie an Laura gewandt hinzu. »Eine solche Materialisation, selbst wenn es sich nur um eine kleine Sache handelt, läßt sich nur schwer bewerkstelligen und ist sehr anstrengend.«

»Der Vogel war wirklich schön«, sagte Laura. »Wie ein Geschenk vom morgigen Tag.«

»Sorensen hat eine starke Anziehungskraft auf Vögel«, sagte Miryam. Zum erstenmal konnte Laura aus ihrer Stimme heraushören, daß sie auf ihre kühle Art doch stolz auf ihn war. Sorry jedoch starrte ins Leere, als erwartete er von dort eine Strafe für das, was er sich herausgenommen hatte, und den restlichen Abend über sprach er nur noch sehr wenig.

Lauras Zimmer im ersten Stock bot Aussicht auf den Hof mit seiner Blätterbevölkerung aus Vögeln und Schachfiguren in Form von zugeschnittenen Büschen. Vom Fenster aus konnte sie den Wald sehen, den kläglichen Rest von Winters Farm. Durch seine Blätter und Zweige schimmerten gelegentlich die Lichter von der Gardendale-Vorstadtsiedlung herüber – ebenso schön wie Christbaumkerzen, allerdings zwischen Pappeln und Birken.

Obwohl sie wußte, daß sie in einem wunderschönen und geheimnisvollen Haus mit zahllosen Zimmern war, überkam Laura ein Anflug von Heimweh nach dem Verkehrslärm, den gefährlichen Straßen, sogar nach dem Riesensupermarkt ›aus dem Weltall‹. Das alles gehörte zu dem glücklichen Jahr, von dem um sie herum immer mehr abbröckelte, so daß es zur Erinnerung wurde, anstatt eine Zeit zu sein, in der sie tatsächlich lebte. Sie schob den Riegel an der Tür vor. Dabei überlegte sie, ob sie sich vor Sorry vielleicht fürchtete, entschied dann aber, daß es ihr um das Gefühl von Abgeschiedenheit ging, allein mit ihren eigenen Gedanken, weg von all den Verführungs- und Überredungskünsten der Carlisle-Hexen.

»Chant!« sagte ihr Sorrys Stimme deutlich ins Ohr. Sie fuhr erschrocken hoch und stellte fest, daß sie geschlafen hatte. Die Dunkelheit war dick und weich und hüllte sie wie in einen Pelz ein.

»Was willst du?« rief sie. Jetzt bekam sie es wirklich mit der Angst zu tun, zunächst einmal vor der Dunkelheit und dem ungewohnten Zimmer, das dahinter lauerte, und dann noch vor Sorrys Stimme, die irgendwo nahe bei ihrem Gesicht war.

»Pst! Keine Angst!« sagte er. »Ich bin nicht gekommen, um . . . Ich tu dir doch nichts. Hör mal, laß dir von Winter nichts aufschwatzen, ja? An ihr kann man sich die Zähne ausbeißen, und sie denkt immer zuallererst an ihren eigenen Vorteil. Laß sie nur dann die Umwandlung an dir vollziehen, wenn du ganz sicher bist, daß das die einzige Möglichkeit ist, deinen kleinen Bruder zu retten. Und selbst dann – überleg dir genau, ob du das wirklich willst. Willige nicht ein, ohne dir zuerst sagen zu lassen, ob es nicht noch eine Alternative gibt. Wenn du sie fragst, wird Winter dir eine ehrliche Antwort geben, aber du mußt daran denken, sie zu fragen.«

Laura setzte sich im Bett auf. »Ist es so schrecklich, eine Hexe zu sein?« fragte sie. Sie streckte ihre Hand in der Dunkelheit aus und berührte kurz darauf Sorrys Gesicht.

»Nein – es ist nicht schrecklich, aber es sondert dich von den anderen ab«, sagte er. »Du möchtest vielleicht nicht allein und verlassen nur mit Miryam und Winter und mir hier auf dem trockenen sitzen.«

Während sie im Dunkeln seiner Stimme zuhörte, ertappte sich Laura dabei, wie sie sich seine Hand ins Gedächtnis zurückrief, das Gefühl, als er sie so intim und zugleich ganz entrückt berührt hatte. Zu ihrer eigenen Verwunderung wollte sie das noch einmal spüren, um gründlich darüber nachdenken zu können. Wie eine Blinde tastete sie durch die Dunkelheit nach seinem Gesicht und versuchte, seinen Ausdruck zu erfassen.

»Wie bist du hereingekommen?« fragte sie. »Ich hatte die Tür verriegelt.« Sie konnte spüren, wie er lächelte. »Sehr vernünftig«, sagte er. »Aber das müßte schon eine jämmerliche Hexe sein, die nicht mal durch eine Tür hindurchkommt.«

»Treibst du es nicht ein bißchen zu weit?« fragte Laura streng. »Was du da mit mir machst, das fällt ja schon unter sexuelle Belästigung, glaub ich.«

»Du hast wohl Frauenzeitschriften gelesen«, gab Sorry zurück. »Aber mach dir nichts draus – was Belästigungen betrifft, ist diese Art die beste, die es gibt.«

»Das ist nicht fair!« zischte Laura.

»Fair!« sagte Sorry. »Dein ›fair‹ kannst du dir sonstwohin stecken. Außerdem habe ich irgendwie geglaubt, du hättest nichts dagegen. Ich dachte, wir könnten vielleicht eine Abkürzung nehmen. Du willst doch nicht erst die ganze Sache mit ›erst mal richtig kennenlernen‹ hinter dich bringen, oder?«

»Ich weiß nicht«, meinte Laura. »Darüber weiß ich überhaupt nichts. Ich war noch nie mit einem Jungen zusammen. Hast du schon mal – mit einem Mädchen, meine ich?«

»Willst du Empfehlungsschreiben einholen?« fragte Sorry.

Laura berührte immer noch sein Gesicht.

»Hast du schon mal mit einem Mädchen geschlafen?« fragte sie.

Er schwieg.

»Hast du?« hakte sie nach.

»Nicht hier«, sagte er schließlich.

»War es schön?« fragte sie. »So wie in den letzten fünf Zeilen in einem Liebesroman von Barbara Cartland?«

»Es hatte seine guten Seiten«, sagte Sorry. »Um die Wahrheit zu sagen – ich habe mir dafür jede Menge Ärger eingehandelt. Aber ich war vielleicht auch der Bösewicht und nicht der Held. Wenn ich das bloß wüßte!«

»Wie ist es, eine Hexe zu sein?«

»Es hat seine guten Seiten«, sagte er wieder. »Manchmal fügen sich die beiden Dinge zusammen. Hör mal – ich will dir was zeigen. Ich bin nämlich wirklich gut. Denk an einen Ort – einen Ort, den du als ganz wunderbar in Erinnerung hast.«

Bevor Laura es verhindern konnte, kam ihr eine bestimmte Erinnerung in den Sinn.

›Die nicht!‹ wollte sie gerade rufen, aber Sorry sagte: »Ich hab's«, so als hätte sie ihm in der Dunkelheit irgend etwas zugereicht, und zum Fenster zu wurde es im Zimmer heller.

»In gewisser Weise ist die Natur wie ein Hologramm«, sagte er. »In jedem Ausschnitt ist das ganze Bild enthalten.«

Nur einen kurzen Moment lang schaute Laura in eine Art Guckloch, nicht größer als ein kleines Geldstück. Im nächsten Augenblick überkam sie ein höchst sonderbares Gefühl, so als ob man sie auf einmal gebeten hätte, die Erinnerung an alle Orte auf der Welt in ihrem Gedächtnis aufzunehmen. Alles, was sie beim Namen nannte, das sah sie, und bei dem, was sie sah, suchte sie mühsam nach einer Bezeichnung – nicht nur einen Ozean, sondern alle Ozeane, Eiswüsten, denen nur der Sonnenaufgang Farbe verlieh, der Sonnenuntergang und das ständig wechselnde Licht der Morgenröte, während der Sand bis zum Horizont dahintrieb. Irgendwo im Fleisch der Erde zuckte das furchtbare Erdbeben, die Gezeiten wanderten am Zaum des Mondes hin und her, Regenbogen bildeten sich, Winde fegten wie riesige Besen über den Himmel und häuften Wolken vor sich auf, Wolken, die sich zu verschiedenen Formen wanden, zu Regen schmolzen oder sich verdunkelten, sich an einem ungesehenen Widersacher wund stießen und weiterzogen, umrankt mit Flußgabelungen aus Blitzen samt ihren weißen, elektrischen Nebenflüssen. Aus diesem unendlichen Ausblick ließen sich unendlich viele Einzelheiten herausholen, aber Sorry hatte sich für eine entschieden, und aus den immerwährenden Bildserien wurde ein ganz bestimmter Strand ausgewählt, der um Laura herum entstand – ein Strand mit eisendunklem Sand und Muscheln wie zerbrechliche Sterne und einem wunderbar weiten Meer, das sich vor ihr erstreckte, weder grün noch blau, sondern von der hereinbrechenden Nacht violett und schwarz getuscht, und seine eigenen salzigen Rätsel warfen Runzeln auf, bis weit hinaus zum fernen, reinen Horizont.

Einmal, vor vielen Jahren, war Laura mit Kate und Stephen, ihrem Vater, an diesem Strand gewesen. Jetzt roch sie den sonderbaren Duft nach Salz, vermengt mit dem organischen Geruch von vermoderndem Seetang und von Sand, in dem es mehr Leben gab, als sie sich je vorstellen konnte.

»Das ist erholsam«, meinte Sorry. »Träum was Schönes, Chant. Bis morgen.« Er verschwand, und Laura, beunruhigt und getröstet zugleich, sah zu, wie die Wogen sich am gewölbten Sand brachen, und schlief schließlich wieder ein.

Als sie am Morgen aufwachte, hörte sie den Gesang vieler, vieler Vögel. Sie ging nach unten, durch das alte Haus, das zu dieser frühen Stunde still und leer war, die Zimmer nur vom abstrakten bräunlichen Gold der Morgensonne bewohnt. Dann zog ein Geräusch sie durch die Hintertür nach draußen, und dort stieß sie auf Sorry, der halbnackt vor seiner Vespa hockte und irgendeine unerklärliche Wartung daran vornahm.

»Ich habe gerade eben Kaffee gemacht«, sagte er so beiläufig, als wäre er daran gewöhnt, sie um sich zu haben. »Der müßte auch für dich noch reichen. Wenn du dich beeilst, ist er noch heiß.«

Laura holte sich eine Tasse Kaffee und kam damit wieder nach draußen, um Sorry zuzusehen.

»Fährt dein Motorrad nicht?« fragte sie nach einer Weile. »Ich müßte nach Hause und ein sauberes Hemd anziehen.«

»Nimm eins von mir«, sagte Sorry. »Ach nein, das wäre dir wohl doch etwas zu groß. Okay. Die Vespa ist einsame Spitze. Gib mir zehn Minuten, dann kann ich dich nach Hause bringen und dabei auch gleich die Maschine überprüfen.«

Laura saß auf der Stufe hinter dem Haus, lehnte sich an die Tür und fühlte sich in Sorrys Gesellschaft zum erstenmal vollkommen behaglich. Später stieg sie dann auf den Rücksitz, schon recht geschickt, weil sie inzwischen ja Übung hatte, und dann brausten sie die Auffahrt entlang, machten das Tor auf, schlossen es wieder und gelangten aus der Zauberwelt von Janua Caeli in die Gardendale-Vorstadtsiedlung. Unschuldig lag sie da und schlief ihren Sonntagmorgenschlaf, die Straßen fast völlig leer, die Häuser in fahles frühes Licht getaucht, das sich auf den Dachfirsten und an den Rändern der engen Schornsteine jedoch bereits rosa färbte.

Zu ihrer Verblüffung fand Laura den Wagen von Chris Holly an ihrem Gartentor vor.

»Sorry«, sagte sie, stieg ab und stellte sich neben ihn, »das ist das Auto von Chris Holly.«

»So?« machte Sorry uninteressiert.

»Kate ist damit weggefahren.« Unsicher runzelte Laura die Stirn. »Sie muß also wieder da sein – da stimmt was nicht.«

»Mit der Vespa hier stimmt auch etwas nicht«, sagte Sorry. »Weißt du was, steig wieder auf, und wir drehen noch eine Runde, fahren die Maschine an der Flußmündung voll aus und holen dein Hemd auf dem Rückweg. Schließlich ist es noch sehr früh. Deine Mutter wird sich bestimmt freuen, wenn sie nicht jetzt schon geweckt wird.«

»Du verstehst nicht . . .« meinte Laura voller Verachtung.

»Nein, du bist hier diejenige, die nicht versteht . . .« rief Sorry am Rande der Verzweiflung aus, und in diesem Moment, fast wie aufs Stichwort in einem Theaterstück, machte Chris Holly die Tür auf und kam den Gartenweg entlang, um die Milch hereinzuholen. Am Tor schaute er sich ziemlich befangen um. Er hatte Kates guten Regenmantel an, der sehr lang war, und darunter war er barfuß.

Gleich als erstes sah er, wie Laura und Sorry ihn anstarrten.

»Verdammt!« murmelte Sorry in sich hinein. »Nimm dir das nicht so zu Herzen, Chant. Behalt einen kühlen Kopf.«

Laura war mehr als nur kühl. Sie stieg wieder auf die Vespa und sagte sehr kalt: »Los, fahren wir woandershin.«

»Laura . . .« rief Chris Holly unsicher. Er wirkte ganz verstört.

»Mach schnell!« befahl Laura und hämmerte Sorry auf den Rücken. Er nickte, und sie durchschnitten die morgendliche Stille, indem sie den Kingsford Drive herunterdonnerten.

Verwandlung auf ewig

»So schlimm ist das doch nicht!« sagte Sorry. Er hörte sich ziemlich gelangweilt an. »Deine Mutter dachte eben, daß sie sich besser fühlen würde, wenn sie die Nacht mit Chris verbringt. Na, warum auch nicht? Ich bin für alles, was einem in Krisenzeiten hilft.«

»Jacko ist doch so krank«, sagte Laura, aber Jackos Krankheit war nicht der einzige Grund für ihren Kummer.

»Ihm geht es deshalb nicht schlechter«, sagte Sorry, »und vielleicht geht es ihr besser.«

»Von solchen Dingen verstehst du nichts«, rief Laura. »Du hast kein Herz.«

»Da kann ich von Glück sagen!« gab Sorry zurück. »Aber das heißt noch lange nicht, daß ich nicht recht habe.«

Es würde heute sehr heiß werden. Sie gingen einen der Wanderwege um die Bucht entlang, wo der Fluß, nachdem er sich an Häuserreihen und kleinen Fabriken vorbeigewunden hatte, im Meer mündete und unter den Einfluß des Mondes geriet. Die Hügel befanden sich zu ihrer Linken, das Wasser war rechts von ihnen, wobei es jetzt bei Ebbe allerdings mehr Schlick als Wasser gab. Vor ihnen waren zwei Seen, Sickergruben für das Abwasser, über die Enten, schwarze Schwäne und Gänse hingesprenkelt waren und in denen sich die Zickzacklinie der Hügelkette genauso großartig spiegelte wie in weniger trüben Gewässern.

»Du wirst es wieder vergessen«, versuchte es Sorry noch einmal. »Also vergiß es am besten jetzt gleich.«

»Nein!« sagte Laura mit düsterer Entschlossenheit. »Das vergesse ich nie!«

»Na ja, vielleicht nicht gerade ganz und gar vergessen.« Sorry verstand immer weniger und wurde entsprechend gereizt. »Du wirst einfach nicht mehr daran denken. Es werden andere Dinge passieren, über die du dann nachdenkst, also kannst du genausogut auch gleich aufhören, darüber nachzugrübeln.«

Während er sprach, zog er sich die Jacke aus und ließ sich die Sonne auf den Rücken und die Schultern scheinen. Der Weg machte einen Bogen und führte sie zu einer Bucht, in der ein hauchdünner Wasserfilm, nicht dicker als ein Blatt Papier, nichtsdestotrotz das Licht der Morgensonne grellweiß und silbrig reflektierte. Während sie darauf zugingen, wehte dann aber ein warmer Wind über die glitzernde Fläche hinweg, so daß sie verschwand und plötzlich grau wurde.

Sie schreckten einen Reiher auf, der auf einem halb unter Wasser liegenden Balken saß. Er flog auf und strich an ihnen vorbei, den Kopf auf die Brust gesenkt, als der Flug an Gleichmaß gewann, die langen Beine nach hinten ausgestreckt. Laura wünschte sich, sie könnte mit ihm fliegen und sich unter dem warmen Lufthauch wie Zucker in der honigfarbenen Luft auflösen, um nie wieder etwas zu fühlen.

»Das ist nicht drin!« sagte Sorry neben ihr, der mit irgendwelchen unheimlichen Fähigkeiten ihre Gedanken las. »Wir müssen die Zähne zusammenbeißen und gute Miene zum bösen Spiel machen. Schau dir den Schlick an. Er ist sehr ruhig, nicht wahr? Komm, wir gucken ihn uns eine Weile an, damit wir ebenfalls ruhiger werden.« Dabei schaute er allerdings dem Reiher nach, so als ob ein Teil seiner Konzentration mit ihm fliegen würde.

»Du kannst leicht eine gute Miene machen«, sagte Laura scharf.

»Gott sei Dank«, stimmte Sorry ihr zu. »Es macht mir nichts aus, wenn du mich für unsensibel hältst. Daß ich so bin, ist mein Triumph. Mein Sieg. Himmel noch mal! Wozu der ganze Jammer?«

»Ich hab mir meinen Jammer nicht ausgesucht«, gab Laura aufgebracht zurück.

»Aber du kannst es dir aussuchen, ob du darunter leidest oder nicht«, versicherte er ihr.

Sie ließen sich zwischen Knäuelgras und Klee nieder und schauten über den Schlick hinweg, durch den Krebslöcher Pockennarben zogen und über den sich ein Gewebe aus den seitwärts verlaufenden Spuren spann. Sie rührten von den stetigen Geschäftsgängen der Krebse her, die unverdrossen auf Nahrungssuche waren und dabei alles aus dem Weg räumten und bedrohten.

Sorry legte Laura den Arm um die Schultern, aber das war nicht tröstlich und lenkte sie noch nicht einmal ab, denn er wirkte sehr weit entrückt. Es war ungefähr so, als würde man von einem Baum umarmt.

»Ich weiß, wovon ich rede«, sagte er. »Sieh mal – ich habe meine Mutter erst vor drei Jahren kennengelernt. Sie hat mich abgeschoben, als ich einen Monat alt war – hat sie dir das erzählt? Ab und zu verspürt sie den inneren Drang, ein Geständnis abzulegen.«

»Sie hat so was erwähnt«, gab Laura zu. »Sie schien deswegen Schuldgefühle zu haben.«

»Du sollst nicht denken, daß ich ihr daraus einen Vorwurf mache«, fügte Sorry hinzu. »Ich glaube, sie hat ganz richtig gehandelt. Es war nicht ihre Schuld, daß es schiefging.«

»Was hat denn nicht geklappt?« fragte Laura, die sich von ihren eigenen Gedanken ablenken lassen wollte.

»Ich hab nicht geklappt«, sagte Sorry. »Ich konnte durch den Spiegel gehen, aber die anderen nicht. Es war, als ob alle Dinge um mich herum noch ein Extra-Teil hatten. Ich konnte es sehen und damit umgehen, aber die anderen wußten nichts davon. Ich konnte Bäume zum Blühen bringen und Kohlköpfe wachsen lassen . . . Ich konnte Regenwolken wieder vertreiben . . . Regen machen konnte ich damals noch nicht, das ist sehr viel schwieriger, aber immerhin konnte ich alle verlorenen Gegenstände wiederfinden, und ich konnte jedes beliebige Buch lesen. Das war übrigens gar keine Hexerei, lief aber praktisch auf dasselbe hinaus. Zuerst reagierten die anderen mit Unbehagen, aber dann schienen sie sich daran zu gewöhnen. Der älteste Bruder ging aus dem Haus, und ich machte fröhlich weiter. Aber dann wurde mein Vater arbeitslos – es war von Stelleneinsparung die Rede, aber ich glaube, er hatte dort irgend jemanden gegen sich aufgebracht. Er hat eine andere Stelle gefunden, aber keine so gute, und außerdem wurde er allmählich älter und machte sich darüber Sorgen ... Er brauchte einen Sündenbock, dem er die Schuld geben konnte, und da ist er dann auf mich verfallen.«

»Wie kam er denn dazu?« fragte Laura verblüfft.

»Das war überhaupt kein Problem«, versicherte Sorry ihr. »Jemand anderem die Schuld zuschieben ist keine Kunst. Es ist ein Instinktverhalten. Das nahm dann ganz schön furchterregende Formen an.«

»Aber du warst doch gar nicht adoptiert«, sagte Laura. »Wenn du ihnen unbequem wurdest, hätten sie dich ja einfach zurückgeben können.«

»Eben nicht«, sagte Sorry und lachte. Es war ein helles Lachen, amüsiert und nicht im geringsten böse, aber aus irgendeinem Grund ging es Laura durch und durch. »Es gab einen wirklich schwerwiegenden Grund, warum sie mich nicht zurückgeben oder sonstwie loswerden konnten. Wenn ich dir sage, was es war, dann klingt es so ... es klingt so, als ob sie gemein und oberflächlich gewesen wären, aber das waren sie nicht. Der Grund war auch nicht unbedeutend, selbst wenn man uns dazu erzieht, es so zu betrachten. Sie hat für mich bezahlt. Miryam hat ihnen ein hübsches Sümmchen dafür gezahlt, daß sie mich versorgten – mehr, als ich sie gekostet habe; eine Art Zuschlag für die Mühe, die sie mit mir hatten. Und als es dann wirklich schlimm wurde, da waren sie von der Bezahlung schon voll abhängig geworden. Ihr Lebensstandard, das Haus und das Auto zum Beispiel, hing zum Teil von dem Geld ab, das sie alle sechs Monate bekamen.«

Das verstand Laura sofort. »Wie eine Unterhaltszahlung!« sagte sie.

»Ich wurde Tim – meinem Stiefvater – immer unheimlicher. Das fing bereits damit an, daß ich unehelich war – Miryam sagt, daß sie wirklich nicht weiß, wer mein Vater ist, und daß sie es mit Absicht darauf angelegt hat, es nie zu erfahren. Außerdem bin ich immer schon Linkshänder gewesen. Und dann war da dieser Teil in mir – ich muß ihn wohl als übernatürlich bezeichnen, obwohl ich eigentlich finde, daß ich der Natur stärker angehöre als die meisten Leute und mich nicht außerhalb von ihr oder über ihr befinde. Ich habe immer das Gefühl, *mit* der Natur und nicht gegen sie zu arbeiten. Na, egal was es ist, ich hab jedenfalls schnell gelernt, es zu verbergen, nachdem ich erst mal begriffen hatte, wie ihn das durcheinanderbrachte. Zu meinem Pech hat er sich dann dafür auf meine Linkshändigkeit gestürzt. Der arme Tim! Ungefähr um diese Zeit fing er dann auch an zu trinken. Er hat sich ganz entsetzlich vollaufen lassen – so etwa einmal im Monat, und dann hat er's die nächsten drei Wochen lang bereut, und wir mußten uns alle an seiner bußfertigen Reue beteiligen. Zu meiner Buße gehörte es, daß ich Rechtshänder werden mußte. Er sagte, das wäre nur zu meinem Besten. Ich habe immer schon gestottert«, erzählte Sorry. »Ich glaube, die Natur wollte meine Redseligkeit dadurch ausgleichen, daß sie es mir erschwerte, überhaupt zu sprechen. Also, mein Stottern wurde immer schlimmer. Bei mir zu Hause war ich ein einhändiger Vollidiot, der nur unverständliches Zeug daherbrabbelte. Selbst wenn Tim gar nicht da war, hab ich ständig für die Zeit trainiert, wenn er nach Hause kam. Dann wurde er wieder arbeitslos und war viel öfter zu Hause als früher. Schließlich war ich in der Schule schon so verhaltensgestört, daß man jemanden vom Jugendamt zu uns schickte, um mal nach dem Rechten zu sehen. Und das war dann . . . da war dann endgültig der Ofen aus.« Sorry lachte verzweifelt auf. »Tim drehte total durch. Er dachte, ich hätte mich beschwert. Das hat er jedenfalls behauptet, aber ich glaube, er brauchte in Wirklichkeit nur irgendeinen Vorwand, um sich an jemandem so richtig austoben zu können. Er sagte, daß in diesem Land lauter Sünder das Sagen hätten – dagegen läßt sich im Grunde genommen ja auch kaum was einwenden – und daß das dicke Geld in den falschen Händen wäre. Dabei fiel der Name von Miryam, und dann zitierte er die Bibel, aus der Geheimen Offenbarung des Johannes. Und z-zuletzt«, sagte Sorry, »hat er mir die f-fürchterlichste Abreibung v-verpaßt, die ich je b-bekommen habe. Ich meine, er war ein Kerl wie ein K-Kleiderschrank, und er hat mich z-zusammengeschlagen. Als ich klein war, hat er immer ›Bär‹ mit mir gespielt, so haben wir das genannt, wenn er kleine Kämpfchen mit mir machte. Das wird dann wohl ein Bären-Spiel für Erwachsene gewesen sein, nehm ich an.«

Laura sah ihn erschrocken an. Obwohl seine Stimme ganz heiter und gelassen klang, war es irgendwie furchterregend, wie sein Stottern auf einmal wieder zum Vorschein kam. Er lächelte sie unbefangen an, aber gleichzeitig verfärbten die Wundmale dieses alten Strafgerichts sein Gesicht und verdrängten sogar seine Sommerbräune, so daß die Backen anschwollen und seine Augen blau unterlaufen waren. Laura konnte nicht mit Sicherheit beurteilen, ob er wußte, was da vor ihren Augen mit ihm vorging, oder ob er gar nicht merkte, wie die Erinnerung seine scheinbare Unbekümmertheit verriet.

»Ich h-h-h-hätte ihn u-umbringen k-k-k-« Mit einemmal konnte Sorry nicht mehr weitersprechen. Er runzelte die Stirn, schloß die Augen und sagte dann mit angestrengter, aber ruhiger Stimme: »Ich hätte ihn umbringen können, aber ich hatte zuviel A-Angst. Und außerdem hatte ich immer noch im Kopf, daß er mein V-Vater war. Sieh mal!« rief er erleichtert, »da ist der Eisvogel.«

Er thronte oben auf einem Vorsprung der Uferböschung hinter ihnen, bei der an dieser Stelle Lehm und verwittertes Felsgestein große Stufen bildeten, zum Teil überwuchert mit ganzen Büscheln von Gänseblümchen, Adlerfarn und Immergrün und auch noch mit spätem Fingerhut. Der Eisvogel flog auf Sorrys ausgestreckte Hand herab, so daß Laura noch einmal seine cremefarbene Brust sehen konnte, in der gleichen Farbe wie blaßgelbe Primeln, und den blaugrünen Rücken.

»Würde er zu mir kommen, wenn ich eine Hexe wäre?« fragte sie, und Sorry nickte geistesabwesend. Vielleicht grübelte er über seine Geschichte nach, die er erzählt hatte, um Laura vorzuführen, wie unberührt ihn das Ganze ließ. Aber statt dessen hatte er ihr nur um so deutlicher die bittere Wechselwirkung von Ereignis und Erinnerung vor Augen geführt.

»Und was ist dann passiert?« fragte sie.

»Danach?« sagte Sorry höhnisch. »Ach, da war d-d-d-dann der T-T-T-Teufel los.« Aber er hatte seine Beklemmung überwunden und machte sich jetzt über seinen Sprechfehler nur noch lustig. »Am nächsten Tag hätte ich unmöglich in der Schule aufkreuzen und den anderen erzählen können: ›Ach ja, ich hab ein paar blaue Flecke. Ich bin nämlich gegen die Tür gerannt.‹ Dabei hätte ich das sogar gemacht. In gewisser Weise wollte ich ihn beschützen, aber er ging das Risiko lieber gar nicht erst ein. Er stieß mich die Treppe runter in den Keller und sperrte mich dort unten in einem kleinen Schrank ein. Ich konnte darin aufrecht sitzen, aber so richtig sportliche Übungen wie zum Beispiel Stehen konnte ich nicht machen. Und er sagte, ich müßte da drinbleiben, bis ich den Teufel in mir überwunden hätte. Ich durfte nicht mal aufs Klo gehen, kannst du dir so was vorstellen? Allerdings mußte ich auch nicht so dringend. Wie es sich ergab, war ich grade erst pinkeln gewesen.« Er lachte und verstummte. »So wie sich das anhört, muß dein Vater schon ein ziemlich kaputter Typ gewesen sein«, sagte Laura.

»Ich glaube, daß das Leben für ihn zu einer Art Krieg wurde.« Einen Augenblick lang machte Sorry den Eindruck, als würde es ihn restlos überwältigen, wenn er eine Erklärung versuchte. »Ich habe viel darüber nachgedacht, und ich habe darüber geredet und Bücher von Leuten gelesen, die andere Leute sehr genau beobachtet haben; und daraus hab ich mir dann folgendes zurechtgelegt: daß Tim unter bestimmten Umständen wirklich gut klarkam, aber durch die Arbeitslosigkeit war ein Teil von ihm in Verzweiflung geraten – sogar in Panik, und wer hält das schon auf Dauer aus? Daß er mir gegenüber gewalttätig wurde, war wohl ein Versuch, aus der ganzen Sache irgendwie doch noch schlau zu werden. Ich meine, indem es etwas oder jemanden gab, dem er die Schuld zuschieben konnte.«

»Daß er aber ausgerechnet auf diese Weise versuchte, wieder klarzukommen, war doch schrecklich – und dumm obendrein«, sagte Laura.

»Weiß der Kuckuck, ob er überhaupt eine Alternative hatte«, erwiderte Sorry. »Nachdem er erst mal damit angefangen hatte, war es schwer, wieder aufzuhören. Er konnte keine Schwäche zugeben.«

»Na, du mußt dann aber doch aus dem Schrank herausgekommen sein«, meinte Laura schließlich.

»Ja, das muß ich wohl, nicht wahr?« sagte Sorry. »Ich kann mich nicht dran erinnern. Was danach kam, daran hab ich überhaupt keine Erinnerung, ewig lange nicht. Ich weiß erst wieder, daß Miryam weinte, aber da war ich schon im Krankenhaus. Später brachte man mich dann nach Janua Caeli zurück. Offenbar ist Tim ungefähr einen Tag später wieder ein bißchen zur Vernunft gekommen und hat den Schrank aufgemacht ... und kein Sorensen da! Ich war verschwunden, ich weiß nicht wie. Ich tauchte im Hof unter den zurechtgestutzten Büschen und Bäumen auf, hatte meine fünf Sinne schon gar nicht mehr beisammen, und da merkte Miryam etwas, was sie bisher nicht gemerkt hatte – daß ich ganz so war, wie sie es ursprünglich geplant hatte, mal abgesehen von dem unbedeutenden kleinen Unterschied in meinem Geschlecht.«

»Gar nicht so klein!« sagte Laura.

»Na, vielen Dank für deine gute Meinung«, gab Sorry zurück. »Ungefähr normal, würd ich sagen.«

»Das hab ich nicht gemeint«, rief Laura wütend. »Du weißt genau, daß ich das nicht so gemeint habe.«

»Okay, okay«, sagte er. »Ich wollte nur meine Schlagfertigkeit beweisen. Es tut mir leid – echt sorry. Merkst du was? Die Umstände sind gegen mich. Wenn ich mich auf englisch entschuldigen will, muß ich mich jedesmal selbst beim Namen nennen.«

»Macht dir das was aus? Daß du Sorry heißt? Es ist doch nur ein Spitzname«, sagte Laura.

»Ich hab mich dran gewöhnt«, meinte Sorry. »Miryam ging mit mir zum Arzt, zu einer Wunderhexe – eine echte Wunderhexe, aber auch eine Psychotherapeutin. Ich meine, sie war eine Hexe wie Winter, Miryam und ich und hatte außerdem noch akademische Grade und all das. Sie war Spitze – sie hat ihre Fähigkeiten wirklich eingesetzt und sie nicht nur für Kunststücke und Knalleffekte benutzt. Es sieht manchmal zwar nicht so aus, als würd ich's noch erleben, daß ich erwachsen werde, aber wenn doch, dann möchte ich so sein wie sie.«

»Willst du Psychotherapeut werden?« fragte Laura unsicher.

»Da sei Gott vor«, gab Sorry zurück. »Ich würde gern – ich weiß nicht – für den Naturschutz arbeiten, als Aufseher oder so. Dann könnte ich meine Gabe auf taktvolle Weise nutzbringend anwenden, Forstschäden beheben oder bedrohten Vogelarten helfen. Jedenfalls, Chant, hat meine Geschichte eine Moral – nämlich die, daß man über alles und jedes hinwegkommen kann ... Die Menschen haben schon ganz andere Dinge verkraftet als solchen Quatsch.«

»Aber du bist nicht darüber hinweggekommen«, stellte Laura unumwunden fest.

»Das wollen wir aber niemandem weitererzählen!« sagte Sorry rasch. »Schau dir meinen Ruf in der Schule an. Ich helfe in der Bibliothek aus, fotografiere alle Arten von nichtsahnenden Vögeln und hab die Stufenleiter des Erfolgs bis zur berauschenden Höhe eines Aufsichtsschülers erklommen. In den meisten Fächern liege ich über dem Durchschnitt, und in Englisch wetteifern Katherine Price und ich um den Rang des Klassenbesten. Wenn das nicht heißt, daß ich darüber hinweg bin, was dann? Ich will eigentlich auch gar nicht sterben. Es interessiert mich, was am nächsten Tag passieren wird, also muß ich weitermachen. Daher mein Rat an dich ... wünsch deiner Mutter viel Glück, und damit laß es gut sein. Wenn du unglücklich bist, ändert das gar nichts ... überhaupt nichts.« Er schlenkerte mit dem Arm durch die Luft, und der Eisvogel schoß wie ein leuchtender Pfeil davon. »Fort mit dem ganzen Kram!« sagte Sorry leise. »Na gut – zugegeben –, das ist ungerecht. Es ist schließlich auch nicht gerecht, daß ich mit dir hier in der Sonne sitze, während der arme alte Tim als Beschäftigungstherapie in irgendeiner Klapsmühle jetzt Körbe flicht oder so. Ich bin der lebendige Beweis dafür, was sich mit Geld und einer guten Ausbildung alles bewirken läßt. Miryam wußte, was zu tun war, und hatte auch das nötige Geld dafür. Sie ließ einfach alles stehen und liegen und holte mich weg. Wenn neunzig Prozent der Welt mich für normal halten, dann *bin* ich auch normal ... und da wir grade beim Thema sind: Ich wollte dich doch etwas fragen.«

Das flache Grau der Flußmündungsbucht ließ auch Lauras

Herz, das einen Augenblick zuvor noch wütend gewesen war, flach und grau werden. Sie versuchte, über Sorrys Geschichte hinweg an Kate und Chris Holly zu denken.

»Nur weil du noch Schlimmeres durchgemacht hast«, sagte sie langsam, »ist es für mich ja nicht anders geworden...« Aber dennoch – der Ort, die Zeit und die Geschichte hatten ihre Wirkung nicht verfehlt. Lauras Empörung hatte sich gewandelt, war nahezu verschwunden, aber statt dessen setzte eine trübe, depressive Stimmung ein, und Laura fing an zu weinen, ohne einen bestimmten Anlaß, nur ganz allgemein darüber, daß ihr Leben in lauter Bruchstücke zerfallen war, die kein sicheres Muster mehr erkennen ließen. Die Warnung am Anfang der Woche hatte sich erfüllt. Vor einer Woche war Laura noch heil und ohne Bruch gewesen, sie hatte ein wahres Gesicht gehabt, das sie der Welt entgegenhalten konnte, aber jetzt war sie völlig in sich zerfallen.

»Nicht weinen!« sagte Sorry ohne großes Mitgefühl. »Nicht weinen! Ich komm mir schon so vor, als hätte ich sämtliche Nachteile einer Ehe mit dir, ohne die Vorteile.«

Laura stelle fest, daß es sich wutentbrannt schniefen ließ.

»Was für Vorteile?« schrie sie ihn an. »Na, sag schon! Was für Vorteile? Du willst es mit mir treiben? Also schön. Es dauert ja nicht lang, oder? Und danach kannst du das Thema endlich beenden. Dann haben wir's hinter uns.«

Sorry sah sie bestürzt an.

»Das ist ja furchtbar«, sagte er schließlich. »Bin ich dran schuld?«

Laura schaute auf ihre Hände hinunter, die sie so fest ineinander verschlungen hatte, daß sie einen Augenblick lang nicht wußte, welcher Finger zu welcher Hand gehörte.

»Sieh mal, ich geb ja zu, daß mir gelegentlich Gedanken gekommen sind, Chant, wenn du auf dem Schulhof herumgestelzt bist – wie ein graues Reihervogelmädchen, eckig und ein bißchen knochig, aber auch graziös. Und du hast mich erkannt, also hab ich dich im Auge behalten – und im letzten Jahr hast du dich ganz schön herausgemacht und siehst jetzt so aus, als ob . . . Das Schreckliche daran ist, daß du das Angebot nur deshalb gemacht hast, weil du unglücklich bist, und selbst dann . . .« Er lachte in sich hinein. »Also, ich bin kein strahlender Held«, sagte er. »Das ist schon mal klar – aber ich kann jedenfalls so *tun*. Komm, wir gehen zurück und erkundigen uns, was dein Bruder macht.«

Es war zwar völlig verdreht, aber Laura stellte tatsächlich fest, daß sie wieder richtig Sehnsucht nach Kate hatte, so als ob sie dadurch, daß sie sich Sorry auf so beleidigende Art angeboten hatte, mit ihrer Mutter gleichgezogen hätte und sie jetzt quitt wären. Ihr war plötzlich leichter zumute. Sie brachte ein zittriges Lächeln zustande und ließ sich von Sorry hochziehen. Allmählich fühlte sie sich wieder frei von dem nagenden Zorn, der sich in sie hineingefressen hatte.

»Ich glaube, ich bin etwas eifersüchtig auf Chris Holly«, sagte Laura, und als sie ihren Dämon beim Namen nannte, wurde ihr noch leichter zumute. »Ich werde nicht eifersüchtig«, sagte Sorry, »aber dazu kann ich mich eigentlich gar nicht beglückwünschen, und außerdem hab ich's nicht mir selbst zu verdanken.«

»Wenn ich einen Freund hätte, wärst du dann kein bißchen eifersüchtig auf ihn?« fragte Laura.

»Nein!«, sagte Sorry, und dann erkundigte er sich. »Wer? Jemand Bestimmtes?«

»Nein – na ja –, sagen wir mal Barry Hamilton«, schlug Laura vor.

»Barry Hamilton!« rief Sorry aus. »Barry? Der doch gewiß nicht!«

»Er sieht sehr gut aus – und er hat ein Auto«, stelle Laura fest.

»Aber der kann doch kaum seinen eigenen Namen schreiben!« höhnte Sorry.

»Kann er wohl. Er ist nicht dumm!« rief Laura. »Du bist mit deinem Eigenlob so eifrig beschäftigt, daß dir so etwas vermutlich entgeht. *Und* er hat ein Auto«, wiederholte sie.

»Ach du Schande!« sagte Sorry erschrocken, »ich hab einen Rivalen – noch dazu so einen verflixten Typen aus der fünften Klasse!«

Er sah sie an, und einen Augenblick lang leuchtete ihm diese andere, größere Dimension, die er am Vorabend in seinem Studierzimmer besessen hatte, auch jetzt aus seinem Alltagsgesicht.

Mit Staunen, Schreck und einer unerwarteten Freude empfand Laura den Blick wie einen kleinen Stromstoß, der weniger ihr Herz als vielmehr die Magengrube traf. Sie schaute weg.

»Hey«, sagte Sorry, als sie an der Vespa angekommen waren und in dem hohen Gras nach den Sturzhelmen suchten, die sie dort versteckt hatten, »sei kein Frosch und mach mir noch mal ein Angebot, Chant.«

»Du wolltest mich ja nicht haben«, sagte Laura. »Damit hast du deine Chance verpaßt.«

»Na, dann halt dich gut fest«, befahl Sorry. »Auf einer Vespa kann man zwar nicht so richtig davonbrettern, aber ich werde mein Bestes tun.«

Der Wagen von Chris stand immer noch vor dem Haus, und Laura ging hinein, während Sorry wie ein gehorsamer Hund draußen bei der Vespa wartete.

Kate saß am Tisch, an genau demselben Platz, an dem sie an glücklicheren Tagen die Arbeiten für ihren Buchhandelskurs erledigt hatte. Neben ihr saß Chris Holly und redete mit leiser, drängender Stimme auf sie ein. Er brach ab, als die Tür aufging, und beide drehten sich zu Laura um. Kate hatte geweint, obwohl sie jetzt gefaßt wirkte, und sie sah, selbst für ihre Verhältnisse chaotisch aus. Die Haare waren nicht gekämmt und hingen ihr in wirren Locken ins Gesicht, stumpfer als sie eigentlich sein sollten, während die Wimperntusche vom Vortag unter ihren Augen verschmiert war und an die blutunterlaufenen Stellen erinnerte, die durch Sorrys heftige Erinnerung auf seine jetzige Haut übertragen worden waren.

»Ich bin froh, daß du wieder da bist«, fing Kate vorsichtig an. »Daß du schon so früh am Morgen hier aufkreuzen würdest, damit hatte ich nicht gerechnet.«

»Irgend jemand hätte es mir sowieso erzählt«, sagte Laura und stellte erfreut fest, daß ihre Stimme ganz locker und gar nicht zornig klang. »Es ist schon okay. Ich war überrascht, aber inzwischen bin ich darüber hinweg. Wie geht's Jacko?«

»Schlecht!« antwortete Kate trostlos.

»Ich mach euch beiden einen Kaffee«, sagte Chris. »Dann tu ich wenigstens etwas Nützliches. Und danach fahre ich nach Hause, nehme ein Bad, richte mich ordentlich her, meditiere ein bißchen und komme zurück, um euch abzuholen.«

Sobald er aus der Küche war, drehte Kate den Kopf und wandte Laura ihr wie zerschlagen wirkendes Gesicht zu.

»Es war nicht deshalb, weil mich Jacko nicht weiter bekümmert hätte«, sagte sie, »sondern gerade weil es mir so naheging. Ich hab mich so elend gefühlt, daß ich Trost und Zuflucht brauchte, irgendein Entkommen.«

»Ich wollte dich trösten«, rief Laura. »Ich hätte dir Gesellschaft geleistet – ich, kein Fremder.«

Kate schaute sich im Zimmer um, als könnte an der Wand ein guter Rat für sie geschrieben stehen.

»Es ist nicht die richtige Zeit dafür . . .« Sie seufzte. »Es ist der falsche Zeitpunkt, um so etwas zu sagen. Aber wie es aussieht, ist es der einzige Zeitpunkt. Alles passiert auf einmal. Zuerst habe ich Chris kennengelernt, und dann ist Jacko krank geworden, und diese beiden Dinge sind ineinandergeflossen, so daß sie zu Teilen von ein und derselben Sache wurden. Ich hab dir etwas zu sagen, obwohl ich weiß, daß jetzt nicht die richtige Zeit dafür ist. Laura, du bist mir ein Trost, aber du kannst niemals eine Zuflucht für mich sein, weil ich mich nämlich verantwortlich für dich fühle. Ich muß versuchen, dich zu schützen und zu umsorgen, und überhaupt, beim Sex gibt es da etwas . . .« Sie hielt inne und fing dann neu an: »Du bringst mich dazu, ich selbst zu sein, manchmal mehr, als ich das möchte – du und Jacko, ihr alle beide. Und wenn man mit jemandem schläft, dann gibt es Zeiten, in denen man eine Ruhepause von sich selbst bekommt. Ein paar winzige Augenblicke lang kann man zum Nichts werden, und das ist eine große Erleichterung. Das habe ich mit ›Entkommen‹ gemeint. Nicht Chris hat mich gestern abend gefragt – ich habe ihn gefragt.«

»Und wenn so jemand wie Chris grad nicht da ist?« fragte Laura. »Was macht man dann?« Sie dachte daran, wie sie dem Reiher beim Flug zugesehen hatte, voll Sehnsucht danach, sich in Nichts auflösen zu können. Ihre Stimme hatte in ihren eigenen Ohren einen strengen Klang, aber Kate meinte sacht: »Dann kommt man eben auch so klar, so wie ich auch ohne das zurechtgekommen wäre.« Dann lächelte sie, und so schwach es auch war – es war doch ein typisches Kate-Schmunzeln. »Ich hatte halt Glück, daß ich's diesmal nicht mußte. Lolly, ich habe jetzt genug gesagt. Ich werde mich nicht entschuldigen, weil ich mich nicht schuldig fühle. Es tut mir leid, wenn es dir einen Schock versetzt hat, aber ich bedaure es nicht so, daß ich mir wünschen würde, anders gehandelt zu haben.«

Diese Rede brachte Laura darauf, daß sie irgend etwas vergessen hatte, und kurz danach kam Chris herein und sagte: »Ist das dein Freund, der da draußen am Gartentor auf dich wartet, Laura? Möchtest du ihn nicht hereinbitten? Wie heißt er doch gleich – Sorrow?«

»Sorry!« rief Laura. »Nein! Ich geb ihm nur rasch Bescheid.«

Von der Tür aus rief sie ihm zu: »Ich ruf dich nachher an!

Okay?« Und Sorry streckte aufmunternd den Daumen hoch und knatterte dann über den Kingsford Drive davon.

»Er ist irgendwie unheimlich«, sagte Chris, als sie zurückkam. »Ich weiß nicht, woher das kommt, aber er macht auf mich diesen Eindruck.«

»Bring sie bloß nicht auf dieses Thema«, bat Kate. »Das ist doch nur Sorensen Carlisle, das finstere Geheimnis der Familie Carlisle, das erst kürzlich ans Licht der Öffentlichkeit gelangt ist.«

»Er strahlt jedenfalls mehr Mittelschicht-Wohlstand aus, als man in dieser Gegend sonst zu Gesicht bekommt«, stellte Chris kritisch fest.

»Ach, das ist eine wohlhabende Familie, die sich kreuz und quer über die ganze Stadt verteilt.« Kate hörte sich gleichgültig an. »Immer mal wieder wird einer von ihnen wegen seiner Verdienste für die Industrie oder so in der Ehrenansprache an Neujahr erwähnt. Der Junge lebt nicht weit von hier bei zwei Frauen. Weiß der Himmel, warum sie hier wohnen bleiben. Ich bin mir sicher, daß sie sonst in anderen Kreisen verkehren.«

»Er sieht jedenfalls nicht so aus, als müßte er viel erdulden«, sagte Chris mißbilligend. »Ich hab mir neulich schon gedacht, daß allein von dem Geld, das sein Haarschnitt gekostet hat, eine Flüchtlingsfamilie eine Woche lang zu essen hätte.«

Laura fühlte sich jetzt doch veranlaßt, Sorry in Schutz zu nehmen.

»Immerhin kriegt er keine Glatze«, sagte sie, und ob sie wollte oder nicht – sie mußte Chris sympathisch finden, denn er lachte und reichte ihr den Kaffee, als würde er ihr einen Pokal überreichen.

»Chris hat es sich nie verziehen, daß er ein gutsituierter Junge aus der Mittelschicht war und kein Flüchtlingskind«, sagte Kate schon fast fröhlich. »Weil er selber Glück hatte, fühlt er sich dazu verpflichtet, andere dafür besonders hart ranzunehmen.«

»Sorry möchte später mal in der Natur herumdoktern«, sagte Laura. »Dem Waldsterben abhelfen. Oder sich für seltene Vogelarten einsetzen.«

»Dann engagiert er sich also für den Umweltschutz, ja?« sagte Chris. »Na, immerhin besser als gar nichts.« Und ein paar Minuten später fuhr er in Kates Wagen davon. Der Motor sprang perfekt an, denn während Kate im Krankenhaus war, hatte Chris das Auto in eine Wochenendwerkstatt gebracht und die Batterie aufladen lassen. »Obwohl du ja eigentlich eine neue brauchst«, sagte er. »Ich hol dich in einer Dreiviertelstunde ab.«

Wieder allein, sahen Kate und Laura einander vorsichtig an, wie zwei Menschen, die sich nach einer langen Trennung mit großen Veränderungen jetzt neu kennenlernen müssen.

»Selbst wenn du's gemacht hast, weil du Trost brauchtest und so«, sagte Laura nach einer Weile. »Ist Sex denn nicht . . . ich meine, das funktioniert doch nur zusammen mit enthusiastischen Gefühlen, oder?«

»Ich war enthusiastisch«, sagte Kate und stand auf. »Mit enthusiastischen Gefühlen hatte ich auch schon früher zu tun. Damit kann ich umgehen. Aber die Trauer macht mir zu schaffen. Laura – die im Krankenhaus glauben, daß Jacko sterben wird . . . Ich weiß, daß sie damit rechnen. Sie haben nicht viel tun können, um ihm zu helfen. Er siecht nur immer mehr und mehr dahin. Heute morgen hab ich zweimal angerufen, und es heißt, daß es keine Veränderung gegeben hat und er nur etwas schwächer geworden ist. Ob ich will oder nicht – ich weiß, was das bedeutet. Weißt du, ich wollte eigentlich gar kein weiteres Kind mehr haben. Ich habe Jacko nur deshalb bekommen, weil ich dachte, daß dein Vater sonst vielleicht weggehen würde. Er hatte damals schon eine Affäre mit Julia, und ich wußte, daß es diesmal was Ernstes war, also habe ich Jacko gekriegt! Trotzdem, das ist ein mieser Beweggrund, ein Kind zu bekommen, nur weil man jemanden an sich binden will, nicht wahr?«

»Jacko hat das aber gar nichts ausgemacht«, stellte Laura fest. »Es war ihm immer anzumerken, daß er das Leben ganz großartig findet.«

»Ja, das ist das Wunderbare daran«, sagte Kate. »Wenn man ihnen auch nur die geringste Chance gibt, dann sind Babys fest davon überzeugt, daß die Welt ohne sie nicht funktionieren würde. Sie wissen, wie toll sie sind. Als mir das mit deinem Vater dann nicht mehr so viel ausmachte... ich habe die Zeit mit dir und Jacko so sehr genossen, und jetzt sieht es aus, als ob... Ich glaub nicht wirklich, daß ich dran schuld bin – aber da ist so ein abergläubisches Gefühl, daß das jetzt eine Art Strafe für meine früheren Fehler ist.«

»Das glaub ich ganz und gar nicht!« rief Laura. »Aber ich weiß auch mehr über Jackos Krankheit als du. Nur glaubst du mir ja nicht. Kann ich mitkommen? Kann ich Jacko sehen?«

»Darf ich«, verbesserte Kate. »Ja – doch, du darfst, obwohl es eigentlich besser wäre, wenn du ihn so in Erinnerung behältst, wie er war, strahlend und fröhlich und immer zu einem Schabernack aufgelegt. Trotzdem, du kannst natürlich mitkommen. Es gibt dort eine Art Wohnzimmer, einen kleinen Warteraum mit Fernseher, wo Chris sich gestern viel aufgehalten hat. Und mich läßt man jederzeit zu Jacko ins Zimmer. Man hat mir auch angeboten, mir dort ein Bett herzurichten, so daß ich bei ihm bleiben kann, und heute nacht werde ich das wahrscheinlich auch so machen. Jetzt aber los. Ich darf zuerst ins Bad!«

Kurz darauf rief sie aus dem Badezimmer: »Weißt du, Laura, du solltest froh sein, daß ich jemanden wie Chris habe, mit dem ich ausgehen und mich beschäftigen kann. Du wirst schon bald deine eigenen Wege gehen, und es wird viel leichter für dich sein, wenn ich . . . wenn du mich nicht immer allein zu Hause sitzen lassen mußt.«

Aber Laura war in ihr Spiegelbild versunken und dachte darüber nach, was für ein Gesicht Sorry wohl gesehen haben mochte, wenn er sie auf dem Schulhof beobachtet hatte, und was sie von ihrem eigenen Gesicht halten würde, wenn sie nicht Tag für Tag damit lebte.

Sie beschloß, für den Fall, daß sie Sorry später noch mal sehen würde, ihre besten Sachen anzuziehen. Es konnte schließlich nicht schaden, wenn er sie in ihrem einzigen guten Kleid sah – selbst wenn es nur ein Strandkleid war, das Sally nicht gepaßt hatte. Sie bürstete sich das Haar, bis es tatsächlich ein bißchen glänzte, obwohl seine wuschelige Schaffell-Krause dem Licht wenig Chancen gab. Dann zog sie ihre besten Sandalen an und fragte, ob sie Make-up verwenden dürfe.

»Ein bißchen Lippenstift zum Aufmuntern, wenn's unbedingt sein muß«, sagte Kate, aber Laura konnte Eyeliner und Wimperntusche nicht widerstehen und fand, daß sie wie die Heldin in einem ausländischen Film aussah.

Später, als sie Jacko im Krankenhaus sah, kam ihr das alles kindisch vor. Er war ein Teil der Krankenhausmaschinerie geworden. Eine Flüssigkeit tropfte in seinen Arm, in seiner Nase steckte ein festgeklebter Plastikschlauch. Das Krankenhausbettzeug schien ihn nicht zuzudecken, sondern vielmehr anzuschnallen. Er lag unter den Decken wie eine eingeschrumpfte Puppe, aber er war immer noch unverkennbar Jacko, immer noch ihr Bruder. All die turbulenten Ereignisse der letzten vierundzwanzig Stunden, die neuen Leute, die in ihr Leben eingedrungen waren, Chris Holly und die drei Carlisle-Hexen – das alles verblaßte wie eine Erinnerung aus einem früheren, weniger wichtigen Leben. Sehnsüchtig wünschte sich Laura, sie könnte Jacko aufnehmen und ihn im Arm halten. Selbst in seinem Koma sollte er wissen, daß er eine Schwester hatte, die ihn liebte und alles tun würde, um die

Schatten aufzuhalten, die sich über ihm zusammenbrauten. Aber sie brachte nicht mehr zustande, als ihn anzusehen und beharrlich seinen Namen vor sich hin zu sprechen.

»Lolly«, sagte Kate. »Mein allerliebstes Mädchen!« Sie wollte etwas sagen, konnte den Satz aber nicht beenden. »Wein ruhig, wenn dir danach ist«, meinte sie schließlich. »Ich mach das auch, immer mal wieder!«

Noch vor wenigen Stunden hatte Laura Kate dafür gehaßt, weil sie die Nacht mit Chris Holly verbracht hatte, um bei ihm Trost zu suchen. Aber bereits jetzt empfand sie ihre Reaktion als die eines Kindes, das nur wenig begreift. Angesichts von Jackos stiller Bewegungslosigkeit und dem Hoffnungsschimmer, der wie ein Schattengespenst durch die Verzweiflung in Kates blassem Gesicht glitt, wurde all das bedeutungslos. Aber Laura weinte nicht. Die Gefühle, die sie so gern in Tränen aufgelöst hätte, gehörten zu der Kraft, mit der sie Jacko vielleicht doch noch retten konnte. Die mußte sie bewahren und richtig anwenden, nicht einfach zerfließen lassen.

Während Kate und Laura unverwandt auf Jacko hinunterschauten, als wäre er ein geheimnisvolles und tragisches Kunstwerk, kam ein Arzt herein und untersuchte ihn. Und in diesem Augenblick konnte Laura den unvergeßlichen Geruch nach schalem Pfefferminz und Verwesung wieder riechen. Sie spürte, wie ihre Brust sich hob und es ihr heiß die Kehle hochstieg. Kate sah sie besorgt an, und Laura sagte rasch: »Schon gut. Er wird wieder so einen Anfall bekommen, das ist alles.«

Bei diesen Worten begann Jacko sich zu krümmen, aber nur sehr schwach. Laura sah, was offenbar sonst niemand merkte, wie Carmody Braque ihr aus Jackos Augen entgegenblickte und dann grinste und verschwand.

»Siehst du denn nicht?« fragte sie Kate verzweifelt. »Siehst du's denn nicht . . . spürst du nicht den Geruch?«

»Woher wußtest du, daß ein Krampfanfall kommen würde?« fragte der Arzt.

»Das konnte ich riechen«, sagte sie. »Er riecht dann nach Pfefferminz.«

»Meine Tochter hält ihn für besessen«, teilte Kate dem Arzt leichthin mit.

»Er ist nicht besessen – er wird aufgezehrt«, wiederholte Laura die Diagnose, die Sorry Carlisle gestellt hatte. »Er riecht nach Pfefferminz, Hustenmedizin und Verwesung.«

»Das ist seltsam«, sagte der Arzt zu Kate. »Ich selbst glaube auch manchmal, daß er nach Pfefferminz riecht. Die Schwester sagt, sie rieche nichts, und auch Dr. Roper meint, er würde nichts davon merken. Mrs. Chant, ich kann eine solche Diagnose nicht akzeptieren, aber ich muß zugeben, daß nichts von alldem, was wir mit ihm unternommen haben, eine Besserung bewirkt hat. Irgend etwas strengt sein Herz sehr an – zweifellos eine organische Veränderung, die ich aber nicht erkennen kann und für die es daher keine Behandlung gibt. Die Zucker- und Eiweißlösung hat ihm vermutlich beim Durchhalten geholfen, aber das ist alles, was wir für ihn tun konnten. Wenn man bis auf eine Sache alles in Erwägung gezogen hat, dann ist vielleicht diese eine Sache die einzige Möglichkeit, die einem noch bleibt.«

»Könnte ich mal telefonieren?« fragte Laura. »In dem kleinen Wartezimmer ist doch ein Telefon, oder?«

Als sie schließlich Verbindung hatte, konnte Laura an der brüchigen Stimme am anderen Ende erkennen, daß sie mit Winter Carlisle sprach. »Winter...« sagte sie. Die Anrede war vertraulich, aber doch so, daß Laura damit ihre einzige Chance nutzte, über diese alte Frau, die ihr ein so sonderbares Angebot gemacht hatte, in gewisser Weise Macht zu gewinnen. »Hier ist Laura Chant. Meinem Bruder geht es sehr viel schlechter.«

»Denk daran, daß es eine mögliche Lösung gibt«, kam Winters Stimme durch die Leitung.

»Ich muß Sie etwas fragen«, sagte Laura. »Sagen Sie mir

ehrlich – Sorry meint, Sie würden ehrlich mit mir sein –, gibt es keinen anderen Weg, um ihn zu retten? Nur das, was Sie mir gestern abend erzählt haben?«

»Ich schwöre es beim Becher, beim Schwert, der Münze und dem Stab«, sagte Winter Carlisle. Mit ihrer brüchigen Stimme übergab sie diese uralten Symbole den modernen Drähten, die sie durch Lauras lauschendes Ohr hindurch bis zu ihrem scharf arbeitenden Verstand weiterleiteten. Wie ihr Bruder war jetzt auch sie einen Augenblick lang Teil einer Maschinerie.

»Ist es schwer?« fragte sie.

»Sehr schwer, aber nicht zu schwer«, antwortete Mrs. Carlisle. »Es verwandelt dich auf ewig, aber du veränderst dich ohnehin für immer und ewig.«

»Ist es eine Verwandlung zum Schlechten?« fragte Laura.

»Das kann so kommen, wenn sie zum Bösen genutzt wird – aber das gilt für alle Veränderungen im Menschen«, gab Mrs. Carlisle zurück.

»Es gibt noch einen anderen Grund, der nichts mit Jacko zu tun hat, daß Sie die Umwandlung bewirken wollen«, sagte Laura. »Sie haben doch noch einen Grund, nicht wahr?«

»Ja«, bestätigte Winter, »aber ich hätte es dir nicht vorgeschlagen, wenn es nicht mit deinen eigenen Interessen zusammengefallen wäre.«

»Können wir es gleich machen?« Damit stellte Laura ihre letzte Frage.

»Jetzt sofort!«

Eine Weile herrschte Schweigen, und dann sagte die alte Stimme: »Ich glaube, das geht – heute abend – aber du darfst den ganzen Tag über nichts essen. Sag mir, Laura Chant, bist du noch Jungfrau?«

»Ja«, sagte Laura. »Macht das etwas aus?«

»Es macht einen gewissen Unterschied. Der Wechsel geht leichter, wenn man an seinen jetzigen Zustand nicht zu sehr gebunden ist. Wir können dir zu dritt hinüberhelfen, aber es kommt auf dich an, du mußt dich selbst neu schaffen. Iß nichts. Nahrung hält dich zurück.«

»Ich hab sowieso keinen Hunger«, sagte Laura. »Ist Sorry da?«

»Er steht in der Tür von seinem Studierzimmer und schaut mir zu«, antwortete Winter. »Möchtest du ihn sprechen?«

»Nein. Ich warte bis heute abend, dann sehe ich ihn ja«, sagte Laura.

»Richten Sie ihm nur einen schönen Gruß von mir aus.«

Sie legte auf und stellte erfreut fest, daß sie nicht zitterte und auch sonst in keiner Weise nervös wirkte. Als sie sich umdrehte, begegnete sie dem neugierigen Blick von Chris. Er saß mit einem Buch von Graham Greene in einem der Sessel hier im Wartezimmer und schaute sie an.

»Was führst du denn im Schilde?« fragte er. »Das hörte sich ja nach einer Schwarzen Messe an oder so.«

»Doch nicht so was«, sagte Laura, obwohl sie dachte, daß es vielleicht wirklich so ähnlich sein könnte. »Es handelt sich um eine ganz private Vereinbarung.«

In diesem Augenblick ragte in der Tür ein Schatten auf, und eine Stimme ertönte.

»Ist das etwa mein wuscheliges Bäh-Lämmchen?« sagte die Stimme. »Oh, Laura – du bist ja erwachsen geworden.«

Laura wandte sich um und fand sich einem Mann gegenüber, den sie kannte. Für den Bruchteil einer Sekunde kam er ihr gänzlich vertraut vor, aber sie wußte weder seinen Namen noch woher sie ihn kannte. Und dann wurde ihr klar, daß dies ihr dunkler, mächtiger Vater war, fülliger als bei ihrer letzten Begegnung und mit Kleidern, die sie noch nie an ihm gesehen hatte, während seine zweite Frau, die hübsche Julia, ihn aus taktvoller Entfernung liebevoll betrachtete. Man konnte schon recht deutlich erkennen, daß sie schwanger war.

Hexenwerdung

Bevor sie an diesem Abend wieder zu den Carlisles zurückkehrte, durfte Laura noch einmal zu Jacko.

»Sprich mit ihm!« hatte der Arzt gesagt. »Red mit ihm, soviel du nur willst.«

Also beugte sich Laura über ihn und flüsterte: »Jacko – hör zu, Jacko – ich bin's, Lolly! Ich gehe jetzt, aber ich komme bald wieder. Halt noch ein Weilchen durch, dann rette ich dich. Sei ein lieber Junge, Jacko, und halt dich gut fest.«

Sie starrte ihn an, als wollte sie sich sein Gesicht unauslöschlich einprägen, um ihn auch dann direkt vor sich sehen zu können, wenn sie weit fort war. Dabei rührte sie keinen Gesichtsmuskel, aber Kate ließ sich nicht täuschen.

»Laura, *leide* doch nicht so!« rief Kate unglücklich aus.

»Das ist ganz schön verdreht«, gab Laura zurück. »Du leidest doch selbst, und mir sagst du, ich soll nicht leiden.«

»Ich würde deinen Kummer auf mich nehmen, wenn das ginge«, rief Kate. »Ich weiß, daß ich letzten Endes alles verkraften kann, aber ich möchte dich schützen.«

»Hast du mir deshalb nichts davon erzählt, daß Papa kommen würde?« fragte Laura.

Kate schwieg. »Ich war mir nicht sicher, ob er kommen würde«, sagte sie schließlich. »Ich wollte nicht, daß du dann enttäuscht bist.«

»Enttäuscht!« wiederholte Laura mit gefährlichem Unterton. »Was hat er hier überhaupt zu suchen? Er kennt Jacko doch kaum. Er hat nicht mal an seinen letzten Geburtstag gedacht.«

»Lolly – pst!« sagte Kate. »Er müßte ein sehr hartherziger Mensch sein, wenn es ihn unberührt lassen würde, daß sein kleiner Sohn so schwer krank ist. Und Stephen war immer zärtlich, wenn man ihm nur die Gelegenheit dazu gab. Es war sein Pech, daß ich mich mit Zärtlichkeit allein nicht zufriedengab.«

»Na ja, gegen *ihn* hab ich ja auch nichts«, meinte Laura. »Ich bin aber nicht besonders entzückt davon, daß Julia hierherkommt, wo sie doch ein Baby erwartet. Das kommt mir unheimlich vor, weil Jacko so krank ist. Es ist, als sollte er schon ersetzt werden, noch bevor er von uns gegangen ist.«

»Deshalb also wolltest du nicht bei ihnen übernachten«, rief Kate aus.

»Das war einer der Gründe«, sagte Laura, denn von den Carlisle-Hexen konnte sie Kate nichts erzählen und auch nicht von der bevorstehenden Umwandlung, die wie ein schwarzer, undurchdringlicher Nebel vor ihr lag und sie alles nur undeutlich wahrnehmen ließ.

Ihr Vater bestand darauf, sie nach Gardendale zurückzufahren. Wie ein gehorsames Tier schnurrte sein Wagen durch die vertrauten Straßen, die ihr plötzlich fremd vorkamen, weil sie sie durch die Augen von Fremden sah.

»Das ist ja ein scheußliches Ungetüm!« rief Julia aus, als sie an der Ladenpassage von Gardendale vorbeikamen. »Du lieber Gott! Die reinste Umweltverschandlung! Dudelt dort drin diese künstliche Musik vom Band?«

»Nur im großen Einkaufszentrum«, sagte Laura und dachte, daß die Musik dort auch nicht viel anders war als die, die durch die Stereoanlage im Auto kam. »Das ist nicht so arg.«

»Klingt aber so«, meinte Julia. »Und hier arbeitet Kate? Die Arme.«

Der Wagen fuhr weiter und hielt kurz darauf vor dem Tor der Carlisles.

»Das haut ja genau hin«, sagte Stephen, denn Sorry, dem irgendein Instinkt ihr Kommen angekündigt hatte, machte gerade das Tor auf.

»Ich steige hier aus«, sagte Laura schnell. »Dann mußt du nicht auch noch die ganze Auffahrt entlangfahren.«

»Wer ist denn der Junge?« erkundigte sich Julia verschmitzt.

»Sorensen Carlisle«, gab Laura steif zur Antwort, und sowohl Julia als auch ihr Vater fingen daraufhin an zu lachen, so als hätten sie jetzt etwas begriffen, was ihnen vorher unverständlich gewesen war, und als fänden sie das nicht nur amüsant, sondern wären auch erleichtert.

»Das ist nicht mein Freund oder so. Er ist Aufsichtsschüler bei uns an der Schule«, murmelte Laura.

»Hab ich's mir doch gedacht, daß es einen Grund dafür geben muß, warum du nicht zu uns kommen wolltest«, sagte Stephen. »Ich dachte schon, es läge vielleicht an mir. Ach na ja, du wirst erwachsen, Bäh-Lämmchen.«

»Danke, daß du mich hergefahren hast«, sagte Laura.

»Krieg ich keinen Kuß?« fragte er so traurig, daß sie ihn und auch sich selbst mit einem Kuß und einer herzlichen Umarmung überraschte und dabei seinen Geruch einsog, der sich in ihrer Erinnerung wunderbar erhalten hatte – nach Tabak und Rasierwasser.

Julia winkte freundlich, Laura winkte unsicher zurück, und dann fuhr der große Wagen davon und ließ Laura hinter sich zurück. Sie sah zu, wie Sorry das Tor wieder schloß, und ging mit ihm die lange, dunkle Auffahrt entlang. Dabei spürte sie zuerst in ihm, dann in der Luft und ganz besonders in dem alten Haus vor ihnen eine erwartungsvolle Spannung, ein wildes Schwungholen für eine bevorstehende Prüfung, die sich nur erahnen ließ.

»Wie geht's dem kleinen Bruder?« fragte Sorry. »Und was ist mit deiner Mutter?«

Laura erzählte ihm alles, woran sie sich erinnern konnte. Es machte sie unruhig, mit ihm hier in der Dunkelheit unter den Bäumen allein zu sein, während er sich in einer solchen

Hexenstimmung befand, aber er sagte sehr wenig, bis sie an der hellerleuchteten Terrasse vor der Haustür angelangt waren.

»Sehen wir zu, daß wir hineinkommen – du wirst dich sicherer fühlen, wenn du nicht mehr die Schatten um dich hast«, sagte er.

»Die schlimmsten Schatten sind in meinem Kopf«, meinte Laura, und die verfolgten sie auch wirklich bis in die Küche hinein.

»Dir ist vermutlich ein bißchen schwach vor Hunger«, bemerkte Sorry. »Aber das gehört dazu. Ich kann dir nichts zu essen anbieten, obwohl ich selbst eigentlich nichts gegen ein Stück Kuchen einzuwenden hätte. Das ist ein hübsches Kleid, Chant. Hab ich dir das schon gesagt?«

»Es ist schon alt«, sagte Laura, »aber ich mag es immer noch. Ich werd's nicht mehr lange tragen können, es wird mir zu klein.«

»Stimmt nicht!« sagte Sorry. »Nicht das Kleid verändert sich, sondern du. Du entwickelst dich und wächst aus dem Kleid heraus.«

»Darauf kann ich mir nichts einbilden«, sagte Laura ernsthaft. »Das passiert einfach.«

»Chant –« rief er plötzlich aus. »Mach kehrt und lauf davon. Renn weg, solange es noch geht. Vergiß deinen Bruder, spurte die Auffahrt hinunter, mach das Tor auf und kehre ins wirkliche Leben zurück. Such dir einen netten Jungen mit einem richtigen Herzen, verlieb dich, krieg Kinder, werde alt und stirb wie ein echtes menschliches Wesen und nicht wie eins, das nur in der Vorstellungswelt existiert.«

Aber während sie sich noch über den Tisch hinweg anstarrten, tauchte seine Mutter in der Tür auf.

»Mach dir nichts draus, Laura«, sagte sie. »Manchmal glaube ich, daß alle Frauen nur in der Vorstellungswelt existieren, wie Sorry das formuliert hat. Er meint damit nicht, daß wir nur ausgedachte Wesen wären, weißt du, sondern daß unsere Kräfte uns aus der Phantasie zufließen, und das ist die Gabe, die uns alle zu Zauberern macht. Die Hexen setzen das lediglich mit so viel Überzeugung um, daß ihre Träume wahr werden. Komm mit.«

Sorry seufzte, als Laura zu Miryam hinüberging, die ihr mit sanftem Zwang ihre blasse Hand auf den bloßen Arm legte.

»Auf Wiedersehen, Chant!« sagte er, als ginge sie für lange Zeit fort. »Manchmal hab ich mir gedacht, daß auch ich die Umwandlung vollziehen würde, in die andere Richtung. Manchmal habe ich gedacht, ich könnte dich als Brücke benutzen, um wieder . . .«

»Vergiß eines nicht, Sorensen«, sagte seine Mutter. »Du hast es probiert, und es hat bei dir nicht geklappt. Du hast keine echte Wahl.«

»Dann nehme ich eben Abschied von dieser Vorstellung«, gab Sorry zurück. »Ich seh dich dann auf der anderen Seite, Chant – oder vielmehr schon ein bißchen früher. Ich wirke da nämlich auch mit. Jetzt geh ich und stimme mich psychisch darauf ein.«

»Bei Sorry fehlen so viele kleine Teile«, murmelte Miryam, während sie Laura nach oben führte. Sie sprach von Sorry, als wäre er ein Puzzle. »Wir haben die Hoffnung noch nicht aufgegeben, daß er sich doch wieder neu zusammensetzen kann, aber im Augenblick sollst du unsere einzige Sorge sein . . . du und deine Hexenwerdung. Der erste Teil ist leicht und sogar angenehm. Wir wollen an dir soviel wie möglich von der Welt beseitigen.«

Laura nahm ein Bad, beim Schein von Kerzen, die so dick waren wie ihr Handgelenk. In einer Ecke stand auf einem Eisenblech ein kleines Kohleöfchen, zu einer schwarzen Katze geformt. Die Augen der Katze waren rotglühend, und der träge Rauch, der ihr aus dem offenen Maul quoll, roch nicht süßlich, sondern eher nach Kräutern, ein bißchen wie frischgemähtes Heu, aber intensiver und sehr benebelnd. In dem sanften, ungewissen Licht wirkte die Badewanne manchmal wie ein Teich zwischen schlanken Bäumen mit feurigen Blättern. Die Wände im Badezimmer kamen und gingen. Zumeist waren sie ganz nahe und feucht vom Dampf, aber dann wieder verschwanden sie gänzlich und boten Laura eine unerwartete Aussicht auf Grasflächen mit weidenden Pferden oder auf gelben Sand und rotes Vulkangestein, wo Löwen umherstrichen und gähnten, oder auf grüne Dschungel, in denen Paradiesvögel und Jaguare spukten. Einmal sah sie einen langen, gebogenen Küstenstreifen, wo Feuer brannte und bemalte Männer im Sand rangen, und dann wieder meinte sie, aus großer Höhe träumerisch auf eine Straße hinunterzublicken, die sich wie ein blauschwarzer Striemen durch grünes Land zog und auf der Autos wie bunte Fliegen umherkrabbelten.

Miryam half ihr aus dem Wasser, schüttelte ein paar Tropfen aus einer klobigen kleinen Flasche aus dickem grünem Glas und rieb sie ihr in die Haare. Die Kerzen rauchten und flackerten.

»Hat sich die Welt um dich herangeschlichen? Ist sie hier ein und aus gegangen?« fragte sie mit angespannter Stimme.

Laura sah auf die Bademat te unter ihren Füßen. »Es hat sich dauernd alles verändert«, sagte sie und spürte, wie sich Miryam wieder entspannte.

»Für heute nacht ist dieses Zimmer eine Kreuzung vieler Linien von Raum und Zeit«, murmelte Miryam. »Sie kreuzen sich ständig in uns allen, diese Linien, aber nur Hexen und ähnliche Leute können in ihnen Fische fangen – manchmal sehr sonderbare Fische. Draußen steigt der Mond höher am Himmel hinauf – es ist Vollmond. Du hättest dir eigentlich keine bessere Nacht aussuchen können. Ich bin die Wegbereiterin«, fuhr Miryam feierlich fort. »Sorensen ist der Türhüter, und Winter wird die Vollzieherin sein.«

Sie hängte Laura Silberketten um den Hals und ließ dann über ihren nassen Kopf ein weißes, seidiges Gewand gleiten, das über der Brust so geschnürt wurde, daß die Ketten darunter noch zu sehen waren. Laura schaute nach unten und dachte, sie stünde auf Gras, und dann glaubte sie im Sand zu stehen. Im Sand waren Buchstaben, verkehrt herum geschrieben, und Laura wandte den Kopf, um sie lesen zu können. ETTAMEDAB stand da zwischen ihren Füßen. Ihr wurde etwas benommen davon, wie sich ihr Wille dem Duft und dem Dampf und den ständig wechselnden Proportionen ergab. Miryam brachte ihr einen Becher, der auf den ersten Blick aus schwarzem Glas zu sein schien. Innen jedoch war er von tiefem Dunkelrot und Eisvogelblau durchzogen, so daß Laura sich überlegte, ob er wohl aus schwarzem Opal oder einem anderen Halbedelstein bestand. Er war leer, aber Miryam füllte ihn aus einem hohen Krug.

»Was ist das?« fragte Laura, denn das Getränk war heiß und roch gleich nach mehreren vertrauten Dingen auf einmal.

»Es ist Glühwein«, sagte Miryam. »Durch das Erhitzen wird der Alkohol abgebaut, weißt du. Du wirst davon keinen Schwips bekommen. Glaub mir, du wirst einen klaren Kopf und deinen gesamten Willen noch brauchen.«

Sie stellte den Becher auf den kleinen Tisch neben sich. »Gib mir deine Hand!«

Laura befolgte diese Anordnung, dann versuchte sie die Hand wieder zurückzuziehen, aber Miryam, so schnell und geschickt wie eine gute Krankenschwester, stach ihr mit einer silbernen Nadel in die Fingerkuppe und hielt sie über den Becher, bis ein dunkelroter Tropfen Blut herabfiel und sich in dem dunklen Wein verlor.

»Aua!« rief Laura empört. »Warum haben Sie mir das nicht gesagt?«

»Ich halte es für besser, wenn man's nicht weiß«, meinte

Miryam lächelnd und sah zu, wie Laura an ihrem Finger lutschte. »Glaubst du, daß Dornröschen noch soviel Zeit blieb, um am Finger zu lutschen, nachdem sie sich gestochen hatte? Und was für Träume erstanden ihr daraus? Sie hatte sich noch nie zuvor gestochen, daher war es vielleicht das erste Mal, daß sie ihr eigenes Blut schmeckte. Was dich anbetrifft, so mußt du in dich selbst zurückreisen, Laura. Keine Sorge! Das ist nur ein kleiner Naturzauber ... ein Hauch Zimt, eine mit Nelken gespickte Orange, das Blut der Trauben, der Saft eines Mädchens ... das wird dich auf den Weg bringen. Also trink und mach aus dir eine Frau, eine Tochter des Mondes.«

Laura trank den Wein, aber es waren Miryams Andeutungen, die ihr zu Kopf stiegen und sie dunkelrot und eisvogelblau durchzuckten. Sie dachte, daß ihr Blutstropfen den Rückweg zu seinem ursprünglichen Platz suchte und daß sie ihm folgen mußte. Gleichzeitig spürte sie, so als ob jemand hinter ihren Augen leise, aber nachdrücklich in die Hände geklatscht hätte, eine leichte Gehirnerschütterung. Dann durchteilte so etwas wie ein unablässiger Wind die seidenen Vorhänge ihrer Gedanken und Gefühle, fuhr durch sie hindurch und ließ die Vorhänge hinter sich zufallen. Und obwohl Laura das, was da eingedrungen war, nicht benennen konnte, hatte es doch einen Namen und wäre von ihr vielleicht auch erkannt worden, wenn sie darauf gefaßt gewesen wäre.

»Sind Sie sicher, daß das nur Glühwein mit einem Tropfen Blut ist?« fragte sie besorgt.

»Bist du gestreift worden?« erkundigte sich Miryam. Sie schaute auf, immer noch lächelnd, aber hellwach. »Das kommt daher, weil du ohnehin schon auf halbem Wege bist. Es ist nicht so sehr der Wein als vielmehr etwas in dir, das die Zeichen erkennt, die wir hier draußen setzen, und darauf reagiert. Schau dich an. Du könntest schon fast eine von uns sein.« Langsam drehte sie Laura um, damit sie sich in den wäßrigen Tiefen des Spiegels sah, schattenhaft und zart, ihre Handgelenke und Knöchel so schmal, als besäße sie hohe Vogelknöchelchen und könnte sich gegen die Schwerkraft erheben, ihr Kraushaar ein dunkler Schein, in dem es wie von Goldstaub funkelte, die Augen wie schwarze Löcher, eingebrannt in ein glattes, dunkel getöntes Gesicht.

Laura leckte sich die Lippen und hätte sich nicht gewundert, wenn sie zwischen ihnen ein Schlangenzüngeln gesehen hätte. Aber es war ihre eigene Zunge, und das war überraschend, weil sich dadurch zeigte, daß sie durch und durch echt war und nicht nur ein von Miryam und der Nacht geschaffenes Phantom.

»Es wird dennoch nicht leicht für dich werden«, fuhr Miryam fort. »Aber jetzt in diesem Augenblick – schau her –, es ist etwas Wunderbares und Geheimnisvolles, ein Mädchen zu sein.«

Und während sie ihr Spiegelbild betrachtete, fand Laura, daß da etwas Wahres dran war. »Das bringt man uns im Sozialkundeunterricht aber nicht bei«, sagte sie mit einem schiefen Lächeln für ihr Spiegelbild, das gehorsam zurücklächelte.

»Hexen gab es schon vor den einfachsten Gesellschaftsformen«, antwortete Miryam. »Sie reichen zurück bis in die Zeit, als die Menschen im Freien unter dem Mond schliefen. Und der Mond schlich sich in ihre schlafenden Gedanken ein und löste ihre Träume aus. Du bist noch keine Hexe – nur ein Haus auf halbem Wege, aber in diesem Augenblick wird dieses Zimmer hier deinen Wunsch beherbergen.«

Über den Raum der Stadt hinweg, in der Zeit zurück bis zum Morgen, zeigte Lauras Wunsch ihr Jacko. Er schwamm in einer weichen, verschwommenen Mulde, die durch Schläuche und Drähte mit dem Krankenhauskörper verbunden war. Aber von diesem Zimmer aus, in dieser Gesellschaft, konnte Laura sehen, wie sich Carmody Braques fortschreitende Besitznahme als schleichender Ausschlag in ihm ausbreitete. Es war, als rückte eine Reihe von Blutergüssen in Jacko vor und verfärbte ihn dabei Zentimeter um Zentimeter. Sie sah, wie bald und wie vollständig er von dieser Schwärze verschlungen werden konnte. Voll verworrener Liebe schaute Laura ihn an, selbst während sie beim Gedanken an Carmody Braque mit den Zähnen knirschte.

»Nein!« sagte Miryam mit Nachdruck und machte eine Bewegung, mit der sie die Verbindung unterbrach. »Wenn er in diesem Augenblick in deinen Bruder hineinschlüpft, könnte Carmody Braque auf dich aufmerksam werden und merken, was du vorhast. Es wird Zeit, daß du nun anfängst. Soweit wir können, werden wir dich mit etwas in dir verheiraten, das noch schlummert und das du wecken mußt. Deine Reise führt nach innen, wird dir aber als äußere Reise erscheinen. Ich gebe dir hier etwas – wir nennen es Münzen.« Die Scheibchen, die sie Laura in die Hand drückte, waren aus Stein, nicht aus Metall, glatt und abgegriffen und mit eingravierten Worten, die Laura nicht lesen konnte.

Miryam führte Laura zur Tür.

»Ist Sorry da draußen?« fragte Laura, als die Tür sich öffnete und ihr den Weg in die Dunkelheit wies. Sie wollte sich vorstellen können, daß ein Freund auf sie wartete. »Ist er da draußen im Dunkeln der Türhüter?«

»Das ist er«, erwiderte Miryam, und Laura konnte ihr seltsames Lächeln mehr erahnen als wirklich sehen. »Aber er ist nicht dort draußen. Er ist innen in deinem Kopf. Hast du es nicht gefühlt, wie er kam? Spürst du ihn nicht auch jetzt, wie er auf dich wartet? Du mußt tapfer sein, Laura, und darfst auf keinen Fall umkehren.«

»Und was ist, wenn ich es nicht kann? Wenn es nicht funktioniert?« fragte Laura.

»Frag das lieber nicht!« mahnte Miryam leise, aber sehr ernst.

»Ich hab keine Angst. Ich bin bloß neugierig!« bohrte Laura weiter.

»Na gut, Laura – dann will ich es mal so formulieren«, sagte Miryam. »Wenn du erst einmal durch das Tor getreten bist, das Sorensen dir zeigen wird, dann *mußt* du es schaffen. Du hast dein Leben in die Waagschale geworfen.«

»Gut!« sagte Laura wild entschlossen. »Ich will auch nicht zurück. Es muß klappen – mehr ist dazu nicht zu sagen.«

»Winter ist sicher, daß du es schaffen wirst«, meinte Miryam.

»Tut es weh?« wollte Laura wissen. »Ich möchte vorgewarnt sein.«

»Es wird dir so vorkommen«, gab Miryam nicht sehr tröstlich zurück. »Du mußt tun, was dir angezeigt wird. Ich kann dich nicht warnen. Keine Hexenwerdung gleicht der anderen. Jeder stellt sich dabei etwas anderes vor.«

Laura machte einen zögernden Schritt vorwärts. »Es ist sehr dunkel«, sagte sie. »Wo sind wir? Ich weiß nicht mehr. Sind da Stufen?«

Es kam keine Antwort.

»Ich weiß nicht mehr«, wiederholte sie und streckte die Hand nach hinten zur Tür aus, aber die Tür war verschwunden. Weder vor noch hinter sich konnte sie etwas ertasten. Ihr wurde schließlich klar, daß sie allein war, und zwar in solcher Dunkelheit, daß sie nicht einen Zentimeter weit sehen konnte. Selbst wenn sie als ägyptische Mumie eingewickelt und mit verbundenen Augen in einem dreifachen Sarkophag unter tonnenschweren Schichten uralten Gesteins aufgewacht wäre, hätte sie sich in keiner tieferen Finsternis befunden und wäre auch nicht blinder gewesen.

Lange blieb sie so stehen, ohne beurteilen zu können, ob sie allein war oder sich in Gesellschaft befand. Manchmal fühlte sie sich so sehr von aller Welt verlassen, daß ihr die Überlegung kam, sie könnte vielleicht mitten in ein schwarzes Loch hineinbefördert worden sein. Und dann wieder schwelten Geister von Menschen und Ereignissen in der Dunkelheit, die dadurch jedoch nichts von ihrer Undurchdringlichkeit verlor. Laura glaubte, daß sie Blumen riechen konnte und dann etwas Pfeffriges. Irgend etwas schien an ihrem Ohr zu atmen; ein Finger, so zart wie Distelwolle und eisig kalt, berührte ihre Lippen, und unmittelbar darauf schmeckte sie die Torte, die Kate ihr zum neunten Geburtstag gebacken hatte. Sie erinnerte sich an die süße Glätte der kandierten Kirsche, die ganz und unversehrt hineingerutscht war, dem Hackmesser entschlüpft, und nun wie ein Edelstein in dem dunklen, feuchten Tortenstück glühte, das man Laura gereicht hatte. Eine Geisterhand, vielleicht die von Sorry, streifte ihre Brust, mit kaum mehr Gewicht als ein Sonnenstrahl. Sie dachte, daß er in ihrem Kopf womöglich zu einer Art Liebesdämon geworden war, der ihrer eigenen Leidenschaft befahl, so daß sie das, was doch niemals passiert war, wie eine Erinnerung spüren würde; aber diese Empfindung verging wie ein Traum.

Sie war Laura Chant mit dem wuscheligen Kraushaar und hockte in der Finsternis, um sich dem Lemuren entgegenwerfen zu können, dem bösen Geist, Carmody Braque, der durch und durch schlecht war und sich ihren Bruder auserwählt hatte, um seine unnatürliche Existenz zu erhalten. »Lolly!« sagte Kate in ihrem Ohr. »Laura«, sagte Chris Holly. »Bäh-Lämmchen!« sagte ihr Vater. »Laura Chant«, sagte die alte Winter. »Chant«, sagte Sorry mit seiner überlegenen Aufsichtsschüler-Stimme, in der wie stets ein Hauch Selbstironie lag. Jacko rief nicht nach ihr. Er schwebte in seinem Krankenhaus-Mutterleib, durch Drähte und Schläuche am Leben gehalten, während ihn von innen der Lemure heißhungrig aufzehrte.

Laura wußte nicht, ob sie Minuten oder Stunden oder Tage so dasaß, denn diese schwarze Finsternis war das Lösungsmittel der Zeit, das die Sekunden ungeordnet in der Schwebe hielt. Aber dann sah sie einen Riß aus bläulichem Licht. Einen Zentimeter vor ihren Augen brach die Dunkelheit auseinander, oder vielleicht war es auch ihre eigene Pupille, die sich schmerzlos, aber unabänderlich von ihrem Auge löste.

Die Dunkelheit hatte sie genarrt. Das Licht war ein ganzes Stück von ihr entfernt. Eine Tür oder ein Tor öffnete sich. »Tu, was man dir anzeigt«, sagte Miryams Stimme, und Laura ging auf die Tür zu und trat durch sie hindurch in eine vage Halbwelt, in der alles verschwommen war, wie durch einen Tränenschleier hindurch gesehen. Laura bewegte sich vorwärts, und allmählich legte sich dieses schwankende Grau. Sie konnte den Ort erkennen, an dem sie sich befand – unter einem fremden, dunklen Himmel, an dem die Wolken so tief hingen, daß sie glaubte, sie müßte nur die Hand ausstrecken, um sie berühren zu können. Ab und zu kritzelte der Blitz in rasender Geschwindigkeit magische Zeichen auf die Wolken, aber Laura warf nur einen Blick auf diese elektrischen Inschriften und kümmerte sich dann nicht mehr weiter darum.

Sie war wieder im Kingsford Drive und ging auf die weiterführende Schule von Gardendale zu. Andere Schüler, alle in Schuluniform, strömten an ihr vorbei – sie erkannte niemanden; sie waren verschwunden, bevor sie ihnen Namen zuordnen konnte. Das Schultor wurde sichtbar, und drumherum gab sich die Vorstadtsiedlung preis, völlig vertraut und doch gespenstisch in dem fahlen Licht, das der Himmel über sie ergoß. Es hatte schon zum erstenmal geklingelt ... sie würde wieder zu spät kommen. Laura fing an zu rennen – neben ihr rumpelten die schweren Lkws, und die Bagger klappten über ihrem Kopf die Kiefer zusammen. Die uniformierte Menge vor ihr wurde eingelassen. Der Aufsichtsschüler am Tor war Sorry Carlisle. Er saß auf einem Schultisch, nicht an dem Pult, sondern obendrauf, und musterte seine Finger, an denen lauter Ringe blitzten, so wie damals, als sie ihn das erste Mal in seinem Studierzimmer gesehen hatte. Er trug seinen schwarzen Morgenmantel mit einer Schnur als Gürtel, und als er aufsah, konnte Laura nicht beurteilen, ob er der Held oder der Bösewicht war, denn er war sowohl bedrohlich und wild als auch vertraut. Zwei ausgeprägte, gegensätzliche Gesichter hatten sich zu einem verwoben. Beide Mienen lächelten mit denselben Gesichtszügen, als hielte Sorry Rettung und zugleich Verderben für Laura bereit und wollte beides mit genau derselben Hand in Gang setzen, die er ihr jetzt entgegenstreckte. Er war der Junge, der sie berührt hatte und von dem sie gewarnt worden war, und sie dachte, daß er nun vielleicht beschlossen hatte, sie zu verschlingen. Dennoch, sie mußte tapfer sein und das tun, was ihr angezeigt wurde. Sie trat vor ihn hin, schaute ihm in die Augen und sah ihr Spiegelbild – winzig klein und flackernd, mit Licht auf der silbrigen Iris. »Das erste Klingelzeichen ist schon vorbei, Chant«, sagte Sorry, »und du hast keine Schuluniform an.«

»Du doch auch nicht«, stellte Laura fest.

»Da hast du auch wieder recht, Chant«, sagte er. Und dann: »Hast du Geld? Ich würd's auch umsonst machen, aber du weißt ... selbst um über den Styx zu gelangen, muß man den Fährmann bezahlen.«

Laura zeigte ihre Steinmünzen vor. »Wieso den Stücks?« protestierte sie. »Du kannst doch Gardendale nicht als Stückwerk bezeichnen.«

»Aber die Siedlung ist aus Stücken erbaut«, sagte Sorry. »Aus Stücken und Steinen. Styx und Steine!« wiederholte er mit anderer, dunklerer Betonung und nahm eine ihrer Münzen. »So, ich soll dir das Schwert geben. Du bestimmst das Gelände, aber wir bauen ein paar von unseren eigenen Symbolen ein.«

»Wofür brauche ich das?« fragte sie, während sie das Schwert umschnallte.

»Wann immer dich etwas nicht vorbeilassen will«, sagte er. »Ich bringe dich auf den Weg, und den darfst du dann nicht verlassen und dich auch nicht umdrehen.«

Laura hatte den Verdacht, daß er ihr vorne ins Gewand schaute, und legte die Hand darüber.

»Und einen Kuß mußt du mir noch geben«, fügte er hinzu.

»Muß ich?« fragte sie, allerdings in einem anderen Tonfall als dem, den sie am Morgen des Vortags angeschlagen hätte.

»Ich kann dich nicht belügen«, sagte Sorry. »Das hab ich dazuerfunden. Ich dachte, es wäre ganz nett.«

Die schwarzen Wolken hinter seinem Kopf flammten auf, als ob sich aus einer unsichtbaren Lichtquelle ein rötlicher Schein über ihn ergoß.

»Wo sind wir?« fragte Laura. Sie sah sich um, auf einmal unsicher geworden, und spürte einen leichten Ruck, als ob die Erde unter der Gardendale-Siedlung bebte – so als wäre ihr plötzliches Unbehagen das Unbehagen der ganzen Welt.

»Du darfst nicht fragen!« schrie Sorry, der plötzlich wütend wurde. Er packte sie so fest bei den Armen, daß es weh tat, aber Laura merkte, daß sie ihm einen Schrecken eingejagt hatte, denn auf seiner Stirn und der Oberlippe schimmerte ein schwacher Hauch, wie von Tau. Sorry entspannte sich und lachte ein wenig zittrig. »In dieser Richtung geht es zur Philosophie!« verkündete er. »Und in diesem Land gilt nur der Instinkt. Den Druck, der von Zweifeln ausgeht, kann es nicht aushalten. Wenn du Fragen stellst, bringst du dich um und mich dazu, weil ich mit dir zusammen hier eingeschlossen bin.«

»Ich werde dich küssen, weil ich es gern möchte«, sagte Laura, »und nicht, weil du es willst.«

»Damit geb ich mich zufrieden«, sagte Sorry. »Aber geh sanft mit mir um.«

Er selbst war jedoch gar nicht so sanft, und Laura auch nicht. Der Donner knabberte an den Rändern des wolkenverhangenen Himmels. Sorry schaute nach oben und lächelte. »Ich liebe deine Toneffekte«, sagte er. Neben dem großen Schuleingang war noch eine kleine Pforte dazwischengeklemmt, die Laura noch nie bemerkt hatte. Ein holpriger, gelb gepflasterter Pfad führte von ihr fort.

Sorry schloß die Pforte auf. »Geh dem gelben Steinpfad nach und denk dran: Sieh dich nicht um. Geh einfach immer weiter. Wenn der Weg sich teilt, dann halte nach einem Zeichen Ausschau. Mähe alles nieder, was deinen Weg kreuzt. Ab mit dir, Chant, und danke für den Kuß – ich glaube, du bist ein Naturtalent.«

»Das ist ja auch nicht weiter schwierig«, sagte Laura und ließ ihn zurück. Sie befand sich in einem Wald, der alle Wälder war – der Wald im Herzen der Märchen, der Spiegelwald, wo Namen verschwanden, der Wald der Nacht, in dem Carmody Braque kleine Tigerjunge verschlang, der Wald um Janua Caeli, in dem noch ein anderer Tiger hauste und möglicherweise ein menschliches Gesicht hinter seiner Maske trug. Und es war Lauras ureigener Wald – der Wald ohne Bäume, die Neubausiedlung, die Stadt.

Zwischen den kerzengeraden Birkenstämmen schleppten sich die Bagger wie schattenhafte, gelangweilte Tiere dahin. In der Ferne zeigte sich der Parkplatz eines Supermarkts wie eine kleine Autowüste. Mrs. Fangboner, die Haare frisch gelegt, kam aus den Farnen hervor und rief: »Laura! Begib dich nicht in Gefahr! Laß dich nicht gehen!« Aber Laura ging bereits. Zwischen breiten, grünen Blättern war der Laden für die vollschlanke Figur, die Schaufenster nicht mit Kleidern, sondern mit fetten Nullen, dickbäuchigen Sechsen und üppigen Achten gefüllt, dazu mit Dreien, die wie schwangere, primitive Fruchtbarkeitsgöttinnen aussahen. In der Cafeteria waren die Stühle auf die Tische gestellt. Sie bildeten einen eigenen Wald, ließen Springbrunnen aus bunten Blättern nach oben sprießen. Dazwischen saß Jacko, zusammengekauert und zerbrechlich zart. Seine Dose Apfelsaft vor sich, schaute er Laura mit dem Gesicht eines kleinen alten Mannes an.

»Keine Sorge, Jacko. Ich werd mir den Kerl schon schnappen«, versprach Laura und ging weiter.

In der Buchhandlung wimmelte es von Blättern, und alle waren sie beschrieben. Für Romane war ein ganzer Baum voll erforderlich, aber Gedichte waren billig. Kate verkaufte Chris gerade ein Gedicht und gab ihm viel zuviel Rabatt. Laura wäre beinahe zu ihr hingegangen, um ihr das zu sagen, aber der Donner knurrte sie an ... der Tiger knurrte sie an und hob sein Streifengesicht aus dem Gras neben dem Weg. Sein Gesicht war so stark gestreift, daß es mehr schwarz als golden war.

Seit der Tiger da war, veränderte sich der Wald, wurde älter und dunkler. Moos hing von den Bäumen herab, und der einzige Laut war das leise Tröpfeln und Rauschen von weit entferntem Wasser. Lauras Nacken und die Schultern begannen zu schmerzen, als stemmte sie sich gegen einen schemenhaften Widerstand. Vage kam es ihr in den Sinn, daß es sich um so etwas wie die Vergangenheit handeln könnte, oder um die Wirklichkeit, denn ein Strom von schattenhaften Gestalten floß an ihr vorbei, alle in die entgegengesetzte Richtung, und nur der Tiger, der in einiger Entfernung zwischen den Bäumen hindurchhuschte, folgte ihr ...

Sie sah Zwerge, verirrte Prinzen und schöne Mädchen, die sich selbst Schweigen auferlegt hatten, um ihre in Schwäne oder Raben verwandelten Brüder zu retten. Junge Männer, die in der Sonne gediehen und bei Dunkelheit dahinschwanden, verstümmelte Mädchen, die über ihre Silberarme weinten, und dann einfachere Leute, drei Bären, das kleine Mädchen mit dem roten Käppchen, verirrte Kinder, die auf dem Nachhauseweg waren, und solche, die den Weg nicht gefunden hatten und von den Rotkehlchen mit Blättern zugedeckt wurden.

Einmal teilte sich der Weg, aber der richtige Pfad war stets mit ihrem eigenen Blutstropfen markiert, und sie folgte ihm getreulich. Zu ihrer Rechten kniete das Einhorn nieder, um sein Horn in einen Teich zu tauchen, während die Schlüsselblumen mit blassen, strahlenden Augen zusahen. Links von ihr tropfte es von drei Erhängten herab; zwischen glänzenden Blumen zerfielen sie in kleine Stücke, und wunderschöne Schmetterlinge holten sich von dieser Verwesung genauso bereitwillig ihre Nahrung wie vom Geißblatt und den wilden Rosen.

Wenn sie vorbeikam, riefen die Bäume ihr etwas zu, manche verführerisch, andere mit gepeinigter Stimme, und auch Laura empfand nun Schmerzen – es pochte in ihrer Brust und zog den Rücken hinunter. Dornenranken schlängelten sich über den Weg. Laura zwängte sich hindurch, so daß sie weitere Blutstropfen verlor. Der Pfad war deutlich erkennbar. Sie bahnte sich ihren Weg durch einen Wald voller Mißgeburten – ein Schlangenbaum, ein anderer Baum mit rotbackigen Äpfeln, die bei näherem Hinsehen jedoch die Herzen aztekischer Menschenopfer waren. Ein Busch, dessen Zweige in emporgehobene Hände ausliefen (so als hätte Laura ein Gewehr auf ihn angelegt), zeigte ihr an jeder Fingerkuppe ein winzig kleines Auge und beobachtete sie beim Weitergehen. Über den Steinpfad liefen nun kleine Rinnsale. In den Fugen war Moos zu sehen und dann eine grüne Brühe, und schließlich quoll Wasser hervor, so daß die Steine sumpfig unter Lauras Füßen schwankten, ihre Farbe opferten und dafür das sprudelnde Wasser mit gelben Flecken versahen. Die Ranken wurden zu einer immer dichteren Hecke. Schließlich zückte Laura das Schwert und hackte sich einen Weg hindurch, aber obwohl sich dadurch eine Schwierigkeit leichter bewältigen ließ, erwuchsen ihr daraus andererseits auch wieder neue

Probleme. Das Schwert glitt mühelos durch die holzigen Stengel, und die Ranke schoß sofort in die Höhe, schlug gequält um sich und stieß dabei mit einer Stimme, die Laura vage als ihre eigene erkannte, gellende Schreie aus. Als ob jeder Hieb auf ihren eigenen Kopf niederginge, spürte sie dabei einen heftigen Schmerz und danach einen widerlichen, krampfartigen Brechreiz. Doch sie wußte, daß sie auf dem Weg bleiben mußte, und hackte weiter, während das Wasser immer reißender wurde. Sie konnte dem Pfad jetzt nur noch dadurch folgen, daß sie mit den Füßen blindlings nach den Steinen tastete. Fröstelnd und würgend bahnte sie sich ihren Weg durch die kreischenden, sich windenden Ranken, die nun ihr eigenes Blut auf sie herabtropfen ließen und damit das Wasser durchzogen, das ihr bis zur Taille reichte. Wie weit ist es denn noch? fragte sie sich. Wieviel hab ich schon hinter mich gebracht? Und sie wandte den Kopf und schaute zurück, obwohl eine Stimme aus der Erinnerung sie warnte: »Dreh dich nicht um!«

Hinter ihr erstreckte sich der Weg bis ins Unendliche. Kate und Stephen standen miteinander am Traualtar; Laura sah ihre eigene Geburt, ihren ersten Schultag, sah Winter Carlisle, viel jünger und weicher, wie sie den Hühnern Futter streute, sah Mrs. Fangboner mit tiefem, einzigartigem Entzücken ihre Dahlien betrachten, sah Miryam, zutiefst bestürzt, mit einem Baby im Arm, das Sorry sein mußte, und sie sah Sorry unter einem Hagel von Schlägen zusammengekauert, wobei sie das Gesicht seines Peinigers allerdings nicht erkennen konnte. Sie sah Chris in einem anderen Land, einen Brief in der Hand, den er nur zögernd einwarf, sah sich selbst in den Spiegel schauen, sah all die Möglichkeiten, ihre eigenen und die von anderen, die sie bis hierher gebracht hatten. Gleichzeitig verspürte sie wieder so einen ähnlichen Ruck wie vorhin, als sie »Wo sind wir?« gefragt hatte, und vom Wald verschwand ein großes Stück. Dahinter konnte sie aus dem

Nirgendwo Rauch oder Dampf aufsteigen sehen. Durch alles und jedes rieselte ein leichter Schauer, und riesengroß am Himmel erschien in verblaßten, Hunderte von Meilen hohen Buchstaben das Wort ETTAMEDAB. Laura wußte, was passiert war, und duckte sich sofort unter Wasser. Zuerst war es, als befände sie sich in Nebelschwaden. Sie konnte mühelos atmen.

»Ich ertrinke, ich ertrinke«, sagte sie zu sich selbst, um die Wirklichkeit wieder in ihre Umgebung zurückzuzwingen, und plötzlich hatte sie die Lungen voller eiskaltem Wasser. Sie hustete und spuckte, aber da war nur noch mehr Wasser. Mühsam kämpfte sie sich nach oben, ohne so recht zu wissen, in welche Richtung sie eigentlich mußte. Doch das Wasser zerrte jetzt nicht mehr so schwer an ihr. Als sie die Hand ausstreckte, stieß sie irgendwo durch die Oberfläche und wurde von einer gold- und silberkalten Hand ergriffen, noch bevor auch der Kopf auftauchte. In einem wilden Schwall aus klarem Wasser half Sorry ihr auf die Beine. Er war so weiß wie Papier, aber über seinem Gesicht lagen Schatten von Tigerstreifen. Ihm ging es wie Laura, er keuchte und war triefnaß.

»Ich dachte schon, du hättest da drin alles vermasselt«, sagte er. »Aber du bist mit Triumph aus der Katastrophe hervorgegangen. Du hast eine Abkürzung genommen. Schau nur!«

Er wies ihr die Richtung, und sie sah Miryam und Winter, die hoch oben auf einer Uferböschung saßen und sie beobachteten.

»Gib mir das Schwert«, sagte er. »Schnell, mach schon. Und ich gebe dir dafür den Stab. Im Augenblick kann ich sonst nicht viel für dich tun.«

»Ich werde mich nicht noch einmal umdrehen«, versprach Laura, die am ganzen Leib zitterte.

Er zog das Schwert aus der Scheide an ihrer Seite und reichte ihr dafür eine lange Gerte mit silberner Spitze.

»Jetzt spielt das keine Rolle mehr«, sagte er. »Du bist schon zu weit drinnen. Um hinauszukommen, gibt es für dich jetzt nur noch einen Weg.«

Laura trat vor Winter hin und sah ihr kühn entgegen. »Auch Sie haben etwas riskiert«, sagte sie. »Warum tun Sie das?«

»Ich hoffe, daß ich dadurch etwas wiedergutmachen kann, was ich vor langer Zeit falsch gemacht habe«, sagte Winter. »Wir alle haben unsere eigenen Hintergedanken bei deiner Hexenwerdung. Sieh dich um.«

Sie befanden sich hoch oben auf einer Bergkette, die so kahl war, als ob lediglich eine sehnige braune Haut sie bedeckte – kein Gras, keine Blumen, keine Schmetterlinge, keine Bäume, nur sonnenverbrannte Erde, roter Fels und graue Geröllhänge und als einziges Geräusch das des Wassers, das in Sprüngen über den nackten Berghang setzte und nach unten floß.

Tief unter ihnen wogte auf einer Ebene das unregelmäßige Grün eines Waldes, der von ihnen fortstrebte und in den Nebeln und Gewittern verschwand, die den Beginn ihrer Reise durch Traum und Zeit bis hin zu diesem Ort der machtvollen Einfachheit angezeigt hatten. Zu Lauras Füßen wallte das Wasser auf und ergoß sich in einen weiten, von Steinen gesäumten Teich, wo eine Klappe, die an einem Drehzapfen hing, es in einen Steinkanal leitete. Ein weiterer, trockener Kanal führte vom Teich zu einem Wald, der neben dem ersten lag, offenbar ohne Leben. Obwohl sie viele Meilen weit weg war, konnte Laura sehen, wie die Baumskelette neben den grünen Flanken des Waldes, den sie durchquert hatte, ein kompliziertes, aber rhythmisches Muster bildeten. Jenseits des Waldes war die Flußmündung mit der langen, geraden Linie aus Sturzwellen, die vom Meer heranrollten. Laura blickte hinter sich und sah, daß das kahle, stumme Land sich fortsetzte. Die Gesteinsschichten bildeten Falten und fielen dann zu einem anderen Ozean ab, den Laura auf eine geheimnisvolle Weise wiedererkannte, von innen heraus, denn sie hatte ihn noch nie zuvor gesehen.

»Aber ich war trotzdem schon mal hier, nicht wahr!« sagte sie. Damit stellte sie keine Frage, sondern beantwortete eine, die unausgesprochen geblieben war. »Ich war hier, noch ehe meine Erinnerung einsetzte. Es ist das Land allen Anfangs.«

Niemand erwiderte etwas.

»Es ist kahl, aber ist es nicht wunderschön?« sagte Laura. »Tragen wir alle es in uns?«

»Zum Teil ist es die Erinnerung des Raums, durch den wir uns jetzt bewegen«, sagte Winter. »Und zum Teil die Erinnerung aller Lebewesen. Doch die Wälder sind ganz dein Eigen, und der kahle Wald da unten steht für den Wald, der aus irgendeinem Zufall in Miryam, Sorensen und mir grünt. Ich muß dir gar nicht erst sagen, was du zu tun hast; dazu brauchst du mich nicht. Aber nur du kannst es tun.« Während sie sprach, berührte sie die Klappe, und ihre Hand floß hindurch, als bestünde sie aus Wasser.

»Nein«, sagte Laura und lehnte sich gegen die Klappe, so daß sie halb umkippte. Das Wasser aus dem Teich begann nun in zwei Richtungen zu fließen. Es drehte doppelte Spiralen im Teich, ohne daß es weniger zu sein schien als vorher. Laura spürte den Umschwung schmerzlos in ihrem Kopf – bis in die letzte Fiber ihres Körpers.

»Du mußt jetzt deinen eigenen Rückweg finden«, sagte Winter. »Ich bin die Vollzieherin. Du mußt bezahlen, um an mir vorbeizukommen. Gib mir die Münze.«

Laura zögerte.

»Du hast sie doch?« rief Winter mit plötzlichem Entsetzen.

»Ich glaub schon«, sagte Laura. Es knarrte, als sie ihre zusammengekrampfte linke Hand öffnete. Die Steinmünze war da, mit solcher Verzweiflung umklammert, daß die harte Handfläche ringsum geschwollen und blutunterlaufen war.

Laura nahm die Münze mit der anderen Hand auf und reichte sie an Winter weiter, die sie tiefernst entgegennahm und dann mit forschendem Blick ihr Gesicht musterte.

»Aus dir wird eine sehr starke Hexe werden, Laura«, sagte sie nachdenklich. »Aber du kannst den gleichen Weg nicht mehr zurückgehen. Folge dem Wasser bis zu seiner Quelle. Für den Anfang kannst du den Stab benutzen.«

Laura schaute Sorry an. »Ich kann nicht mehr weitergehen«, sagte sie. »Ich kann einfach nicht mehr gehen.« Durch ihre Haut zogen sich Nähte und Säume aus dünnen, roten Linien, die Kratzer der Dornenranken und die Spuren ihrer eigenen Schwerthiebe, mit denen sie die Ranken durchtrennt hatte.

»Dann kriech, Chant, kriech auf allen vieren«, wies er sie an, lächelnd und noch blasser als zuvor. »Ich würde sogar neben dir herkriechen, Chant, aber so wie die Dinge liegen, kann ich das nicht tun, ich kann nicht.«

»In *Poesie von heute* wird davon jedenfalls nie etwas stehen«, sagte Laura und spielte damit auf eine bekannte Schullektüre an. Dann begann sie zu kriechen, auf Knien, die zum überwiegenden Teil aus Watte und Gummi zu bestehen schienen, aber im Unterschied zu Watte und Gummi konnten sie bluten. Zuerst wich das Gestein vor ihrem Stab zurück, aber als sie weiter vordrang, rückten die Felsen heran, näher und immer näher, so daß sie sich durch Spalten zwängen mußte, die nicht größer waren als eine Türritze und dem Stab nur widerstrebend nachgaben, um sie durchzulassen. Einmal kam es ihr so vor, als würde sie einen nassen Serpentinenweg nach oben klettern, aber dann verschob sich plötzlich die Perspektive, und sie sah, daß sie in Wahrheit nach unten stieg. Es wurde so eng, daß sie allmählich verzweifelte, denn obwohl der Stab wie eine Wünschelrute Öffnungen in massives Felsgestein schlug und ihr den Weg wies, war sie sich nicht sicher, ob sie ihm folgen konnte. Wie Alice im Wunderland, so glaubte auch sie nicht daran, daß sie jemals klein genug werden würde, um in den herrlichen Garten gelangen zu können. »Und selbst wenn mein Kopf hindurchginge«, flüsterte sie und hörte, wie das Echo ihres Flüsterns vom angrenzenden Felsen zurückgeworfen wurde, »könnte ich mit ihm ohne die Schultern auch nicht viel anfangen.«

Plötzlich kam es ihr in den Sinn, daß sie noch einmal geboren wurde, und als dieser Gedanke in ihrem Kopf entstand, nahm der Serpentinenweg sie auf, als wäre er lebendig geworden. Sie wurde gehoben und geschoben und hinausgeschleudert, beschrieb einen hohen Bogen, bei dem sie schon glaubte, daß ihr unnachgiebiger Kopf an seiner Bürde aus Gedanken, Träumen und Erinnerungen platzen müßte, und landete irgendwo in der Finsternis. Belebendes Wasser spritzte ihr fortwährend ins Gesicht. Schließlich schlug sie die Augen auf und sah ihre Hand wie eine blasse Muschel nicht im Sand, sondern auf einem Gewebe liegen. Eingewebt in den Stoff, auf dem sie lag, sah sie klein und deutlich und unbedeutend das Wort ETTAMEDAB. Sie befand sich im Badezimmer von Janua Caeli unter dem Kerzenbaum, beobachtet von der Katze mit dem Feuer im Bauch und Sorensens kleiner schwarzer Katze, deren Augen ein eigenes grünes Feuer besaßen. Wie die Heldin in einem Liebesroman lag sie in den Armen des edlen Retters, den Kopf an die Schulter von Sorry Carlisle gelehnt.

»Oh, Chant«, sagte er. »Weißt du, daß ich gespürt habe, wie sich die Knochen in deinem Kopf bewegten?« Er bedachte sie mit einem Blick, in dem Staunen und Grauen lagen. »Ich hab schon geglaubt, du stirbst.«

Laura starrte ihn wortlos an.

Allmählich wurde sein Gesichtsausdruck wieder so, daß man ihn erkennen konnte. Er küßte sie ganz kurz und sagte: »Dornröschen verliebt sich in den Prinzen, der sie weckt.

Jetzt hat's dich erwischt, Chant ... da gibt es keine Hoffnung mehr für dich.«

»Ich habe mich selbst geweckt«, sagte Laura. Sie setzte sich auf. Ihr taten alle Glieder weh, so als ob ihr tatsächlich all das widerfahren wäre, was sie im Traum durchlebt hatte. Das weiße Gewand war von der Taille bis zum Saum mit leuchtend roten Flecken vollgespritzt.

»Siehst du – zum Teil ist es auch Wirklichkeit. Wenn du sehr tief tauchst, entsteht Druck, und so ist es hier auch. Du hast davon Nasenbluten bekommen«, sagte Sorry. »Ich krieg das auch immer, wenn ich Fußball spiele.«

Er glich niemandem, den sie sich je hätte ausmalen können – alltäglich und übernatürlich, das zweigeteilte Gesicht, das er ihr vorhin zugewandt hatte, jetzt schon etwas abgeschwächt. Vielleicht begann es sich unter dem Druck von etwas Neuem und Namenlosen in ihm zu einem Ganzen zusammenzufügen, so als ob ihr Abenteuer auch seins gewesen wäre und immer noch Auswirkungen auf ihn hätte.

»Hat es geklappt?« fragte sie.

»Sieh selbst!« sagte Winter, die aus einem nassen Tuch Wasser auf ihr Gesicht hatte träufeln lassen. Laura zog sich an Sorry hoch, wie sich eine arthritisgeplagte Bohne an einem Stock emporrankt. Er drehte sie sacht zum Spiegel hin, und im Kerzenlicht konnte sie deutlich erkennen, daß sie eine neue Beschaffenheit angenommen hatte. Sie hatte einen schlummernden Teil in sich zum Leben erweckt und den Wald in ihrem Kopf weit ausgedehnt.

Jetzt wurde sie nicht mehr nur aus dem Widerstreit von Stephen und Kate geformt. Durch die Kraft der Phantasie, ihrer eigenen und die von anderen, hatte sie aus sich ein neues Wesen gemacht. Sie wandte sich zu Sorry um und entdeckte, daß er ihr nicht in die Augen sah, die sehr beredt von ihrer Verwandlung zeugten, sondern fast geistesabwesend auf ihre Brüste hinunterschaute.

»Du änderst dich wohl nie«, sagte sie verärgert, und er fuhr zusammen, machte ein verwirrtes Gesicht, und schließlich erlebte sie ihn zum allerersten Mal beschämt.

»Es w-war keine A-Absicht«, stotterte er. »E-es ist n-nur...« Einen Augenblick lang erschauderte er sichtlich. Er warf seiner knienden Großmutter und seiner Mutter, die wie ein hoher Schatten am Rand des Lichtkreises stand, einen zornerfüllten Blick zu. »Tut mir leid«, sagte er, und dann lachte er plötzlich.

Laura sah ebenfalls zu ihnen hin und entdeckte auf ihren ruhigen Gesichtern eine Veränderung, wie sie der Frühling mit sich bringen mochte, eine zaghafte Erleichterung, noch nicht voll entwickelt, immer noch im Versuchsstadium.

»Schau her!« sagte Winter. Sie stellte sich neben sie und hielt ihr die Hand entgegen. Laura sah zu, wie sich die langen Finger geradebogen, und dort, auf der Handfläche, lag so ein kleiner billiger Stempel, für die man keine Stempelkissen braucht. Ein Stempel mit einem runden, lächelnden Mondgesicht, wie man ihn sogar bei Kate im Laden kaufen konnte. Einen Augenblick lang musterte Laura ihn mit gefurchter Stirn, dann veränderte sich ihr Ausdruck, und sie sah zu Winter auf, die ernsthaft nickte. Nach einer so bedrohlichen Reise wie der von Laura war dieser Stempel ein lächerlicher Gegenstand, doch wie er so auf Winters Handfläche lag, wurde er auf ganz eigene Weise unheimlich.

Miryam nahm ihn Winter ab und drückte ihn Laura in die Hand.

»Du mußt ihm einen Namen geben und ihn anweisen«, sagte sie. »Das mußt du jetzt gleich tun. Ich weiß, daß du müde bist, aber du hast nur sehr wenig Zeit.«

»Ich weiß nicht, was ich sagen soll«, stammelte Laura, denn ihr schwirrte immer noch der Kopf und tat weh, und ihre Beine zitterten. Sie mußte sich an Sorry festhalten, der ihren linken Arm nahm und ihn sich um die Schulter legte.

Dabei sagte er: »Doch, du weißt, was du bewirken möchtest. Denk dir die Worte dazu aus! Leg deine Finger um den Stempel und schau in die Augen deines Spiegelbilds.«

»Sag, was du da siehst«, stimmte Miryam ihm zu. »Du selbst bist es, ins Gegenteil verkehrt . . .«

». . . und unheimlich . . .« sagte Sorry und lachte dicht an ihrem linken Ohr. »Paß bloß auf, daß es auch wirklich dein Ernst ist!«

»Und ob es mein Ernst ist!« rief Laura leidenschaftlich. Sie hielt den Stempel ganz fest. Ihr Spiegelbild schwamm durch das Glas. Neben ihrem eigenen Gesicht konnte sie die Gesichter der drei Hexen sehen: Winter mit dem vom Alter gezogenen Spitzenmuster, Miryam, deren schiefes Lächeln sich über die Welt und auch über sich selbst lustig machte, und Sorry, der auf ihren Mund sah, als ob er ihr Worte hineinlegen wollte, wenn sie ins Stocken geriet. Ihre eigenen Augen waren trotz ihrer Erschöpfung rund und glänzend, und etwas in ihrem Ausdruck ließ Laura vor Schreck unwillkürlich erröten. Aber sie zögerte nicht, hielt den Stempel und sprach ihn mit fester Stimme an.

»Stempel, du sollst Laura heißen. Ich teile meinen Namen mit dir. Ich lege meine Kräfte in dich, und du mußt meine Arbeit machen. Hör sonst auf niemanden, nur auf mich.« Sie dachte nach, und diese Zeit kam ihr sehr lange vor, obwohl es in Wirklichkeit nur eine einzige Sekunde war. In dieser Zeitspanne kam ihr sonderbarerweise das Bild des alten Flötenkessels zu Hause in den Sinn.

»Du sollst mein Gebot sein, unter das ich meinen Gegner beuge. Bohre ein Loch in ihn, durch das er leertropft, bis er ausgetrocknet ist. Während er Finsternis vertröpfelt, werden wir gemeinsam lächeln, ich von außen, du von innen. Wir werden . . .« Sie merkte, wie ihre Stimme immer höher stieg und ein wenig hysterisch wurde. ». . . wir werden ihn zwischen unserem Lächeln zermalmen.«

Sie schaute zu den Spiegelbildern der Hexen hin und fragte nervös: »Reicht das?«

»Das reicht völlig«, sagte Winter. Hinter dem Altersgewebe aus feiner Spitze sah Laura Sorrys mißtrauische Wachsamkeit gespiegelt.

»Umwerfend!« rief Sorry aus. »Chant, kann ich auf deiner Seite sein? Dein Feind möchte ich nämlich ganz bestimmt nicht sein.« Er warf Winter einen triumphierenden Blick zu, den Laura nicht verstehen konnte. »Jetzt hast du schon zwei Leute, die dir Kopfzerbrechen bereiten, nicht wahr?« Mit der linken Hand hielt er Laura ein rot beflecktes Taschentuch hin. »Es gehört Winter«, sagte er. »Reine Seide – aber das Blut ist von dir. Ich habe es selbst von dir abgetupft. Pack dein Zeichen darin ein.«

Laura betrachtete den kleinen Stempel und runzelte abermals die Stirn. Die Kontur hatte sich verändert, aber sie konnte nicht ganz erkennen, inwiefern.

»Soll ich ihn mal ausprobieren?« fragte sie.

»Zwecklos!« sagte Sorry mit einem Seufzer. »Du hast mir dein Zeichen schon aufgedrückt, Chant. Hüll den Stempel in Seide ein! Leg ihn dir unters Kopfkissen, wenn du schläfst! Sprich ihn mit Namen an! Leg ihn an dein Herz!«

Nur zögernd gab Laura den Stempel her, aber Sorry wickelte ihn lediglich in das Taschentuch ein und reichte ihn ihr zurück.

»Und sei willkommen!« sagte Winter mit einem ihrer seltenen Lächeln. Sie küßte Laura auf die linke Backe.

»Willkommen«, sagte Miryam und küßte sie auf die rechte Backe.

Sorry und Laura schauten einander an.

»Na, warum auch nicht?« fragte Sorry. »Diesmal machen wir's, weil *ich* gern möchte, Chant«, und er küßte sie sehr zart. Es erinnerte Laura an die weichen, aber schweren Küsse, die Jacko zu geben pflegte, als er das Küssen gerade lernte. Das brachte sie ganz durcheinander, denn es kam ihr so vor, als küßte er sie für Jacko in der Vergangenheit, für sich selbst in der Gegenwart und für ein anderes, unbekanntes Kind irgendwann in der Zukunft. Und auch er selbst sah erschrocken aus, als der Kuß vorüber war, so als ob er das Gespenstische daran ebenfalls empfunden hätte.

»Aber zuerst Jacko!« sagte Laura, fast so, als hätte er ihr einen Heiratsantrag gemacht und sie wollte sich noch ein wenig Zeit ausbedingen.

»Natürlich zuerst Jacko!« stimmte er zu. »Morgen sollten wir uns wohl mal für einen Tag die Schule schenken. Und zuallererst, schlag ich vor, schlafen wir uns mal richtig aus.«

»Du bist ein tapferes Mädchen«, meinte Winter mit verwundertem Respekt. »Schlaf ist jetzt genau das, was du brauchst.«

»Ich würde dich ja nach oben tragen«, sagte Sorry, »aber du bist so ein verdammt schwerer Brocken.«

»Ein Held und edler Ritter würde so etwas aber nicht sagen«, murrte Laura. »Aber es ist schon okay, ich geh sowieso lieber selbst.«

Carmody Braque wird gestellt

»Da ist er!« sagte Sorry mit zärtlicher Stimme, die Augen dabei unverwandt an seinen Feldstecher geheftet. Er lächelte wie ein Jäger, der auf eine vielversprechende Jagdbeute gestoßen ist. »Chant – er – er ist allen Ernstes dabei, seine Rosen zu beschneiden!«

»So ein Blödmann!« sagte Laura und griff nach dem Feldstecher. Ihr Lächeln dabei entsprach dem von Sorry. Es war um nichts weniger bedrohlich, nicht weniger selbstbewußt.

»Ich weiß nicht«, sagte Sorry. »Es ist eine gute Tarnung. Er sieht sehr unschuldig aus, geradezu arkadisch ... ich glaub, das ist die richtige Bezeichnung dafür.«

»Ja, aber es ist die falsche Jahreszeit«, sagte Laura. »Wir haben einen Rosenstrauch hinterm Haus, und der wird im Juli oder August beschnitten.«

Sie hatten Carmody Braque ganz einfach über das Telefonbuch aufgestöbert. In schwarzen Buchstaben stand dort klar und deutlich: CARMODY BRAQUE, *Antiquitätenhändler* – und drei Adressen.

»Antiquitäten, wie passend!« sagte Sorry. »Er ist doch selber eine!«

Sie hatten sich mit der Vespa auf den Weg gemacht. Es war ein sonderbares Gefühl, unnatürlich und verstohlen – an einem Schultag unterwegs zu sein, ohne Schuluniform. Sie waren früh aufgebrochen, um die Zeit zu meiden, wenn die meisten Leute auf dem Weg zur Schule waren und man sie womöglich als Schulschwänzer auf Abwegen erkannt hätte.

Die Privatadresse führte sie zu einer vornehmen Stadtrandsiedlung am Hang. Jedes Haus war von einem Architekten entworfen, jeder Garten war das Ergebnis professioneller Landschaftsgestaltung.

PRIVATSTRASSE NUR FÜR ANLIEGER
stand auf einem Schild.
KEINE DURCHFAHRT.

Laura genoß die Fahrt. Sie sah und roch die Bäume in den gepflegten Gärten zu beiden Seiten der steilen Straße und hörte den Wind in den Blättern, und als hätte sich bei ihr über Nacht eine zusätzliche Sinneswahrnehmung entfaltet, konnte sie außerdem noch das Leben in ihnen wie einen grünen Pulsschlag auf ihrer Haut spüren – eine ständige Liebkosung der Natur wie Wind oder Sonnenschein, aber doch auch wieder ganz anders. Hoch oben kreischten die Möwen angesichts der Flußmündungsbucht, die gute Nahrung verhieß.

»Eines Tages werde ich fliegen«, rief sie Sorry zu und breitete kühn die Arme aus.

»Das kann schneller passieren, als du denkst, wenn du dich nicht festhältst«, rief er zurück. »Sei nicht blöd, Chant.«

Die Privatstraße war ein Hufeisen mit besonders eleganten Häusern.

Die Häuser von reichen Leuten, dachte Laura und beneidete sie um ihre Gärten und die Garagen. Sorry verlangsamte das Tempo. Er stützte sich mit dem Fuß am Boden ab und hielt sie beide ein paar Augenblicke lang im Gleichgewicht.

»Da oben am Durchgangsweg«, sagte er. »Sehr exklusiv! Sieh mal – die Straße hört genau vor diesem kleinen Park auf. Komm, wir spionieren ein bißchen die Gegend aus. Von da oben müßten wir mit meinem Feldstecher in sämtliche Gärten auf der anderen Seite sehen können.«

»So ist das also mit deinen Vogelbeobachtungen!« sagte Laura. »Du benutzt den Feldstecher bestimmt hauptsächlich dazu, um Mädchen zu beobachten, wenn sie ganz privat bei sich zu Hause auf dem Rasen in der Sonne liegen.«

»Glaub bloß nicht, ich hätte es nicht zumindest versucht«, sagte Sorry.

Auf ihrem Erkundungsgang stellten sie fest, daß sie bei Carmody Braque in den Hof hinter dem Haus schauen konnten. Sie sahen ihn blütenweiße Unterwäsche und Hemden auf die Wäscheleine hängen, und dann tauchte er noch mal auf und machte sich im Garten zu schaffen.

»Da läuft was Böses übern Weg . . .« zitierte Sorry. »Er ist es doch, oder? Du guckst so zweifelnd.«

»Er ist es«, antwortete Laura, »aber er hat sich so verändert.«

»Er hat deinen Bruder schon fast leergesogen«, sagte Sorry. Dabei verzerrte sich sein Lächeln zu einer bösen Grimasse. Dann lachte er in sich hinein. »Leute wie er sind dran schuld, daß die Hexenkunst in Verruf geraten ist.«

Der Feldstecher holte Carmody Braque direkt vor Lauras Auge. Sein Gesicht hatte sich zu einer viel runderen Form aufgebläht und besaß sehr viel mehr Pölsterchen als noch am letzten Donnerstag. Seine Haut glänzte hell und klar, von den Flecken gereinigt, und er hatte richtig rosige Bäckchen bekommen. Laura fand, daß er wie eine höchst unwahrscheinliche Mischung aus Dracula und Mr. Pickwick aus dem Dickens-Roman aussah. Auf seinem gewölbten Kahlschädel entdeckte sie sogar den Anflug eines zarten Haarflaums, wie das daunenweiche Fell eines ganz jungen Kaninchens – kaum mehr als ein Nebelhauch, der über eine kahle Hochebene hinzieht. Das Haar hatte die gleiche Farbe wie das von Jacko, und aus irgendeinem Grund war das für Laura bestürzender als alles andere.

Plötzlich hörte Mr. Braque mit seiner fehlgeplanten Beschneidungstätigkeit auf und blickte sich um.

»Okay!« sagte Sorry. »Schluß! Sonst spürt er im nächsten Augenblick, daß wir ihn beobachten. Komm, wir gehen.«

Es war ein strahlend funkelnder Morgen, wenn auch kalt für einen Sommertag, da es landeinwärts einen Wettereinbruch gegeben hatte. In den weit entfernten Bergen war Schnee gefallen und kühlte den Wind, der von der Bergkette über die Ebene kam. Sorry in seiner schweren Jacke und Laura in ihrem alten Parka setzten sich wieder die Helme auf, obwohl sie nur ein kurzes Stück fahren mußten. Laura durchlief ein kleiner Schauder, als sie dann zu Fuß in den Durchgangsweg einbogen.

»Wir locken ihn mit etwas Abwechslung aus der Reserve«, sagte Sorry, »mit der Aussicht auf ein williges Opfer. Schaffst du es, verlockend auszusehen und gleichzeitig so zu tun, als würdest du innerlich voller Grauen vor ihm zurückschrekken?«

»Soll ich's mit raffinierten Verführungskünsten probieren?« fragte Laura.

»Du und raffiniert? Das soll wohl ein Witz sein«, gab Sorry zurück. »Du mußt dich ja nicht unbedingt blamieren. Für ›raffinierte Verführungskünste‹ bist du zu jung. Also sei jung! Jung und mit eckigen Knochen – wie ein junges Reh, weißt du. Du bist nämlich trotz allem eine Mischung, und genau damit erwischen wir ihn vielleicht. Winter meinte, er könnte darauf reinfallen, und sie ist eine kluge Frau.«

Laura blieb stehen. »Was soll das heißen – ich bin eine Mischung?«

Sorry warf ihr über die Schulter hinweg einen Blick zu.

»Du weißt schon!« sagte er. »Auf den ersten Blick wirkst du ziemlich dürr, aber du bist auf deine Weise ganz schön sinnlich. Jedenfalls wenn man erst mal über dich nachdenkt!«

»Sinnlich!« rief Laura.

»Pst! Ich sag dir nachher, was das bedeutet«, sagte Sorry. »Versuch jetzt nicht, die Sache vor dir herzuschieben, indem du einen Streit vom Zaun brichst.«

»Ich weiß, was das bedeutet«, verkündete Laura und kam wieder hinter ihm her.

»Hast du Angst?« fragte Sorry, aber nicht so, als ob ihn das sonderlich bekümmerte.

»Ja, die hab ich!« gab Laura zu. »Mal angenommen, es klappt nicht?«

Sorry fuhr erneut zu ihr herum. »Dann *sorg* dafür, daß es klappt!« zischte er mit leiser, eindringlicher Stimme. Vor ihren Augen steigerte sich seine Ausstrahlung, bis von ihm wieder dieser ehrfurchtgebietende Hauch ausging, der möglicherweise auch Angst enthielt. »Du bist genauso gruselig wie er. Heute nacht warst du's jedenfalls. Sieh mal, in dir hat sich etwas verschoben, hast du das gewußt? Das werd ich nie vergessen. Ich konnte spüren, wie sich dein Kopf verschob, die Schädelknochen – ich habe dich gehalten, und du hast dich neu zusammengesetzt.«

»Aber doch nicht aus eigener Kraft«, sagte Laura, die von seiner Direktheit ganz betroffen war.

»Es sind schon Leute bei diesem Versuch gestorben«, sagte Sorry. »Das steht in unseren Schriften. Wenn Winter sich geirrt hätte . . . aber sie irrt sich nicht oft. Bei mir ist ihr vielleicht ein Irrtum unterlaufen, aber bei dir nicht. Sie wird auch in dieser Angelegenheit recht behalten. Sie sagt, du würdest gewinnen.«

»Ich werde an Jacko denken«, sagte Laura und tauchte in ihre Erinnerung ein, wo Jackos Bild bis zum letzten Detail haargenau gespeichert war.

»Hast du das Zeichen?« fragte Sorry.

»In meiner Tasche«, sagte Laura und steckte, während sie sprach, die Hände in die Taschen.

»Also, dann halt es bereit«, sagte er. »Du wirst nur diese eine Chance haben.«

Kletterrosen rankten sich um einen rustikalen Torbogen.

»Da hängt eine Glocke«, sagte Laura. Sie machte den Klöppel ausfindig und hielt ihn fest, während Sorry das Tor öffnete. Über dem Tor stand ein Name. »Haus Frohe Zeit«, las Laura. »Ja, glaubt der denn, daß er damit jemanden täuschen kann?«

»Vermutlich die meisten«, meinte Sorry. »Er muß ja wie ein echter Mensch wirken.«

Carmody Braque zwischen seinen Rosen wandte ihnen ein lächelndes Gesicht zu, aber nicht als Willkommensgruß, sondern um sie zurückzuweisen.

»Anglikanische Kirche!« rief er wie eine Warnung aus, und dann veränderte sich sein Gesicht, als er Laura erkannte. Er sah von ihr zu Sorry und wieder zu ihr.

»Meine *Liebe!*« sagte er. »Ich habe euch für Zeugen Jehovas gehalten! Ich bitte vielmals um Entschuldigung!«

»Ja!« sagte Laura mit leiser Stimme. »Nein – es tut mir leid, Sie belästigen zu müssen, Mr. Braque.«

»Das glaub ich dir *aufs Wort*«, versicherte er ihr herzlich. »Ein so echtes Bedauern erkennt man doch gleich. Und was erhoffst du dir nun davon, daß du zu dieser frühen Stunde mit deinem jungen Begleiter hier bei mir eindringst?« Argwöhnisch richtete er seine runden Augen auf Sorry.

»Ach . . .« rief er, schlenkerte mit einer seltsamen Jubelgeste die Hand in die Höhe und schnippelte mit der Gartenschere in der Luft herum. »Ja, jetzt begreif ich. Auf der richtigen Fährte, Liebes, aber leider, leider zu spät. Und überhaupt, es gibt keine Hexe, weder jung noch alt, die das ungeschehen machen kann, was ich tue – was ich genaugenommen schon fast *erledigt* habe. Aber ich bin dir dankbar, daß du ihn hergebracht hast. Ich bin hochbeglückt, einem Hexer zu begegnen, einer jungen männlichen Hexe . . . es ist Jahre her, seit ich zuletzt einen von seiner Sorte gesehen habe, und der arme Kerl war nicht sehr jung und hatte eine Hasenscharte. Junger Mann . . . ich nehme an, das ist die richtige Anrede . . .«

»Ich bin eine Laune der Natur, nehm ich an, eine Mißgeburt wie eine männliche Schildpattkatze«, sagte Sorry freundlich, »aber ich bin nicht hier, um Sie zu bezwingen, Mr. Braque. Ich kenne meine Grenzen.«

»Eine seltene Gabe!« rief Carmody Braque und neigte den Kopf mit seinem Haarflor aus zartem, seidigem Flaum.

»Ich bin so eine Art Unterhändler – ein Mittelsmann«, sagte Sorry. »Das Mädchen möchte Ihnen einen Vorschlag machen, und ich bin da, um sie zu behüten und bei der Verhandlung ihre Interessen wahrzunehmen.«

»*So was!*« sagte Carmody Braque. »Da bin ich natürlich sehr gespannt. *Soooo was!*« sagte er und richtete seinen rundäugigen Blick auf Laura. Rosen am Tor, ›Frohe Zeit‹ und der Gestank seiner wahren Natur, das alles traf Laura plötzlich wie ein Fausthieb, denn obwohl die Flecken seiner fortschreitenden Verwesung verschwunden waren, hatte es sich bei ihnen doch nur um Anzeichen einer inneren Fäulnis gehandelt, die von einer Hexe oder auch von jemandem mit feinem Gespür sofort wahrgenommen werden konnten. Laura glaubte schon, sie müsse sich in die lachsfarbenen Hochstammrosen zu ihrer Linken übergeben. Aber statt dessen sah sie zu seinen Augen hinauf und entdeckte dort nicht den hungrigen Wolf, nicht den Tiger, den Sorry manchmal in ihm vermutete, sondern etwas so unersättlich Gieriges, daß die Sonne ins Wanken geriet und die Rosen, der säuberliche Rasen und das teure Haus eine Veränderung erfuhren: Für die Dauer eines Augenblicks erstarrten sie zu einer gemalten Kulisse, hinter der eine grauenhafte Maschinerie arbeitete. Und nicht nur das – Laura erkannte, daß diese Maschinerie im großen Stil auf der ganzen Welt am Werk war – in den verschiedensten Erscheinungsformen: manche von untergeordneter Bedeutung und weitgehend einflußlos, andere auf tragische Weise mit ihren eigenen Gegensätzen gepaart.

In diesem Augenblick war es Laura vergönnt, die Maschinerie fast völlig rein und unverhüllt in Carmody Braques runden Vogelaugen zu sehen – im Neigungswinkel seines Kopfes, der die unschuldigere, aber nichtsdestotrotz ebenfalls furchtbare Haltung eines Falken widerspiegelte, kurz bevor er eine Maus bei lebendigem Leib in Stücke zerfetzt. Und alles, was sie dem entgegenzusetzen hatte, war ein altes Ritual der Inbesitznahme, das ihr dank ihrer mühsam errungenen neuen Natur zu Gebot stand.

Aber sie wußte, daß sie daran nicht einmal denken durfte, und deshalb konzentrierte sie sich statt dessen mit aller Macht auf Jacko. »Bitte, Mr. Braque«, sagte sie demütig, »lassen Sie von meinem kleinen Bruder ab. Nehmen Sie dieses eine Mal jemand anderen.«

»Ach, meine Liebe . . .« sagte Mr. Braque. »Es tut mir so *leid*. Ich würde es tun, wenn es mir möglich wäre, aber dein reizender junger Freund hier wird dir sagen können, daß ich ein Geist aus uralten Zeiten bin. Mittlerweile habe ich von vielen, vielen Menschen gelebt, und ich muß gestehen, daß die alten Kräfte allmählich dahinschwinden. Ich kann jetzt nicht mehr einfach jeden x-beliebigen nehmen. Außerdem habe ich mich zu einer Art Feinschmecker entwickelt, zu einem Gourmet, könnte man sagen, und warum auch nicht, da ich's mir ja leisten kann. Ich halte nach genau dem Richtigen Ausschau. Das *muß* ich tun, und dein kleiner Bruder war diesmal genau das Wahre. Ich habe mich über Wochen hinweg an ihn herangeschlichen, und um die Wahrheit zu sagen: Mit mir stand es schon hart auf der Kippe, als ich zuschlug. Das war knapp. Sehr knapp.«

Mit einem traurigen Kopfschütteln schaute er Laura an. Er sehnte sich danach, erkannt zu werden, und da sich ihm nun endlich die Chance dazu bot, prahlte er mit höchst nostalgischen Freuden.

»Und dann habe ich mich inzwischen von so vielen ernährt, daß ich wählerisch geworden bin. Mädchen wie du, mit vielleicht etwas mehr Vitalität oder wohlgenährter, oder auch noch Jüngere – ich halte acht Jahre für ein sehr reizvolles Alter, zehn ist schon fast zu alt... Aber man sollte sich da nie so ganz festlegen. Ein unschuldiger Säugling, der an der Mutterbrust dahinwelkt, ist ein wahrer Genuß. Ach herrje, niemand weiß, was er hat. Wie wenig die medizinische Wissenschaft doch trotz ihrer Fortschritte weiß! Oder ich greife mir auch manchmal die Mütter selbst, gerade wenn sie am glücklichsten sind. Oder diese netten alten Herren, die niemals ihr Interesse am Leben zu verlieren scheinen, die in Rente gehen und sich aufs Golfspielen oder die Gartenarbeit freuen. Oder auch Frauen, deren Kinder erwachsen geworden sind und die sich nun wie Blumen all den vielen Möglichkeiten auf der Welt öffnen. Und ich *bin* eine dieser Möglichkeiten!« rief Mr. Braque kichernd. »Ich will Menschen haben, die ohne Vorbehalte vorwärts schauen, die die ganze

Welt umarmen . . .« Er schlang seine Arme um sich. »Oh, diese Vielfalt an Gaumenfreuden, die ihr Menschen mir bietet!« Mr. Braque schlenkerte mit den Händen, daß seine Finger wie ekelhafte Schmetterlinge durch die Luft flatterten. Es war kindisch, wie eingebildet er war, aber irgendwie schien das seine abgrundtiefe Schlechtigkeit nicht zu mindern, sondern nur noch zu verstärken.

»Das Mädchen möchte Ihnen einen Vorschlag machen«, sagte Sorry unvermittelt und ließ sich auf einem weißen, gußeisernen Gartenstuhl nieder. Verschwommen nahm Laura wahr, daß ihn etwas ganz persönlich betroffen gemacht hatte. Sie konnte aber nicht fragen, und er konnte es ihr nicht sagen.

»Dann sprich«, sagte Mr. Braque mit formvollendeter, widerlicher Höflichkeit.

»Ich dachte . . .« sagte Laura. »Ich dachte . . .« Sie mußte gar nicht schauspielern oder etwas vortäuschen. Sie zitterte vor Angst und geriet ein wenig ins Schwitzen, so daß ihr die Sonnenbrille über die Nase rutschte. Verzweifelt schlug sie mit der flachen Hand gegen die Brille und rückte sie wieder zurecht. »Ich dachte – wenn Sie – das heißt . . .«

»Laß doch dieses *Gewinsel*, Liebes«, sagte Carmody Braque und stocherte mit dem Nagel seines linken kleinen Fingers in den Zähnen herum. »Die Unterhaltung mit euch hat mir Spaß gemacht. Dein Freund hier wird dir bestätigen können, daß man nur selten jemandem begegnet, der *versteht*. Aber bitte denk daran, daß all dieses Gerede mich *hungrig* macht, meine Liebe.«

Laura merkte jedoch, daß Carmody Braque die Situation genoß, so wie ein Mann mit einem geheimen Schatz Vergnügen daran finden mochte, eine Schau abzuziehen und ihn jemandem zu zeigen, der es niemals weitererzählen konnte. In dieser selbstherrlichen, mitteilsamen Stimmung konnte es sein, daß er die Hand ausstreckte – daß er sie zu sich hereinbat. Abwartend hielt sie sich zurück, voll Hoffnung und Furcht, und als hätte er ihre Gedanken gelesen, fügte er fast bruchlos hinzu: »Es war mir ein solcher Hochgenuß, ein Weilchen ganz und gar ich selber sein zu können, daß ich dir zum Dank dafür die Wahl überlasse.«

»Was denn für eine Wahl?« fragte Laura. Tief in ihrem Blut stiegen augenblicklich die schlimmsten Befürchtungen auf.

»Ob ich deinem Bruder jetzt den Rest gebe oder die Sache noch über die nächsten zwei, drei Tage ausdehne. Solange noch Leben da ist, besteht auch noch Hoffnung – so heißt es zumindest, obwohl ich mich darauf nicht verlassen würde –, und manche behaupten auch, daß selbst der letzte röchelnde Atemzug uns trotz der Schmerzen doch noch die Möglichkeit dazu gibt, unser Leben mit innerer Würde zu beenden. Aber *ich* glaube, daß er in seinem Koma die allerschrecklichsten Ängste durchleiden wird, abgeschoben in die Dunkelheit und nur *mich* zur Gesellschaft. Also darfst du es dir für ihn aussuchen ... als eine Art Handelsrabatt.«

»Ich dachte, Sie würden vielleicht statt dessen *mich* nehmen«, plapperte Laura drauflos. »Sie könnten von Jacko ablassen und mich nehmen.«

Mr. Braque machte ein verwundertes Gesicht und schüttelte den Kopf. »Oh, nein! Du hast nun mal ganz und gar nicht die gleiche Lebensenergie, und obwohl dieses Element der freiwilligen Aufopferung durchaus interessant ist, kommt es in meinem Spezialgebiet sonderbarerweise gar nicht so selten vor.« Aber dennoch hörte er nicht auf, sie nachdenklich zu betrachten. Seine runden Augen wurden dabei immer größer, und er fuhr sich liebkosend mit der Zunge über die Zähne.

»Verstehen Sie, ich wäre willig«, flüsterte Laura. »Und ich wüßte über Sie Bescheid. Ich würde Sie die ganze Zeit hindurch erkennen.«

»Ich dachte, es könnte Sie vielleicht interessieren, jemanden zu haben, der entsetzliche Ängste vor Ihnen aussteht, aber sich doch bereitwillig unterwirft«, sagte Sorry. »Das ist eine ganz besondere Spezialität, nicht wahr?«

Carmody Braque lachte. »Was bist du doch für ein scharfsinniger junger Mann«, sagte er. »Aber meine armen jungen Leute . . . wie konntet ihr es nur wagen, mir eine solche Idee in den Kopf zu setzen? Ich könnte sie alle beide haben – den kleinen Bruder und die große Schwester. Das heißt nicht, daß es unbedingt so kommen wird! Wie ich schon sagte, ich bin mittlerweile gezwungen, sehr wählerisch vorzugehen. Es klappt nicht mehr alles . . . Trotzdem, zeig her, was du hast, meine Liebe! Du kannst bei einem solchen Angebot nicht so verhüllt bleiben wie der Spion in einem Comic. Schließlich stellst du dich mir ja als *Luxusartikel* dar! Also zieh die Jacke aus und nimm diese Brille ab und führ mir mal vor, was du nun eigentlich zu bieten hast.«

»Wenn Sie versprechen, von Jacko abzulassen«, sagte Laura hartnäckig.

Carmody Braque ignorierte ihre Worte. Er grinste nur und wiederholte: »Zeig her, was du hast!«

Aber Laura rührte sich nicht. »Nur für Jacko«, wiederholte auch sie, steckte die Hände in die Taschen, zog die Schultern ein und kroch in sich zusammen, als wollte sie für seinen stechenden Blick, der wie ein Pfeil auf sie zuschoß, eine kleinere Zielscheibe abgeben.

»Du hast nichts in der Hand, womit du mir Bedingungen stellen könntest«, sagte Carmody mit einem wachsamen Blick zu Sorry hinüber. »Bleib auf Abstand, du Hexe. Untersteh dich ja nicht, eine Bewegung zu machen! Außerdem durchtränkst du sie mit deinen Kräften. Ich kann sie überhaupt nicht erkennen. Sie könnte ebensogut deine Schwester sein.« Dann sprach er mit Laura, als hätte er es mit einem dummen Kind zu tun: »Ich muß es wissen. Wie verheißungsvoll ist das Leben für dich? Bist du's auch wert? Ahnst du zum

Beispiel voller Erwartung Liebe voraus, oder hast du . . .?« Er warf Sorry einen raschen Blick zu und sah dann mit schrecklicher Begierde wieder zu Laura zurück. Als sie ihn durch die dunklen Zwillingsschatten ihrer Sonnenbrille hindurch musterte, schnalzte er ungeduldig mit der Zunge.

»Komm her!« sagte er und streckte die Hand nach ihr aus, um den Abstand zwischen ihnen zu überbrücken und sie zu sich herüberzuziehen, damit er sie kennenlernen und nach Belieben nehmen oder verwerfen konnte. Laura hörte, wie Sorry eine unausgesprochene Aufforderung zischte, aber sie war bereits in Bewegung. Ihre Hand entwickelte ein schnelles Eigenleben und sprang aus der Tasche hinaus durch die Luft. Laura drückte der ausgestreckten Hand von Carmody Braque ihren Stempel auf, so sicher und elegant, als ob sie ihm eine Blume überreichte. »Sie haben mich hereingebeten«, sagte sie.

Ungläubig schaute er nach unten und sah ihr Gesicht, das ihm von seiner eigenen Haut entgegenlächelte.

So flink wie seine schwarze Katze trat Sorry hinter Laura, langte ihr über die Schulter und nahm ihr die Sonnenbrille ab.

»Sag's ihm!« drängte er, während Carmody Braque wieder zu ihr aufschaute und seine mitteilsame Selbstherrlichkeit ihn langsam verließ.

»Was hast du getan?« rief er.

Aus seiner veränderten Stimme hörte Laura das erste Stöhnen eines Sterblichen heraus. Ihre Blicke begegneten einander. Sie wußte sofort, daß sich ein Tor für sie geöffnet hatte. Er konnte sich vor ihr nicht mehr verschließen. Und auch seine Finger, die sich um das Bild auf seiner Handfläche krallten, konnten sie nicht daran hindern, den Strömungen seiner Nervenbahnen zu folgen und in seinem Kopf zu explodieren, wo sie augenblicklich die Macht in der Hand hatte. Wie ein Roboter unterstand er ihrer Fernlenkung, und unabhängig davon, wo er sich gerade aufhielt, konnte sie ihn entweder verzehren oder ihm Nahrung geben. Das war so einfach, daß sie sich kaum vorstellen konnte, diese Fähigkeit nicht schon immer ganz naturgemäß besessen zu haben. Dennoch überlief sie ein Schauder, und ihr drehte sich vor Abscheu der Magen um. Von ihr hatte er keine Gnade zu erhoffen. Und Sorry lachte nur.

»Was ist das?« fragte Carmody Braque wieder und starrte mit dem Gesichtsausdruck eines Menschen, der gerade die Symptome einer furchtbaren Krankheit an sich entdeckt, auf seine Hand hinunter. »Was soll dieser Zirkus?«

»Sie wissen doch!« sagte Laura sehr leise. »Es ist mein Zeichen.« Sie hatte weder Kraft noch Atemluft übrig, um mehr zu tun als unheilverkündend zu flüstern: »Mein Zeichen.«

»Aber du bist doch nicht . . . du warst doch keine . . .« Sein affektiertes Gesicht wurde von blanker Angst aufgezehrt. »Ich konnte mich doch nicht so irren.«

»Wir haben eine Hexenwerdung bewirkt«, sagte Sorry. Er schrieb Laura die Anfangsbuchstaben seines Namens auf den Nacken, und es war, als hätte er für alles andere jegliches Interesse verloren, während sich für Laura plötzlich die Welt veränderte, heller und strahlender wurde. Eine Kraft, so stark und süß wie Honig, strömte in sie ein, und Carmody Braque fiel auf die Knie, genau wie sie es einmal neben Jackos Bett getan hatte, als das Lächeln eben dieses Mannes mit dem Gesicht ihres Bruders sein böses Spiel trieb und sich dort widerspiegelte. Es war ein Schock und zugleich ein Triumph für sie, nun ihren eigenen Geist zu sehen, der ihr aus den verzweifelten Augen ihres Opfers entgegenblickte.

»Bitte . . .« rief Mr. Braque. »Meine liebe junge Dame . . . Ich flehe dich an! Ist es das, was du willst? Natürlich lasse ich von deinem kleinen Bruder ab. Ich werde mir jemand anderes suchen. Ich wußte doch nicht . . . unter uns . . . Gaunerehre . . .« Er winselte und kam näher an sie herangerutscht, als suchte er Körperkontakt. »Ein solcher Fehler ist mir noch nie unterlaufen. Es muß doch einen Weg für uns geben, eine gemeinsame Basis zu finden.« Die Worte strömten aus ihm heraus, von Verzweiflung durchtränkt. »Also bitte . . .«

»Nein!« sagte Laura und ging davon. Carmody Braque kam hinter ihr her, immer noch auf den Knien, ein verkrüppelter Zwerg, völlig außer sich. Er streckte die Hände aus, als wollte er sich irgendwo festklammern. Einen Augenblick lang glich er keinem Menschen mehr, sondern sah eher wie ein rasender Krebs aus.

»Bitte, bitte sag doch was!« rief er. »Laß uns das wie vernünftige Leute miteinander besprechen. Wir müssen doch zusammenhalten, wir Seltsamen. Gibt es noch etwas, was du gerne hättest? Geld? Vielleicht möchtest du mit deinem kleinen Bruder – und auch mit deinem Freund – eine Ferienreise machen. An die Goldküste! Oder sogar bis hin zu den griechischen Inseln – die griechischen Inseln, wo die brennende Sappho liebte und sang, wie Shelley einst sagte.«

»Gar keine schlechte Idee, Chant«, meinte Sorry. Laura fuhr zornig zu ihm herum, und er lachte über ihre Empörung. »Das heißt, ich glaube nicht, daß dieses Zitat von Shelley stammt. Ich weiß nicht, wer das gesagt hat, aber . . .«

»Es spielt keine Rolle, wer es war – wir fahren jedenfalls nicht hin«, erklärte Laura. Sie marschierte um das Haus herum, Sorry an ihrer Seite und Carmody Braque hinterdrein, wobei er abwechselnd drohende und flehende Töne von sich gab. »Bitte . . .« war das einzige Wort, das man verstehen konnte.

»Frohe Zeit!« warf Laura ihm über die Schulter hinweg zu und riß das Gartentor so heftig auf, daß die Glocke fröhlich zu bimmeln begann, unbekümmert um die Angst und Not ihres Besitzers.

Als sie wieder auf dem Durchgangsweg war, fing Laura an zu rennen, und Sorry folgte ihr zur Vespa zurück. Auch ohne hinzusehen wußte sie, daß Carmody Braque am Tor angehalten hatte und ihr nicht weiter hinterherkam.

»So, Chant!« sagte Sorry. »Zittern dir die Hände? Soll ich dir den Helm aufsetzen? Alles klar? Dann brausen wir jetzt los zum Planeten Erde. Gibt's den überhaupt? Ich glaube es ja nicht, aber wir können uns über diese Mythen nicht einfach so hinwegsetzen, stimmt's? Mach dir keine Sorgen, Chant! Mit ihm ist es aus und vorbei. Du hast alles ganz richtig gemacht.«

»Da ist immer noch Jacko«, stellte Laura richtig. »Es ist noch nicht vorbei. Was machen wir jetzt?«

»Mittagessen?« schlug Sorry vor. »Wenn ich Angst habe, krieg ich immer Hunger.«

Aber Laura konnte sich nicht vorstellen, jetzt etwas zu essen. Sie dachte, sie würde vielleicht nie wieder essen können.

»Das Krankenhaus«, sagte sie. »Ich muß dorthin.«

»Ach, na gut!« sagte Sorry und rückte sich den Sturzhelm zurecht. »Denk bloß mal . . . schon bald wirst du das alles aus dem Gedächtnis streichen können und dich dafür auf wirklich wichtige Dinge konzentrieren.«

»Auf dich, nehm ich an!« rief Laura spöttisch, während sie hinter ihm auf die Vespa krabbelte.

»Du hast's erfaßt!« stimmte Sorry ihr zu. »Halt dich gut fest.«

Laura empfand Sorry gegenüber plötzlich eine sehr große Zuneigung, weil durch ihn Entfernungen auf einmal kaum noch eine Rolle spielten. Mit neuem Vertrauen hielt sie sich an ihm fest. Trotz seiner unbekümmerten Worte zitterte er, und das kam nicht nur vom Vibrieren des Motorrollers. Er hatte, das wurde Laura mit einemmal bewußt, sehr viel Angst ausgestanden.

Der Motor erwachte zum Leben, und sie schossen die Privatstraße hinunter, wo sie vom Alltagsgedröhn und Getriebe der Stadt wieder fröhlich empfangen wurden.

Der Wendepunkt

Wie eine Insel aus Betonklippen und Höhlen lag das Krankenhaus da, mit Blick auf einen halbmondförmigen Rasen zur Hauptstraße hin. Nach nur einem einzigen Besuch dort kam es Laura so vertraut vor, als würde es nun für alle Zeiten ein Teil ihres Lebens sein. Sie stand auf dem Parkplatz und erholte sich von der raschen Fahrt quer durch die Stadt. Dabei rubbelte sie mit der freien Hand ihr plattgedrücktes Haar, und auch ohne zu Sorry hinzusehen wußte sie, daß diese unschuldige Geste ihn auf eine Weise berührte, die für sie nicht nachvollziehbar war.

»Um die Wahrheit zu sagen, ich hatte eine Heidenangst«, sagte er unvermittelt. »Und du?«

Erstaunt wandte Laura sich zu ihm um, denn ihre eigene Furcht hatte sie schon weit hinter sich gelassen. Sie dachte jetzt nur noch an Jacko, während Sorry immer noch mit Carmody Braque befaßt war.

»Ich würde mir einen solchen Zustand nicht wünschen«, meinte er und stierte dabei geistesabwesend in die Luft. »Ich meine, ein menschliches Wesen zu sein ist ja auch nicht gerade viel, aber weniger möchte ich nicht sein.«

»Na, das mußt du doch auch nicht«, meinte Laura verwundert.

Auf dem Weg über den Parkplatz faßte Sorry sie oberhalb des Ellbogens am Arm.

»Ich will nicht soviel *fühlen*«, klagte er voller Unruhe, mehr zu sich selbst als an sie gerichtet, aber dann hielt er inne, als wartete er auf eine Antwort.

»So was kann man sich nicht aussuchen«, sagte Laura, die in Gedanken schon bei Jacko war.

»Aber ich bin nicht so wie du«, sagte Sorry. »Du gehörst zu einer richtigen Familie. Die *mußt* du dann wohl lieben, nehm ich an. Ich meine, du *liebst* sie, und damit ist für dich der Fall erledigt. Aber ich muß mich bewußt dafür entscheiden, aus reinem Selbsterhaltungstrieb.«

»Und das heißt?«

»Und das heißt, daß Gefühllosigkeit viel riskanter ist, als ich dachte. Ich glaube, daß da ein gefährliches Vakuum bleibt. Die Natur kann Hohlräume nicht ausstehen.«

»Du würdest aber doch nie im Leben so werden wie *der*«, meinte Laura.

»Irgendwo hat es auch mit ihm mal angefangen«, gab Sorry zurück. »Er ist nicht immer so gewesen. Er war ein Baby und ein Junge und ein Mann, und anfangs unterschied er sich vermutlich gar nicht so sehr von gewöhnlichen Leuten. Irgendwann in seinem Leben hat er eine Fehlentscheidung getroffen – das weiß ich genau.«

»Ich wette, er war schon als Baby einfach gräßlich«, sagte Laura.

Zwischen eingeengten Blumenbeeten gingen sie zum Haupteingang. Die Sonne schien auf sie herab. Der Rasen federte unter ihren Füßen. Staunend nahm Laura wahr, daß sie durch und durch lebendig war. Jeder Fingernagel, jedes Haar auf ihrem Kopf schien ganz für sich allein genießen zu können, nicht nur als Teil von ihr. Sie lächelte über ihre eigenen Gedanken, und im selben Augenblick bemerkte Sorry verdutzt: »Es steht dir, weißt du das? Du siehst umwerfend aus. Macht dich die ganze Sache an?«

»Ich weiß nicht«, sagte sie. »Aber ich will dir mal was anderes sagen. Nimm das Poster in deinem Zimmer wieder ab. Mein Foto kannst du behalten, das macht mir nichts, aber nicht an dieses Poster angeheftet.«

Leute kamen und gingen an ihnen vorbei. Sorry schaute Laura neugierig an, eher unsicher als eigentlich verlegen.

»Was willst du mir damit ins Gedächtnis zurückrufen?« fragte er nach einer kleinen Weile. »Ich werde abwarten und zusehen, was passiert. Wenn alles vorüber ist, entschwindest du ja vielleicht wieder in die vernebelten Weiten der vierten Klasse.«

»Wir sind nicht vernebelt«, sagte Laura empört. »Und was würdest du davon halten, wenn ich ein Poster von einem nackten Mann hätte und dein Foto dazuhängen würde?«

Sorrys Gesicht nahm einen amüsierten Ausdruck an und sah dann beschämt drein. »Das kannst du gern machen, wenn du willst«, sagte er. »Ich geb dir sogar das Foto dazu.«

»Eigentlich will ich das ja gar nicht«, gab Laura steif zu. »Außerdem würde meine Mutter es sich nicht verkneifen können, andauernd Bemerkungen darüber zu machen. Das wär die Sache nicht wert.«

Ihre Sorge um Jacko trieb Laura voran, doch sie zögerte noch einen Augenblick, schlang die Arme um Sorry und sagte: »Danke für deine Hilfe«, und dabei hatte sie das Gefühl, daß ihre Worte ganz und gar unzulänglich waren.

»Sehr schön so«, sagte Sorry. »Aber schau nicht so angespannt drein. Es ist alles in Ordnung. Mit dir wird alles klargehen. Mit Jacko auch.«

»Woher willst du das wissen?« fragte Laura fast im Flüsterton.

»Weil du dafür *sorgen* wirst, daß alles klargeht, nicht wahr?« antwortete er mit leiser, eindringlicher Stimme. »Dein B-Bruder wird von deinem Willen zum Überleben angesteckt werden. Du schwimmst nämlich immer oben, Chant, dir ist die L-Lebenskraft a-angeboren.« Mit den letzten Worten hatte er Mühe, so als stammten sie aus einer fremden Sprache, aber es war die plötzliche Gefühlsregung in ihm, die ihm zu schaffen machte.

»Du also auch!« sagte Laura, ließ ihn los und ging über die Krankenhaustreppe davon.

»Wie wahr, wie w-wahr!« bestätigte Sorry lächelnd und machte sich damit über seine Inbrunst lustig, während er zum Parkplatz zurückging.

»Laß wieder von dir hören«, rief er über den immer größer werdenden Abstand zwischen ihnen hinweg.

Laura blieb nicht stehen, um ihm nachzusehen. Sie ging durch die Tür ins Krankenhaus, nannte am Eingangsschalter ihren Namen und dachte kurz darüber nach, wie sie einen Aufsichtsschüler männlichen Geschlechts so unbefangen hatte umarmen können und wie es wohl sein würde, ihn bei der Schulversammlung in der nächsten Woche zu sehen, wenn er Informationen verlas.

An Wandschirmen vorbei und einem Schild, das Ruhe gebot, kam Laura endlich im Wartezimmer an. Es lag neben dem Zimmer, in dem Jacko lag, kostbar und unersetzlich, aber inzwischen nicht mehr nur einfach ein Kind. Er war ein medizinisches Rätsel, ein schwacher Pulsschlag, eine unruhige Atmung, ein unregelmäßiges Leuchtkugelmuster auf einem kleinen Bildschirm. Aber wenn sie, Laura, Carmody Braque auf die Knie zu zwingen vermochte, dann konnte sie doch auch ganz gewiß den Lebensfluß finden, der aus Jacko entströmte, und ihn wieder zurücklenken.

Das Wartezimmer war nicht leer. Sowohl ihr Vater als auch Kate waren da und sprachen mit einem Arzt. Auf den Stühlen lagen bunte Kissen. Man hatte sich Mühe gegeben, den kleinen Raum fröhlich zu gestalten, obwohl die, die hier warteten, nur Verzweiflung vor Augen hatten.

»Er war schon am Entschweben«, sagte der Arzt gerade, »aber sein Herz hat sich dann wieder gekräftigt. Ein bemerkenswertes Kind, wie er all das durchsteht. Ich kann nicht behaupten, daß es ihm bessergeht, aber es geht ihm auch nicht schlechter. Das ist in gewisser Weise schon ein Fortschritt.«

Kate sah Laura hereinkommen, sagte aber nichts, bis der Arzt gegangen war. Dann rief sie ihren Namen, erleichtert und doch auch etwas fassungslos.

»Wir haben versucht, dich zu erreichen. Man hat uns gesagt, du würdest mit Sorry Carlisle eine Ausfahrt machen.«

Kate hörte sich verwirrt und gekränkt an, aber Laura konnte ihr keine Erklärung geben. Sie tauschten einen beunruhigten Blick, bei dem sie beide in ihrem Gegenüber etwas Neues entdeckten und doch wußten, daß jetzt der falsche Zeitpunkt für Fragen war.

»Hallo, Bäh-Lämmchen!« sagte Stephen mit freundlicher, müder Stimme. »Jedesmal wenn ich dich sehe, wirkst du größer und älter und hübscher als zuvor.«

»Jedesmal wenn du mich siehst, bin ich das ja auch«, sagte Laura. Sie sprach mit Vorbehalt, denn sie wollte ihn nicht wieder so liebhaben wie früher, und sein Ausdruck schien die alte Liebe wieder hervorzulocken.

Sie nahm zuerst Kate in die Arme. »Wie geht's Jacko?« erkundigte sie sich und spürte, wie ihre neue Kraft vor Kate ins Wanken geriet. Kate weinte nicht und war auch nicht aufgewühlt und erregt, hatte aber alle Hoffnung aufgegeben.

»Laura, Liebes, der Arzt glaubt, daß Jacko den heutigen Tag nicht überstehen wird«, sagte sie. »Heute früh war es ganz furchtbar. Chris hat ein paar Tage Urlaub genommen, die ihm von seinem Jahresurlaub noch zustehen, und Mr. Bradley führt ihn im Laden ein. Der Gute springt für mich ein, damit ich so lange hierbleiben kann, bis – solange es eben nötig ist.«

»Ich glaub nicht, daß er sterben wird«, sagte Laura, aber sie wurde sofort von Zweifeln heimgesucht. Ihr Sieg, der weniger als eine Stunde zurücklag, kam ihr wie ein Märchen vor, das erfunden worden war, damit sie ein wenig Zeit gewann und sich der schrecklichen Wahrheit noch nicht stellen mußte. Dennoch, Sorry hatte sie als jemanden bezeichnet, der immer oben schwamm, mit angeborener Lebenskraft.

»Ich glaub's einfach nicht«, sagte sie. »Ich glaube, daß er wieder gesund wird.«

Kate schloß die Augen, wie um mit einem unerträglichen inneren Schmerz fertigzuwerden.

»Du verstehst nicht«, sagte sie. »Er ist zu schwach, um diese Krämpfe weiterhin aushalten zu können. Ich glaube, ich wußte schon bei seinem ersten Anfall, daß er sterben würde.«

Sie war kühl und blaß und müde und ausgelaugt. Laura hatte Schuldgefühle, weil sie im gleichen Augenblick von rosigem Gold durchströmt wurde. Sie fand, daß Kate trotz ihrer vor Übermüdung und Tränen roten Augen und trotz der Falten ihrer fünfunddreißig Jahre großartiger aussah, als sie selbst es jemals fertigbringen würde, völlig erschöpft und doch irgendwie edel, und Laura, die Kate schon oft um ihr hübsches Gesicht beneidet hatte, wünschte sich sehnlichst etwas von diesem edlen Aussehen. Sie begriff auch, daß der aufgekratzte Anblick, den sie bot, Kate kränken mußte, aber dieses Mißverständnis würde sich erst im Lauf der Zeit ausräumen lassen. Sie konnte nicht erklären, daß sie nicht trotz, sondern gerade wegen Jacko soviel strahlende Kraft versprühte.

»Darf ich mich zu ihm setzen?« fragte sie.

»Das werden wir beide tun«, sagte Kate.

»Wir alle werden das tun«, verkündete Stephen, aber es stellte sich heraus, daß er es nicht lange aushielt.

Jacko in seinem Krankenhausnest sah bereits tot aus. Kate saß ganz ruhig neben ihm, in ihre eigenen Gedanken gehüllt. Stephen aber sagte nach einer kleinen Weile, daß er es nicht ertragen könne. Für einen so selbstbewußten Mann, wie er es war, sprach er sehr demütig. Als ob sie seine Gedanken lesen könnte, verstand Laura, daß er nicht nur um Jacko bangte, sondern auch um das neue Kind, das in eine gefährliche Welt hineinkam, in der man sowohl durch Schlechtigkeit als auch einfach durch blinden Zufall ohne ersichtlichen Grund das verlieren konnte, was man am meisten liebte.

»Ich komme später wieder«, sagte er. »Ich komme bestimmt.«

Kate nickte und lächelte. Laura aber saß vollkommen still da, und mit der Geduld eines Menschen, der bei Nacht und Nebel ein Archipel aus lauter dichtgedrängten, winzig kleinen Inseln kartographiert, begann sie nach ihrem Bruder zu suchen.

Zuerst starrte sie im Zimmer herum, aber mit ihrem wahren Blick schaute sie zurück in ihren eigenen Kopf, nicht zu den Wäldern, Bergen und Höhlen der vorigen Nacht, sondern einfach ins Dunkel hinein. Nichts geschah. Sie spannte all ihre Wachsamkeit und Sensibilität an und siebte die Dunkelheit durch, bis sich etwas regte. Plötzlich war Carmody Braque bei ihr, schrie, daß er am Austrocknen sei, und bombardierte sie mit flehenden Bitten, Versprechungen und wüsten Beschimpfungen. Seine Klagen flatterten wie gräßliche, zerrupfte Vögel um sie herum, die lauthals jammerten und ihre Forderungen mit einem solchen Getöse vorbrachten, daß Laura einen Augenblick lang ganz benommen war. Dann stieg ein ruhiger Lichtstrahl aus der Dunkelheit empor und lenkte ihre Gedanken in eine andere Richtung, denn Kate leistete ihr unbewußt Gesellschaft und unterstützte sie. Wenn Laura die Augen aufmachte, konnte sie ihre Mutter auf der anderen Seite des Bettes sehen, zu Jacko hinuntergebeugt, ganz still und offenbar in Erinnerungen versunken. Sie dachte daran, wie sie Jacko das erste Mal im Arm gehalten hatte und ihn stillte, erinnerte sich an seine Nase, die er an ihre Brust preßte. Aus der Einengung befreit, hatte er seine neuen, runzligen Hände sacht herumgeschwenkt, als wollte er einen Tanz erfinden.

Laura war mit all ihren Sinnen so sehr bei Kate, daß sich ihre Gedanken vermengten und Kates Erinnerungen ganz und gar ihre eigenen zu sein schienen. Dann durchquerte Sorry eine entlegene Ecke ihres Bewußtseins, und grelle Farben flammten beunruhigend in ihr auf. Sie spürte einen geisterhaften Hauch des Kusses der vergangenen Nacht, nicht von dem gekonnten im Land der Hexenwerdung, sondern dem weichen, schweren, ungeübten Kuß, den er ihr gegeben hatte, als seine Mutter und Großmutter zusahen. Der Kuß hatte sie an Jacko erinnert, und über diese Gedankenverbindung fand sie ihn nun auch, schwach und zerbrechlich, aber unverkennbar – ein dahinschwindender heller Faden. Sie konnte spüren, wie Jacko sich gegen die Attacken von Mr. Braque verbarrikadiert hatte – die Schotten dichtgemacht, wie Sorry sagen würde. Es war fast nichts mehr von ihm übrig.

»Jacko!« sagte sie in freundlichem, vernünftigem Tonfall. Sie sprach mit ihm, als hätte er sich zu Hause im Klo eingeschlossen und müßte nun dazu gebracht werden, den Riegel zurückzuschieben, damit er wieder herauskonnte. »Jacko – ich bin's. Lolly ist da.«

Es kam keine Reaktion.

»Du kannst mich hereinlassen. Es ist jetzt alles wieder okay! Es ist vorbei!«

Carmody Braque drängte sich heran, verzweifelt bemüht, einen Anteil von der Lebenskraft abzubekommen, die sie ihrem Bruder einzuflößen begann.

Aber Laura wehrte ihn ab, und Jackos schwaches Lichtlein wurde etwas heller. Während er ihre Liebe und ihre Kraft in sich aufnahm, machte Laura die Augen auf, schaute zu Kate hinüber und wagte ein zaghaftes Lächeln, aber Kate lächelte nicht zurück. Wie Jacko hatte sie dichtgemacht, zog sich dabei allerdings in eine machtvolle, ruhige Gelassenheit zurück, mit der sie Jacko ansah, als wollte sie ihn wieder in ihren Leib zurückholen, um ihn dort sicher zu bergen. Laura schloß diese Ablenkung aus, indem sie die Augen wieder zumachte, und fing erneut an.

»Jacko – hier ist Lolly. Hör zu, Jacko, du bist ein lieber Junge, du warst ganz wunderbar, aber jetzt kannst du hervorkommen. Du kannst loslassen. Der böse Wolf ist fort, und das Geißlein kann aus seinem Versteck kommen und spielen.«

»Und was wird aus mir?« kreischte Carmody Braque, der am äußersten Rand ihrer Konzentration herumtobte. »Du kannst doch nicht . . . du hast doch wohl nicht vor . . .«

Laura riegelte sich von ihm ab.

»Miststück! Du Miststück!« schrie er mit versiegender Stimme. »Hör mich an . . . hör zu . . .« Dann war er wieder verschwunden.

»Jacko!« sagte Laura. »Möchtest du deine Schmusedecke haben?«

Ein schwaches Sich-Öffnen erfolgte, ein winziges Aufflakkern zum Zeichen der Zustimmung.

»Also, hör gut zu! Du liegst im Bett und bist in Sicherheit. Du bist im Krankenhaus. Da kannst du mal sehen, wie wichtig du bist. Du hast ein kleines Schränkchen ganz für dich allein. Ein Krug Orangensaft steht darauf. Mami ist auf der einen Seite von deinem Bett, ich bin auf der anderen Seite, und die Schmusedecke ist im Schränkchen und wartet darauf, daß du aufwachst. Rosebud ist auch da, glaube ich. Sie sind einsam ohne dich, also beeil dich und komm zurück, Jacko. Du fehlst ihnen. Du fehlst uns allen. Sieh doch mal zu, ob du nicht noch ein Stückchen herkommen kannst.«

Ein weiteres Sich-Öffnen, fahrig, aber eindeutig.

»Lolly?« Das war mehr ein verlorenes Echo als eine richtige Stimme.

»Ja, ich bin's, Lolly. Ich verspreche dir, daß ich es bin«, sagte sie. »Komm nur her zu mir, Jacko.«

Sie sandte ihre geheimen Kräfte nach ihm aus und konnte spüren, wie er sich ihr zuwandte, als wäre sie eine Lichtquelle in der Finsternis. Aber plötzlich war Carmody Braque wieder bei ihr. Diesmal tobte er nicht am äußeren Rand herum, sondern ging sie direkt durch Jacko an. Laura wurde von einem Gefühl gepackt, das keinen Namen hatte, aber es bestand aus

Wut und jubelnder Freude, die untrennbar ineinander übergegangen waren. Sie stellte sich ihrem Gegner in der erstarkenden Festung ihres Bruders, und Carmody Braque wich vor ihr zurück. Sie sog sein Zeichen auf und löschte es aus, tröstete Jacko mit der Aussicht auf Geschichten, auf Familienmahlzeiten mit F & F, mit all den starken, frohen Abläufen im Alltag, und dabei spürte sie, wie die seelische Verletzung, durch das Zeichen symbolisch zum Ausdruck gebracht, wieder heilte. Da wußte sie, daß Jacko für alle Zeiten vor Carmody Braque in Sicherheit war. Während sie diese Gewißheit erlangte, spürte sie noch eine andere Veränderung in Jacko, spürte, wie er sich entspannte, so als wäre er endlich einen langandauernden Schmerz losgeworden. Von leidenschaftlicher Dankbarkeit erfüllt, machte sich Laura zu einem Sturzbach aus wildem Gold, den sie durch Jacko strömen ließ und ihm dabei so viel von sich einverleibte, wie er nur zu fassen vermochte.

»Komm schon, Jacko«, lockte sie ihn ins Leben zurück. »Alles wartet. Ohne das Kasperle findet die ganze Vorstellung nicht statt.«

Eine Stimme sagte etwas, und es dauerte einen Moment, bis Laura begriffen hatte, daß die Stimme außen im Zimmer sprach.

»Laura – wach auf!« sagte Kate. »O Laura, da tut sich was.«

Es schnitt Laura ins Herz, daß in Kates Stimme nicht Hoffnung, sondern vielmehr ein tiefes Grauen lag. Sie keuchte ein wenig, so als wäre sie eine lange Strecke gerannt. Laura konnte ihr nichts Beruhigendes sagen, was überzeugend geklungen hätte. Und doch tat sich tatsächlich etwas. Jacko schlug die Augen auf und starrte mit dem Blick eines Neugeborenen in die Luft, ein Blick, an den sich Kate noch aus seinen ersten Stunden erinnerte.

»Alles in Ordnung!« verkündete Laura. »Mama, ich verspreche dir: Es ist alles in Ordnung. Er wird wieder gesund, das ist alles.«

»Lauf und hol Dr. Hayden«, befahl Kate. »Ich weiß nicht, wo er ist, aber irgend jemand wird es dir sicher sagen können. Er ist der netteste Arzt. Oder hol die Schwester. Ich möchte nicht von Jacko fort.«

Beim Klang ihrer Stimme bewegten sich Jackos Augen und blieben schließlich an Kate hängen. Zuerst ließ sich nur schwer beurteilen, ob er sie sah. Dann zuckte sein Mund. Er versuchte zu lächeln.

»Jacko! Jacko, mein Schätzchen!« murmelte Kate mit schwankender Stimme.

Laura ließ die beiden allein und machte sich auf die Suche nach dem Arzt. »Und was wird aus *mir*?« jammerte Carmody Braque, der mit trostloser Beharrlichkeit am Rand ihres Bewußtseins herumflatterte.

Laura blieb lächelnd stehen. Sie preßte ihre nach oben gezogenen Lippen fest zusammen und verengte die Augen zu schmalen Schlitzen. »Pech gehabt!« gab sie zurück. Sie sprach das in dem leeren Flur laut aus, und ihre Stimme rutschte an den makellos weißen Wänden entlang, glitt wie eine Schlange über den glänzenden Fußboden. »Jetzt sind Sie an der Reihe! Sie sind jetzt dran, Mr. Carmody Mistkerl Braque.«

Eine große weiße Gestalt kam um die Ecke, genau die Krankenschwester, nach der Laura Ausschau hielt. Sie wollte zu Jacko, weil bei seinem bedenklichen Zustand regelmäßig nach ihm gesehen werden mußte.

Als die Schwester und Laura in Jackos Zimmer zurückkamen, fanden sie ihn immer noch bei Bewußtsein vor. Er starrte Kate an und hielt seine Schmusedecke, die sie ihm aus dem Schränkchen geholt hatte.

»Er hat nach ihr verlangt.« Kate hörte sich jetzt völlig aufgewühlt an. »Und er versucht am Daumen zu lutschen, aber das wollte ich nicht zulassen, wo er doch diesen Schlauch im Arm hat.«

Kurz darauf fielen Jacko die Augen zu, aber er war nur ganz einfach eingeschlafen. Die wächserne Starre in seinem Gesicht war gänzlich verschwunden. Er sah blaß und erschöpft aus, wirkte dabei aber höchst lebendig.

»Ach, Lolly«, sagte Kate etwas später. »Wenn Jacko nur wieder gesund wird!«

»Natürlich wird er gesund«, sagte Laura. »Er hat dich angeschaut und gelächelt. Das hat er schon lange nicht mehr gekonnt.«

»Seit letzten Freitag«, erinnerte sich Kate. »Stell dir nur mal vor, seit Freitag kein Lächeln mehr von Jacko. Das kommt mir wie Jahre vor. Und was dich anbetrifft – du hast dich auch verändert. Was hast du nur mit dir gemacht? Es ist mir gleich aufgefallen, aber ich fühl mich erst jetzt wieder genügend bei Verstand, um mir darüber Gedanken machen zu können. Ist es dieser Junge? Das ist vielleicht ein Zeitpunkt, um Interesse an Jungen zu entwickeln!«

Laura machte den Mund auf, um zu antworten, aber Kate kam ihr zuvor. »Du brauchst es mir gar nicht zu sagen. Ich weiß schon, du hast dir den Zeitpunkt nicht ausgesucht – der Zeitpunkt hat dich ausgesucht. Aber Sorry Carlisle ist ein ganz schön ehrgeiziges Unterfangen, oder? Und wie bist du denn überhaupt erst mal auf ihn gekommen?«

»Ich erzähl's dir später«, sagte Laura. »Das wäre jetzt eine zu lange Geschichte.« Und Kate war durch Jacko noch immer so stark abgelenkt, daß sie nicht auf einer Antwort bestand.

Später sprach der Arzt mit Stephen und Kate. »Es ist noch zu früh, um beurteilen zu können, wie sehr sich sein Zustand gebessert hat«, sagte er. »Aber es ist jedenfalls eine ganz dramatische Wende zum Guten eingetreten. Und das wirklich Verblüffende daran ist, daß ich noch immer nicht weiß, wie es dazu kam. Ich würde so gern mit Bestimmtheit sagen können, daß wir das bewirkt haben, aber das kann ich nicht, und selbst wenn es an etwas lag, was wir gemacht haben, dann weiß ich immer noch nicht, *was* es war. Sein Herz hat sich sehr gekräftigt – das ist die Hauptsache. Trotz all unserer Bemühungen ist er immer noch etwas ausgetrocknet, aber das ist nicht kritisch. Wir müssen eben abwarten. Nach den jetzigen Anzeichen sieht es gut aus.«

Laura war so müde, daß die Welt um sie herum verschwamm und ins Wanken geriet. Sie hätte im Stehen einschlafen können.

»Laura«, sagte Kate, »du siehst völlig erschöpft aus. Schlimmer als ich. Geh mit Stephen ins Hotel. Iß dort etwas Ordentliches und schlaf dich gründlich aus. Zerbrich dir meinetwegen nicht den Kopf! Sobald ich die Gelegenheit dazu habe, werde ich Chris anrufen, damit er herkommt und mir Gesellschaft leistet.«

Obwohl sie für Laura so kühl und gelassen Regelungen traf, sah Kate selbst jetzt wieder sehr chaotisch aus. Laura konnte erkennen, wie wilde Hoffnung in ihr kribbelte, ebenso zwangsläufig, aber auch genauso schmerzhaft wie die Blutzirkulation, die in einem eingeschlafenen Bein wieder einsetzt, nachdem es bereits taub und gefühllos geworden war. Sie nahm Kate in die Arme, so als ob sie die Beschützende wäre, und ließ sich dann von ihrem Vater zum Auto führen.

Stephens Freude über Jackos Besserung, seine tiefe, leidenschaftliche Dankbarkeit dafür waren nicht zu übersehen, und Laura stellte fest, daß sie ihm jenen lange zurückliegenden Tag verzieh, an dem sie Warnungen erhalten hatte und dann, als sie nach Hause kam, leere Räume vorfand, in denen er fehlte. Auch all seine Lieblingsgegenstände waren verschwunden, so als hätte er sich ganz und gar von ihrem Leben abgeschnitten und dabei einen Teil von ihr mitgenommen. Es spielte jetzt keine Rolle mehr für sie, daß er einen anderen Menschen mehr geliebt hatte als sie oder als Kate, und in gewisser Weise hatte Laura das Gefühl, daß sie genau wie Jacko allmählich von einer geheimen Krankheit genas, die niemand so ganz erkannt hatte oder heilen konnte.

Schuhe voller Blätter

Kate blieb im Krankenhaus. Laura fuhr mit ihrem Vater und Julia zum Hotel, wo es ihr überraschend gut gefiel. Sie genoß sogar das Beisammensein mit Julia, denn sie konnte ganz deutlich spüren, wie sehr Julia sich um ein gutes Verhältnis zu ihr bemühte und wie glücklich sie über Jackos Genesung war, teils weil sie sich naturgemäß darüber freute, daß ein todkrankes Kind vermutlich doch wieder gesund, und zum Teil auch deshalb, weil Stephen, von den Verpflichtungen seiner früheren Familie gegenüber befreit, ihr nun wieder ganz allein gehören würde. Tief in ihrem Innersten wußte Laura, vielleicht besser als Julia selbst, daß Julia sich ein kleines Phantasiegebilde ausgemalt hatte, in dem Jacko starb und ihr eigenes Baby ein Junge war, so daß sie als Mutter seines Sohnes für Stephen eine noch größere Bedeutung haben würde. Aber sie gab diesen geheimen Traum ohne Bedauern wieder auf und wußte selbst kaum, daß sie solche Überlegungen je gehegt hatte. Laura konnte nur darüber staunen, daß sie dazu fähig war, so etwas in einem anderen Menschen zu entdecken, und noch mehr erstaunte sie, daß sie Julia diesen Traum nicht mal verübelte. Vielleicht war Julias Befürchtung, Stephen würde sie womöglich nicht genug lieben, so eindrucksvoll für sie, daß für übelnehmerische Gedanken kein Raum mehr blieb. Laura dachte, daß sie nie wieder auf jemanden böse sein würde, mit einer Ausnahme, und auf diesen Einen wollte sie mit geballter Kraft alle Wut richten, die sie je empfunden hatte.

Am Morgen kam ein Anruf von Kate, daß es mit Jacko weiterhin aufwärtsging. Laura brach zur Schule auf. Unterwegs gab sie sich ganz dem Genuß hin, in einem so prächtigen Wagen wie dem ihres Vaters zu fahren, und dazu kam noch ein Gefühl freudiger Erregung, das in ihr pulsierte, mit ihrem Blut durch das Herz gepumpt wurde und durch alle Verzweigungen ihres Körpers in sämtliche Teile strömte.

Stephen schaute nach vorn, wo sich um das Schultor eine kleine Menschenansammlung gebildet hatte. »Da ist etwas los«, sagte er. »Ich kann nicht begreifen, wieso Kate dich auf so eine Schule gehen läßt. Ein gescheites Mädchen wie dich würde man doch auch an der Schule einer besseren Gegend aufnehmen.«

Laura machte sich gar nicht erst die Mühe, ihren Vater an solche Dinge wie Schulgeld und Probleme mit langen Fahrtwegen zu erinnern. Sie sah, daß es Sorry war, der die Aufsicht hatte und sich mit irgendeinem aufsässigen Schüler herumstritt, und wieder geriet etwas in ihr ins Schlingern, so wie sie es das erste Mal am Sonntagmorgen bei der Flußmündung gespürt hatte und dann wieder in der vorletzten Nacht, als sie sich in Gegenwart von Winter und Miryam küßten. Sie war so erfüllt von einer wunderbaren Ahnung und Erregung, daß sie Sorry eine volle Sekunde lang betrachtete, bevor sie merkte, daß er es nicht mit einem Schüler zu tun hatte, sondern mit Carmody Braque.

»Ich steig hier aus«, sagte sie zu Stephen. »Fahr nicht in die Menge hinein. Es kommt vor, daß ein paar Jungen mit der Faust nach vorbeifahrenden Autos schlagen.«

Stephen wollte keine Dellen in seinem Auto haben. Er hielt am Straßenrand.

»Mach's gut«, sagte er. »Und, Bäh-Lämmchen, da wir gerade allein sind – wenn alles vorbei ist, und vorausgesetzt, Jacko ist wieder gesund und munter, wie wär's denn, wenn du dann über Weihnachten zu uns in den Norden kommen würdest? Wir hätten dich so gern bei uns.«

»Wär's nicht besser, wenn ich warten würde, bis das Baby da ist?« sagte Laura. »Es wird meine kleine Halbschwester oder mein Halbbruder sein, da sollten wir uns doch kennenlernen.« Ursprünglich hatte sie zu ihrem Vater lediglich nett sein wollen, aber als sie den Satz zu Ende sprach, merkte sie, daß sie eine ganz neue Wahrheit gesagt hatte. Da sich ihr langgehegter Zorn auf ihren Vater aufzulösen begann und Jacko sich auf dem Weg der Besserung befand, konnte sie auch Interesse für einen neuen Bruder oder eine Schwester aufbringen ... ein Geschwisterchen, das *nach* Jacko kam und ihn nicht ersetzte. Sie konnte sogar ein gewisses freundliches Mitgefühl für das Kind aufbringen, denn obwohl es viele Vorteile haben würde – wie zum Beispiel ein Auto, das man nicht erst anschieben mußte –, würde es doch nicht ein so spannendes Leben haben wie sie in Gardendale.

Stephen ließ sie aussteigen. Sie winkte ihm zum Abschied zu und kam sich dabei wie eine gute Hexe vor, aber sowie sie sich dem Schultor zuwandte, verwandelte sich ihr Gesichtsausdruck und damit auch ihre momentane Vorstellung von sich selbst und ihren Absichten.

»Ich werde mich beim Direktor beschweren«, schrie Carmody Braque gerade. »Ich werde ihn wissen lassen, wie ungefällig du warst.«

»Sein Büro ist in diesem Gebäude dort drüben«, sagte Sorry und wies ihm die Richtung. »Wenn Sie sich beeilen, erreichen Sie ihn noch vor der Schulversammlung. Los, Leute, trollt euch!« Damit wandte er sich an eine Gruppe Drittkläßler, die neben ihren Fahrrädern standen und die Szene interessiert verfolgten. »Das ist bloß ein armer alter Kerl, der nicht mehr alle beisammen hat.«

Ein paar Kinder rückten daraufhin widerwillig ins Schulgebäude vor. Andere aber zeigten sich nicht bereit, sich etwas so Unterhaltsames entgehen zu lassen.

»Ich weiß über dich Bescheid«, schrie Carmody Braque Sorry an. »Du und dieses Mädchen! Ich werde die Behörden über euch informieren, darauf könnt ihr euch verlassen.«

Laura war inzwischen schon ganz nahe herangekommen. Sorry warf einen Blick zu den Kindern hinüber, die in einigem Abstand immer noch herumtrödelten.

»Fahren Sie nicht so mit Ihrem Finger auf mich los«, sagte er leise zu Mr. Braque. »Es sieht allmählich so aus, als könnte er Ihnen abfallen.« Beim Sprechen wurde er plötzlich auf Laura aufmerksam und wandte den Kopf. Auch Carmody Braque drehte sich zu ihr und fuhr dann herum, stellte sich ihr direkt gegenüber und streckte automatisch die Hand aus, die Innenfläche nach oben, wie jemand, der um Geld bettelt. Seine Hand war schwarz, als hätte auf der gesamten Fläche ein Fäulnisprozeß begonnen. Auf seiner Haut zeichneten sich deutlich sichtbar noch weitere verfärbte Stellen ab, die sich wie Schimmelpilz vermehrten. Um die Zähne herum war sein Gesicht wieder eingefallen, und vor lauter Furcht wurde sein Lächeln zu einem abstoßenden Grinsen.

»Meine Liebe«, begann er, »wollen wir doch vernünftig sein . . .« Seine Stimme klang dick und belegt, erstickt von Finsternis und alten Zeiten. Sein Verfall ging schneller als bei Jacko, und das Wissen darum sowie um die schweren Jahrhunderte, die nur darauf warteten, über ihn hereinzubrechen, war der Auslöser für seine Panik. Über die Jahre hinweg, dachte Laura, hatte er einen stillen, aber schrecklichen Sieg nach dem anderen errungen, ohne dabei auf Widerstand zu stoßen, und deshalb hatte er gar keine Fähigkeiten entwickelt, mit einer Umkehrung der Verhältnisse umzugehen. Jetzt war es so weit mit ihm gekommen, daß er wieder fast auf den Knien vor ihr lag und in seiner Kleidung von gestern zum erstenmal nicht so ganz untadelig aussah.

Laura freute sich darüber, ihn so verzweifelt und erniedrigt zu sehen. Sie fühlte sich unwahrscheinlich stark, als ihr das volle Ausmaß ihrer Macht bewußt wurde. Sie konnte ihn ohnmächtig zu ihren Füßen niedersinken lassen, sie konnte bewirken, daß er sich noch Tage, Wochen und sogar Monate so dahinschleppte. Niemand würde irgendeinen Verdacht gegen sie hegen, denn an der Schule wußte jeder, wie normal und alltäglich sie war, und hinter dieser normalen Alltäglichkeit konnte sie sich nach Belieben bis zum Äußersten an demjenigen rächen, der ihre Rachsucht auf sich gezogen hatte. Es war schon vorgekommen, daß sie von Menschen, die sie liebte, zutiefst verletzt worden war, aber sie wußte, daß sie ihnen verzeihen mußte, weil sie ja auch selbst auf Vergebung hoffte. Das gehörte dazu, war Teil der allgemeinen Spielregeln unter Menschen. Aber Carmody Braque war kein menschliches Wesen und konnte für seine bösen Taten bestraft werden. Wenn ihre Befehle in seinem Kopf explodierten, würde er heulen wie ein Hund, würde sich vor die Bagger werfen, sich aus seinem eigenen Arm Stücke herausfetzen oder sich die Kleider herunterreißen und nackt vor dem Schultor herumtanzen, und man würde nichts anderes glauben, als daß er verrückt geworden sei. Aber selbst wenn er ins Krankenhaus gebracht und von Ärzten versorgt wurde, konnte er nie, niemals ihrer Rache entgehen. Für Laura bot sich die einzigartige Gelegenheit, ihre Bürde an menschlichem Kummer abzuladen und den Mächten der Finsternis einen Denkzettel zu verpassen, und niemand würde etwas davon wissen. Deshalb übersandte sie ihm jetzt einen knappen Befehl, und wie jemand, um dessen Füße ein Seil zusammengezogen wird, stürzte Carmody Braque der Länge nach vor ihr auf den Boden. Das erste

Klingelzeichen hallte über den Schulhof wie ein riesiger Wekker, der plötzlich losrasselt.

»Was ist denn los?« fragte sie laut, starrte auf ihren gefallenen Feind und dann nach oben in das Gesicht von Sorry Carlisle, der sie vom Schultor aus beobachtete.

»Der alte Knacker hat ein Rad ab«, rief ein Junge.

»Ja, er hat Carlisle dauernd bearbeitet, er soll ihm sagen, wo du wohnst«, sagte ein anderer.

Sorry sagte nichts, schaute sie nur mit verhaltener Neugier an, halb lächelnd, halb mißtrauisch.

»Ich?« rief Laura und stieg über Carmody Braque hinüber. »Wieso denn ich?« Sie drehte sich um und sah zu, wie er sich aufrappelte und keuchend und schniefend zu seinem Wagen zurückwich.

»Hinein in die Schule, alle miteinander! Habt ihr das K-Klingeln nicht gehört?« sagte Sorry, wobei sich eine Spur seines Sprachfehlers einschlich. Er ging neben Laura her über den Betonweg, der um das Rugby-Feld herumführte.

»Echt stark, Chant«, sagte er leichthin. Seine Stimme erklang ein Stückchen oberhalb von ihrem Ohr. »Spielst du ein bißchen mit deiner Maus?«

»Er soll leiden«, sagte Laura. »Jacko hat gelitten. Kate hat gelitten. Ich habe gelitten. Außerdem zerfällt er ja sowieso, oder?«

»Du hast deinen Spaß daran, nicht wahr?« sagte Sorry ohne Kritik oder Groll. »Das ist wohl der Ausgleich dafür, wenn man ein Herz hat. Vielleicht hab ich so etwas geahnt, als ich mich dazu entschloß, mein Herz lieber aufzugeben.«

Sie gingen über den betonierten Platz vor der Schule auf den Haupteingang zu.

»Ich glaub nicht, daß es überhaupt möglich ist, zu so etwas wie Carmody Braque grausam zu sein«, verteidigte sich Laura. Sie war überrascht, wie unbehaglich sie sich neben der Schuluniform mit der Jacke der siebten Klasse und dem Aufsichtsschüler-Abzeichen fühlte. Irgendwo dahinter war der Körper, an den sie sich gestern gepreßt hatte und der ihre Umarmung so schnell und um soviel intensiver erwidert hatte, als Sorry selbst es wohl beabsichtigt hatte. Einen Augenblick lang sah sein Gesicht so aus, als ob sein wirklicher Name derjenige wäre, den Chris ihm versehentlich angehängt hatte – Sorrow, der Kummer.

»Ich weiß nicht, was ich von Macht halte«, sagte Sorry schließlich. »Meistens möchte ich einfach unbeachtet bleiben. In meinem eigenen Zimmer allerdings – aber das ist etwas anderes. Außerhalb davon, nun ja – da kitte ich die Welt lieber, anstatt sie auseinanderzureißen. Die Bekanntschaft mit dir macht mich ganz nervös, Chant. Durch dich muß ich mir eingestehen, daß mich mehr Ideale vereinnahmt haben, als ich es je wollte.«

»Er ist doch kein richtiger Mensch, dieser Mr. Braque«, sagte Laura, als ihre Wege sich trennten. »Er ist nur eine schreckliche Idee in einem Körper, der gar nicht sein dürfte.«

»Aber du bist ein richtiger Mensch«, gab Sorry zurück. »Ich denke dabei gar nicht an ihn. Es geht um dich. Ich kann leicht erkennen, was du im Schilde führst, weil ich das manchmal selbst erwogen habe – gnadenlos sein, grausam. »Aber . . .« Seine Stimme verebbte. »Ich muß gehn.«

»Aber was?« fragte Laura.

»Du weißt schon!« sagte Sorry und ging dabei ein paar Schritte rückwärts. »An Grausamkeit sind immer zwei Menschen beteiligt, nicht wahr? Ein Täter und einer, der leidet! Und was bringt es denn, die Schlechtigkeit – nennen wir's mal so – in der Außenwelt zu beseitigen, wenn du sie aus deinem Inneren wieder herauskriechen läßt?«

»Das ist Gerechtigkeit, nicht Grausamkeit«, rief Laura. »Gerechtigkeit! Ich will darüber nicht mehr reden. Hau ab!«

»Wie geht's Jacko?« fragte Sorry. Er hatte sich umgedreht und sprach nun über die Schulter nach hinten.

»Schon viel besser«, rief Laura über den immer größer werdenden Abstand zwischen ihnen hinweg.

»Hey – du hast mir ja gar nichts davon erzählt, daß du *den* magst«, sagte Nicky, die plötzlich neben ihr auftauchte.

»Ich mag ihn ja auch nicht«, gab Laura kurz zurück.

»Na klar!« sagte Nicky. »Wem willst du das denn weismachen?«

Laura saß in ihrer Klasse und dachte an Carmody Braque und an die verschiedenen Dinge, die Sorry gesagt hatte, grübelte darüber nach, ob es stimmte, daß Grausamkeit der Ausgleich für ein liebevolles Herz war. Sie dachte an Kates Tränen, ihren eigenen Kummer und an Jacko, wie er in seinem Bett dahinschwand und immer weniger wurde. Sie dachte an Sorrys Worte, daß bei Grausamkeiten immer einer der Täter und ein anderer das Opfer sein mußte, so als ob Grausamkeit das Ergebnis von einem Zusammenstoß wäre. Als eine Freundin von Kate vor kurzem ein Baby bekam, gab sie ihrem älteren Kind eine große, weiche Stoffpuppe und wies den Jungen an, sich immer dann, wenn er auf das neue Baby eifersüchtig war, an der Stoffpuppe abzureagieren, die ja keine Schmerzen empfand. Bei einem Besuch neulich hatte Laura bestürzt beobachtet, wie der Kleine die Puppe bestrafte. »Ich darf das«, sagte er, während er auf die Puppe einschlug, nicht so sehr aus Eifersucht auf das Baby, sondern, wie Laura vermutete, weil man ihm die Chance gegeben hatte, zu jemandem, dessen Nachgiebigkeit und Unterwerfung keine Grenzen kannten, ebenso grenzenlos grausam zu sein. Für Laura war die Puppe mit ihren Knopfaugen ein Wesen mit Gefühlen gewesen – ihr Gesicht zumindest hatte den Anschein von Gefühlen erweckt. Laura fragte sich nun, ob sie auf Sorry genauso wirkte, wie dieses Kind auf sie gewirkt hatte. Wenn sich einem die Möglichkeit zur Grausamkeit bot, wurde man seine eigene Brutalität dann dadurch los, daß man sich bei einer solchen Gelegenheit kräftig abreagierte, oder öffnete man dadurch der Grausamkeit überhaupt erst Tür und Tor?

In der Schule galt sie an diesem Tag als etwas Besonderes, weil alle wußten, daß ihr Bruder sehr krank war. Sie durfte das Telefon im Sekretariat benutzen, um im Krankenhaus anzurufen und sich nach Jackos Befinden zu erkundigen. Sein Zustand hatte sich weiterhin gebessert.

»Die medizinische Wissenschaft steht vor einem Rätsel«, berichtete sie Nicky.

»Geschieht ihr recht«, sagte Nicky. »Meine Mutter sagt, daß die Ärzte sowieso keine Ahnung haben.«

»Unser Arzt war nett«, sagte Laura und beobachtete dabei quer über den Schulhof Sorry, der sich wieder mit Carol Bright unterhielt. All die Nachteile einer Ehe, ohne dabei die Vorteile zu genießen, dachte sie. Es stand ihr frei, eifersüchtig zu sein, aber während der Schulzeit zu ihm hinzugehen und sich zu ihm setzen, so wie Carol es tat – das stand ihr irgendwie nicht zu. Aber sie hatte Macht über ihn. Sie beobachtete ihn, und einen Augenblick später wandte er ihr unruhig seine silbernen Augen zu und sah sie an, während er weiterhin mit Carol redete. Er wirkte irgendwie ausgezehrt, kleiner und weniger bedeutend als zu Hause, auch durchschnittlicher, als er Laura noch vorige Woche in der Schule vorgekommen war. Sie sah Nickys Aufzeichnungen vom Vortag durch, die sie abschreiben mußte. Draußen am Tor stand der schwarze Wagen von Carmody Braque. Er parkte dort und wartete darauf, daß sie sich sehen ließ. Nach dem ersten Klingelzeichen, das den Schluß der Mittagspause ankündigte, lief Laura zum Zimmer der Aufsichtsschüler und ließ Sorry herausbitten, weil sie ihn sprechen wollte. Von drinnen kamen daraufhin spöttische und sogar ordinäre Kommentare.

»Was gibt's, Chant?« fragte Sorry.

»Hältst du mich wirklich für grausam?« fragte sie unvermittelt. »Und meinst du nicht, daß er's verdient?«

»Ich glaube, darum geht es gar nicht«, sagte Sorry und sah sich verstohlen um, aber sie waren allein im Gang, umgeben von einem leichten Geruch nach Desinfektionsmittel und Bohnerwachs aus dem Schrank mit den Putzmitteln. »Ich nehme an, daß er mal ein richtiger Mensch war, aber er hat sich festgefahren, und vielleicht ist er durch genau so eine Entscheidung, wie du sie jetzt fällen mußt, in seine Situation hineingetappt. Ich weiß es nicht, aber die Vorstellung macht mir angst, weil man ja genauso festgefahren ist, wenn man versucht, nie wieder etwas zu fühlen.«

»Könntest du ihm etwas von mir ausrichten?« fragte sie. »Er ist immer noch da draußen. Sag ihm, daß ich mich mit ihm am Haupteingang vom Erholungsgebiet treffen werde. Ich würde ja auch selbst zu ihm gehen, aber ich mag jetzt nicht mal mit ihm reden.«

»Na gut«, sagte Sorry nach kurzem Nachdenken. »Kann ich sonst noch was für dich tun? Moralische Unterstützung oder so?«

»Diesen Teil erledige ich dann allein«, sagte Laura. »Vielen Dank.«

»Gern geschehn«, gab er zurück. »Gib mir Bescheid, wie's war.«

»Was soll ich tun?« fragte Laura.

Sorry drehte sich noch einmal zu ihr um. »Du mußt einen Abschluß finden, ihm ein Ende bereiten, nicht wahr? Ich glaube nicht, daß du es mit einem richtigen Menschen zu tun hast, nur mit – ich weiß nicht – einer Ansammlung gieriger Triebe, sagen wir mal, die sich außerhalb ihres angestammten Raums und ihrer Zeit erhalten haben. Er ist eine Art Gefühlsvirus, der es gerade schafft, nicht auseinanderzufallen.«

»Vielleicht, wenn ich es ihm ganz klar und bestimmt sage . . .« Laura zögerte.

»Versuch's!« stimmte Sorry ihr zu. »Sag ihm, daß er schon tot ist. Sag ihm das im Brustton der Überzeugung. Du weißt, wie das geht. Wenn du nur willst, kannst du sehr streng und entschieden sein. Aber beeil dich dabei, sonst entschlüpft er dir noch.«

»Das kann er nicht. Ich hab ihn doch!« rief Laura.

»Er hat geglaubt, daß er Jacko hat«, machte Sorry ihr klar.

»Ich werd's versuchen«, sagte Laura und wandte sich zum Gehen.

»Chant!« rief Sorry ihr nach. »Ich hab das Poster abgenommen.«

Sie hielt ein, schaute sich aber nicht noch mal um.

Nach der Schule nahm Laura nicht den üblichen Weg nach Hause. Dazu gab es keinen Grund. Bei Mrs. Fangboner war kein Jacko. Mrs. Fangboner hatte Weintrauben ins Krankenhaus geschickt – noch dazu sehr teure Trauben – und hatte angerufen, um sich nach Jacko zu erkundigen. Kate und Laura hatten die Trauben gegessen, und jetzt hatte Laura das Gefühl, daß es ihr nicht mehr zustand, sich über Mrs. Fangboner lustig zu machen. Die Buchhandlung im Einkaufszentrum war nach wie vor geöffnet, aber hinter dem Ladentisch stand Chris Holly und würde ab Mittwoch von Mr. Bradleys Kusine abgelöst werden. Es war eine seltsame Vorstellung, daß es in der Gardendale-Ladenpassage kaum auffallen würde, wenn sie und Kate aus irgendeinem Grund von der Bildfläche verschwanden. Anstatt dieses vertraute Gelände zu betreten, das Laura manchmal als einen erweiterten Hinterhof von ihrem Haus im Kingsford Drive empfand, wandte sie sich dem Erholungsgebiet von Gardendale zu. Sie dachte nicht an Mr. Braque direkt, sondern an Stephen und Julia, an Kate und Chris, drehte sie in Gedanken um und um, als sähe sie ihnen durch eins dieser runden Glasfenster zu, wie manche Waschmaschinen es hatten. Sie dachte darüber nach, daß die Welt mit Vorliebe Paare bildete und sie dann allesamt wie bei einem Würfelspiel durcheinanderwarf, damit neue Anordnungen entstanden. Sie dachte an Liebe und Sex und fragte sich, was davon wohl zuerst kam und ob da auf lange Sicht eigentlich so ein großer Unterschied bestand. Waren Liebe und Sex voneinander getrennt, aber miteinander austauschbar – oder ging das ineinander über? Manche Leute, wie Mrs. Fangboner, inklusive Ehemann und Kinder, ließen kein Sterbenswörtchen über Sex verlauten, zögerten aber nicht im geringsten, sich über ihre Verdauungsbeschwerden zu unterhalten, was doch etwas genauso Intimes war. Kate glaubte an die große Liebe, auf die Laura warten sollte, und doch hatte die große Liebe Kate sehr viel Kummer beschert, und sie selbst hatte bei einem Mann, den sie erst zwei Tage kannte, Trost und Vergessen gesucht. Irgendwo, dachte Laura, muß es ein übergeordnetes Prinzip geben, nach dem all diese bunte Vielfalt einen einheitlichen Sinn ergibt. Das würde ihr dann auch erklären, warum Sorrys Anblick heute morgen am Schultor sie geradezu elektrisiert hatte, aufregend, aber nicht nur angenehm. Beim Gehen verschränkte Laura die Arme vor der Brust, ohne selbst so recht zu wissen, ob sie sich damit schützen wollte, eine Umarmung übte oder eine Erinnerung festhielt. Obwohl es ihr widerstrebte, mußte sie sich nun mit Mr. Braque befassen, dessen Wagen vor dem Eingang des Erholungsgebiets stand.

Noch bevor sie zu ihm herangetreten war, stieg er schon aus und hielt ihr die Hand hin. Er fauchte wie eine Katze, die sich einem ganz besonders abartigen Hund gegenübersieht, aber als er sprach, schlug er einen flehenden Ton an.

»Bitte . . .« sagte er. »Bitte . . .«

Laura, die den Tag so hochgestimmt begonnen hatte, stellte nun fest, daß sie nur sehr wenig empfinden konnte. Die Vorstellung, an Carmody Braque ihre ganze Boshaftigkeit auszulassen, war in gewisser Weise aufregend gewesen, aber jetzt spukte in ihrem Herzen nur noch ein schwacher Abklatsch von Entsetzen, Hoffnung, Liebe, Angst und Haß herum – alles dünn und abgenutzt, zu kraftlos, um etwas in ihr auszulösen. Sie wußte, als sie ihn ansah, daß Carmody Braque entsetzlich war, aber sie konnte kein Entsetzen empfinden. Seine uralte Substanz hatte Risse bekommen, und er konnte sich nicht selbst heilen. Voll Angst und Wut sickerte er langsam seinem Untergang zu, aber alles, was sie an Gefühlen aufbringen konnte, war eine müde, fast geistesabwesende Abneigung – gar kein Vergleich zu dem ekelgeschüttelten Grauen, das sein erster Auftritt in ihr ausgelöst hatte, obwohl sein Zustand damals längst nicht so schlimm gewesen war. Er konnte sich nicht abschotten, wie Jacko es getan hatte. Einer der dunklen Flecke in seinem Gesicht warf Blasen, war aufgeplatzt und hatte sich entzündet.

Seine Kleider, vielleicht in der Vorfreude auf eine weiter andauernde, leistungsfähige Existenz erworben, hingen lose und schmutzig an ihm herunter, aus seinen Zähnen war ein vernachlässigter Friedhof für Kobolde geworden. Als er ihren Blick auffing, verzerrte sich sein Mund vor lauter Besorgnis zu einem immer breiteren Lächeln. Hinter ihm lag das Gardendale-Erholungsgebiet und strahlte eine ziemlich grimmige Entschlossenheit aus, auch wirklich der Erholung zu dienen. Es war Land, das bei der ursprünglichen Aufteilung in Siedlungsgrundstücke zurückbehalten und dann mit Bulldozern zu Tennisplätzen und Spielfeldern für Volleyball, Kricket, Rugby und Soccer plattgewalzt worden war. Auf dem Pfad drumherum wurde gejoggt. Aber vom Tor aus führte ein kurzer, gepflasterter Weg zum Denkmal eines Ratsmitglieds, dem die Stadt viel zu verdanken hatte und der gerade gestorben war, als das Land für das Erholungsgebiet eingeebnet wurde.

Auf dieses Denkmal steuerte Laura los, während Mr. Braque mürrisch hinter ihr herschlich und sie dabei abwechselnd beschimpfte und demütig anflehte. In einiger Entfernung war ein Mann auf einer Mähmaschine, der seltsam altertümlich aussah, so als säße er auf einer Art mechanischer Kutsche, und ein Trupp winziger Gardemädchen marschierte in ziemlich geraden Reihen, Bewegungen und Gesten nach der Pfeife ihres Ausbilders ausgerichtet.

Endlich wandte sich Laura um und stellte sich Carmody Braque von Angesicht zu Angesicht gegenüber.

»Gehen Sie wieder zurück!« sagte sie unvermittelt.

»Zurück?« rief er. »Ich soll wieder gehen? Du läßt mich den ganzen Weg bis hierher kommen, nur um mir zu sagen...«

»Hören Sie zu«, sagte Laura. »Sie sind bereits tot. Geben Sie's doch zu. Sie sind nur noch ein Stückwerk aus Überresten, und es sind nicht gerade die besten Stücke.« Sie gab ihrer Stimme einen möglichst strengen, entschiedenen Klang. »Hören Sie auf, so zu tun, als wären Sie ein Mensch. Werden Sie, was Sie wirklich sind.«

»Oh, nein!« kreischte Mr. Braque auf. »Nein... ich wurde eingeladen... man hat mich hereingebeten...«

»Ich lade Sie wieder aus«, sagte Laura. »Sie haben Ihre Besuchszeit längst überzogen. Okay? Ich wollte Ihre Strafe in die Länge ziehen, aber Sorry Carlisle meint, das wäre nicht gut für mich. Also gehen Sie wieder zurück, damit wir's hinter uns haben.«

Es war, als übten ihre Worte eine unmittelbare Gewalt aus und liefen als Erschütterung mit auflösender Wirkung durch die Gestalt, die nur noch mit knapper Müh und Not zusammengehalten wurde, von den vielen, vielen Jahren ihrer unrechtmäßigen Existenz schon hauchdünn überdehnt. Entsetzliche Dinge begannen sich mit Mr. Braque zu ereignen. Seine Stimme erhob sich zu einem schrillen, winselnden Protest.

»Ach, zwing mich doch nicht – wenn du nur wüßtest – wenn du doch nur wüßtest... ich habe mich in die menschlichen Sinne verliebt, verstehst du. Das konnte ich nicht, nein, das konnte ich nicht aufgeben. Und – du kannst dir das nicht vorstellen, für dich ist das alles selbstverständlich – dir steht es ja rechtmäßig zu: die Freuden des Tastens und Schmeckens. Schon allein deine Haut – deine Haut gewährt dir solches – *Entzücken*!« rief Mr. Braque und machte eine Bewegung, als wollte er sich an Laura festkrallen. Über das, was von seinem Gesicht noch übrig war, lief ein Zucken, ein kleines, heftiges Zittern, wie es beim Todesstoß einsetzt.

»Einen Pfirsich essen, frisch vom Baum und von der Sonne durchwärmt, in einen knackigen Apfel hineinbeißen – der erste Saft – eine Offenbarung – oder die Sonne auf der bloßen Haut fühlen. Salz! Salz!« rief Mr. Braque und wand und krümmte sich. »Salz auf einem gerade erst gelegten Ei, vier Minuten gekocht, oder frischen Menschenschweiß ablecken.« Sein Gesicht glitt auseinander und zerfiel, die rechte Gesichtshälfte etwas schneller als die linke. Seine Stimme schwankte, als würde sie mit falscher Umdrehungsgeschwindigkeit abgespielt.

Laura versuchte nicht hinzusehen. »Gehen Sie zurück!« flüsterte sie. »Was Sie mit Jacko gemacht haben, sollen Sie niemandem mehr antun können – nie mehr!« Aber sie konnte den Blick nicht von ihrem Opfer abwenden. Mit aller Macht legte sie Erbarmungslosigkeit in ihren Blick und benutzte ihn als Stachelstock, mit dem sie Mr. Braque zu seinen Anfängen zurücktrieb, während er seine sinnlichen Freuden vor sich hinmurmelte. Sein Gesicht wechselte ständig, wurde immer wieder anders, und einzelne Teile von vielen Gesichtern lugten aus ihm hervor – Männer, Frauen und kleine Kinder, die alle auf unterschiedliche Art ihre Freude am Leben gehabt hatten und diesem unersättlichen bösen Geist zum Opfer gefallen waren, der nun vor Laura stand und sie anflehte.

»Laß mich fühlen – laß mich auch weiterhin fühlen . . .« flehte Mr. Braque. Seine Stimme wurde immer hektischer. »Laß mich . . .« sagte er und brach dann mit einem erstickten Laut ab. Die Zunge wölbte sich hervor. Sie war ganz schwarz und rund, wie eine Papageienzunge im Mund eines Menschen. Er konnte den Mund nicht mehr richtig schließen, so als hätten sich seine Kiefer verschoben, und sein schrilles Winseln wurde zunehmend unverständlich. »Fühlen ... füüüühlen ...«

Aber Fühlenkönnen gehörte zu den Rechten, die Laura als Mensch ganz selbstverständlich besaß, und sie mußte dazu nicht die Empfindungen anderer Menschen stehlen. »Fühlen ...« sagte die widerliche Stimme, die jetzt belegt und schwerfällig klang. Laura hätte die Worte nicht mehr verstehen können, wenn sie nicht bereits vorher gesagt worden wären. Dabei verwandelte sich Carmody Braque immer weiter durch die Jahrhunderte seines erstohlenen Lebens zurück, bis seine Kleider um einen Haufen zusammenfielen, der sich zuerst wie eine verfaulende, auf- und abschwellende Masse ausnahm, dann aber endlich doch still wurde und nichts als tote Blätter war.

Die Kleider von Mr. Braque, die in letzter Zeit schlaff und schmierig an ihm gehangen hatten, sahen jetzt, als sie um die Blätter herum dalagen, wieder makellos sauber aus – mehr oder weniger zur Gestalt eines Mannes ausgebreitet, ein wenig feucht und mit dem Geruch von Melancholie behaftet, aber letzten Endes nicht im geringsten abstoßend. Laura setzte sich neben sie. Sie schaute zum Himmel auf, der ihr nichts zu sagen hatte ... unerbittlich blieb er weiterhin ganz einfach blau.

Sie dachte, daß sie sich nie wieder bewegen würde. Sie würde hier sitzen bleiben, bis sie zu Stein wurde und einen Teil des Denkmals bildete. Jacko war gerettet. Ihr Gegner war fort. Endlich war sie zur Ruhe gekommen. Laura war von Kopf bis Fuß naß und schaute überrascht nach oben, obwohl sie wußte, daß der Himmel über ihr klar war und daß es nicht regnete. Der Schweiß lief ihr aus allen Poren, und innen im Kopf war ihr sehr kalt. Kurz darauf wurde ihr bewußt, daß die Kälte von dem Stein ausging, an den sie den Kopf gelehnt hatte. Dankbar registrierte sie diese unbehagliche Empfindung, die sie ins Leben zurückholte.

Ein Schuh der Schuluniform trat in ihr Blickfeld.

»Da siehst du's...« sagte Sorrys Stimme. »Ich konnte einfach nicht fortbleiben. Vergiß ihn und komm mit, weg von hier. Es ist doch gar nichts Grauenhaftes, nicht wahr? Nur tote Blätter.« Während er sprach, tastete er behutsam die Taschen der Jacke ab, die auf dem Boden lag.

»Was suchst du denn?« fragte Laura.

»Die Autoschlüssel!« sagte er. »Wenn wir die Schlüssel im Wagen stecken lassen, kann es gut sein, daß jemand ihn klaut und damit wegfährt. Jedenfalls ist das nicht ausgeschlossen, und je verworrener die Sache wird, desto besser für uns. Wieso bist du denn ausgerechnet hierhergekommen? Hier ist es doch so öffentlich, daß du glatt Eintrittskarten hättest verkaufen können.«

»Aber es ist die einsamste Stelle, die ich kenne«, sagte Laura nach einer kleinen Weile mit erstaunter Stimme. »An Wochentagen gibt es hier viel freie Fläche, und niemand kann sich hinterrücks an einen heranschleichen.«

Die Mädchen des Gardetrupps bildeten Viererreihen und salutierten einem nichtvorhandenen Würdenträger. Die Mähmaschine ratterte wie wild.

»Auf jeden Fall ist es hier surrealistisch«, sagte Sorry und wandte sich wieder der Straße zu.

»Laß dich bloß nicht am Auto erwischen«, warnte Laura.

»Aufsichtsschüler als Autodieb verhaftet«, seufzte Sorry im Stil einer Zeitungsschlagzeile. Er ging über den Rasen zu den Büschen und Bäumen, die um das Erholungsgebiet angepflanzt worden waren. Laura sah ihm nach und mußte blinzeln, als er verschwunden war. Fünf Minuten später tauchte er lachend wieder auf.

»Wenn die Gardemädchen zufällig in diese Richtung geguckt haben, werden sie glauben, daß ich mich zum Pinkeln in die Büsche geschlagen habe«, sagte er. »Da drin ist so ein alter Knabe mit einer Weinflasche – zwei Weinflaschen, glaub ich. Als ich zurückkam, sagte er zu der einen Flasche: ›Keine Bange, Dorothy. Das ist doch nur die gute Nordhexe.‹ Wer hätte gedacht, daß jemand, der mal *Der Zauberer von Oz* gelesen hat, als Penner im Erholungsgebiet von Gardendale enden würde!«

»Vielleicht hat er nur den Film gesehen«, sagte Laura, und Sorry lachte.

»Es ist vorbei, Chant«, sagte er.

Laura nickte, rührte sich aber nicht.

Sorry hockte sich vor sie hin. »Chant?« sagte er. »Hat deine Mutter dir denn nicht beigebracht, daß du Blasenentzündung kriegst, wenn du auf kaltem Beton sitzt? Mach jetzt nicht schlapp! Steh auf. Sei ein Kerl!«

»Ich bin ganz genauso gut, auch wenn ich keiner bin«, sagte Laura, aber zur Zeit war sie froh, einfach einer Anordnung folgen zu können. Sie stand auf und stellte sich neben ihn.

»Es ist vorbei«, wiederholte er. »Endgültig aus und vorbei!« Und er starrte auf die Schuhe hinunter, deren Form sich einem ganz bestimmten Paar Füße und einem ganz bestimmten Gang angepaßt hatten und die jetzt voller Blätter waren. Zum zweitenmal an diesem Tag sah er aus, als müsse sein wirklicher Name ›Sorrow‹ lauten. Dann lachte er, hakte sie unter und führte sie den schmalen Weg zurück zur Straße.

»Komm mit zu mir«, lockte er. »Ich zeig dir die leere Stelle an meiner Zimmerwand und koch dir einen – ich weiß nicht . . .« Er sah sich mit unbestimmtem Blick um. »Einen Kakao vielleicht. Das hört sich so behaglich und tröstlich an. Mach nicht so eine Leichenbittermiene. Du hast gewonnen. Jacko wird wieder gesund, der böse Spuk hat sich aufgelöst, und ich finde, daß du schöne Beine hast. Was willst du noch mehr?«

Laura fing an zu weinen. Das verwirrte sie selbst, denn sie fühlte sich gar nicht unglücklich. Dennoch war es, als hätten sich die Tränen über eine lange Zeit hinweg angesammelt und müßten sich jetzt endlich Bahn brechen. Nachdem sie erst einmal angefangen hatten, wollten sie nicht mehr versiegen. Laura zitterte wie von einem Kälteschauer oder als würde sie vom Fieber geschüttelt. Ihre Tränen tropften unablässig herab, wie warmer Regen.

Sorry sah sie bestürzt an.

»Hey, nicht weinen!« sagte er. »Tränen halte ich nicht aus.«

»Ich weiß!« bestätigte Laura und weinte kräftig weiter. »Sämtliche Nachteile einer Ehe und ...«

Aber Sorry fiel ihr jäh ins Wort. »Sei bloß still, ja?« rief er. »Ich sag manchmal dummes Zeug. So was solltest du dir gar nicht erst merken! Es ist nur, daß Tränen so ansteckend sind.«

Sie waren schon fast an der Straße und durchquerten den schmalen Streifen mit Buschwerk und Bäumen, der um das Erholungsgelände lief. »Komm einen Augenblick hier herein!« sagte Sorry. »Nicht auf dieser Seite! Da ist der alte Penner.«

Im schattigen Dunkel der Sommerblätter küßte er sie erst auf die nassen Wangen und dann auf den Mund, so daß sie ihre eigenen salzigen Tränen an ihm schmecken konnte. »Los – leg deine Arme um mich«, wies er sie an. »Gut so – halt mich ganz fest, und ich halte dich. Vergiß Mr. Braque – vergiß jetzt sogar Jacko – denk einfach nur an das hier, Laura ... Laura ...«

»Ich war mir nicht mal sicher, ob du meinen Vornamen kennst«, sagte Laura schließlich.

»Ich hab ihn mir als Bestes aufgespart«, sagte er und schaute sich in dem engen grünen Blätterraum, in dem sie standen, nachdenklich um. »Wir sollten jetzt aber wohl trotzdem besser gehen. Versteh mich nicht falsch, aber ich finde, du gehörst für eine Weile ins Bett, damit du dich ausschlafen kannst.«

»Ich fühl mich besser als vorhin«, sagte Laura. So halb und halb wünschte sie sich, daß Sorry sie noch einmal küßte.

Später wachte sie auf dem alten Sofa in Sorrys Studierzimmer auf, ein Patchwork-Kissen unter dem Kopf und mit einer Decke zugedeckt. Sorry saß nicht am Schreibtisch, sondern neben ihr und machte irgendwelche Schularbeiten, die sich nicht im einzelnen erkennen ließen. Laura sah zu, wie seine Hand übers Papier glitt. Die Hand war braun und etwas eckig, und über den Handrücken zog sich ein Schmierfleck, der von der Vespa stammte.

Sorry schrieb gleichmäßig weiter. Ohne zu ihr hinzusehen, sagte er dann plötzlich: »Chant, ich habe deine Mutter angerufen, und entweder sie oder dein Vater wird in Kürze vorbeikommen, um dich abzuholen. Ich muß schon sagen, sie hörte sich ganz schön mißtrauisch an. Du solltest also vielleicht besser mal so langsam aufwachen und dir die Schuhe anziehen. Es hat ja keinen Zweck, sich untadelig aufzuführen, wenn man dafür dann nicht auch die Lorbeeren einheimst, nicht wahr?«

»Ist es dunkel?« fragte Laura.

»Es dämmert nur«, sagte Sorry. »Sommerdämmerung, und ich stecke mitten in den Entwicklungen, die das Parlament unter den Stuarts nahm. Mir stehen schon bald die Prüfungen bevor. Abschlußexamen und keine Schule mehr. Es ist ganz beachtlich, sich das mal vorzustellen.«

Ohne daß sie ihn bemerkten, wehte draußen im Erholungsgebiet ein leichter Wind um den Denkmalssockel des Ratsherrn Carroll und ließ ein paar Blätter über den Boden huschen. Der alte Mann, den Sorry etwas früher am Tag dort bemerkt hatte, rappelte sich auf und machte sich auf den Weg nach Hause. Seinen Wein hatte er getrunken, und den dazugehörigen Rausch hatte er ebenfalls schon weitgehend ausgeschlafen. Staunend stellte er fest, daß dort, wo das Pflaster aufhörte, am Fuß des Denkmals ein kompletter Anzug lag, der tadellos in Ordnung war. Ohne erst lange zu fragen, weshalb das Hemd innen in der Jacke steckte und die Schuhe voller Blätter waren, raffte er die Kleidungsstücke zu einem Bündel zusammen und ging seiner Wege. Er achtete gar nicht auf die plötzliche Windbö, die ihm ohnmächtig entgegenblies und kläglich heulte, als er durch sie hindurchschritt und quer über das Gelände ging, wobei er für kurze Zeit eine Spur aus unruhigen Blättern hinter sich herzog.

Stachelbeercreme

»Da ist Lolly«, rief Jacko, als Laura über den Rasen kam. Er hüpfte ihr entgegen, und Laura ging in die Hocke, um ihn aufzufangen, denn er war wie ein großer, springlebendiger junger Hund, der von Kopf bis Fuß begrüßt werden will.

»Wie geht's deiner Mutter?« fragte Mrs. Fangboner nachsichtig. Sie brachte Jackos Korb herbei, in dem die Schmusedecke säuberlich zusammengefaltet lag und Rosebud lächelnd obenauf thronte. »Versteht sie sich weiterhin so gut mit ihrem neuen Freund? Ich bin neulich mal auf einen Sprung vorbeigekommen, da hat er gerade das Abendessen gekocht. Das ist aber nett, hab ich gedacht. So häuslich.«

»Er ist ein großartiger Koch«, sagte Laura. Sie übertrieb ein bißchen, um Mrs. Fangboner zu ärgern. »Aber donnerstags gibt es bei uns immer noch Fisch mit Fritten. Bist du soweit, Jacko?«

»Ich bin soweit, und Rosebud ist auch fertig«, verkündete Jacko. »Jetzt fahren wir mit Sorry weg.«

»Wie ich sehe, hat der junge Carlisle ein Auto.« Mit scharfem Blick schaute Mrs. Fangboner über die Hecke. Dort war das gewölbte Dach des Volkswagens zu sehen, der dahinter auf der Straße parkte. »Manche Leute haben's gut, nicht wahr?« Ihre Stimme klang zwar kritisch, aber nicht unfreundlich.

»Es gehört seiner Mutter«, sagte Laura. »Seit er die Prüfungen hinter sich hat, geht er nicht mehr zur Schule. Dafür arbeitet er im Hilfsdienst der Schule, jätet bei alten Leuten im Garten das Unkraut und so Sachen.«

Sie nahm Jacko auf den Arm, obwohl er durchaus in der Lage war, selbst zu laufen.

»Du trägst mich, und ich trag Rosebud«, sagte Jacko. »Das ist doch gerecht, oder, Lolly?«

Sie verabschiedeten sich von Mrs. Fangboner und gingen zum Wagen. Sorry las die Nachmittagszeitung. Laura stellte Jackos Korb auf den Rücksitz neben ihre Schulsachen.

»Okay! Los geht's!« rief Jacko, denn Miryams Wagen kam ihm inzwischen wie ein weiteres Auto der Familie vor, über das er bestimmen durfte.

»Anschnallen!« sagte Sorry, und dann fuhren sie los. Mit Glanz und Gloria, wenn auch in bescheidenem Ausmaß, kutschierten sie durch Gardendale.

»In letzter Zeit steht von unserem abhanden gekommenen Freund überhaupt nichts mehr in der Zeitung«, sagte Sorry. »Er ist vom Antlitz der Erde verschwunden. Sehr rätselhaft!« Ein paar Minuten später hielt er vor dem Haus, in dem Laura wohnte. »Da wären wir. Es ist doch gar nicht so weit, nicht wahr?«

»Doch. Wenn man den Weg mit Jacko gehen muß und dazu noch die Schulsachen trägt, dann schon«, gab Laura zurück. Sie sah ihn unsicher an. »Kommst du noch mit rein?« Sorry war heute auffallend farbenfroh in einem alten, roten Hemd und Jeans. Er sah plötzlich wie ein Mann aus und nicht wie ein Junge, und er würde nur noch ein einziges Mal in seinem Leben wie ein Junge aussehen, wenn er nämlich seine Schuluniform noch mal anzog und zur Schulabschlußfeier ging. In gewisser Weise wirkte er wie ein ganz anderer Mensch als derjenige, der sie erst vor sechs Wochen in seinem Studierzimmer an die Wand gedrängt hatte, sie anfaßte und hereingebeten werden wollte. Die Erinnerung an diesen Vorfall und an andere, weniger arrogante Umarmungen stand jedoch ständig zwischen ihnen.

An der Nachmittagssonne auf seiner Haut war irgend etwas, das Laura dazu brachte, ihn neugierig zu fragen: »Rasierst du dich?«

Sorry, der gerade Jackos Korb vom Rücksitz nach draußen reichte, warf ihr einen amüsierten und zugleich etwas verdutzten Blick zu. »Was glaubst du denn?« gab er zurück. »Denk dran, ich war in der siebten Klasse, und auch dafür war ich schon ziemlich alt. Außerdem, was meinst du wohl, womit ich diese Schattierung erreiche?«

»Es kommt mir nur so seltsam vor«, erklärte Laura.

»Ja, es ist auch seltsam«, stimmte Sorry ihr zu. »Wenn Winter und Miryam von geheimnisvoller Weiblichkeit sprechen, vergessen sie etwas – ein Mann zu sein, ist nämlich auch etwas sehr Geheimnisvolles, und Rasieren ist wohl ein Teil davon, nehm ich an.«

»Ich werd mich auch rasieren, wenn ich groß bin«, prahlte Jacko und fuhr sich mit der Hand übers Gesicht, während er vor sich hin brummte. In letzter Zeit hatte es morgens manchmal ein neues Geräusch im Haus gegeben, das Brummen von Chris' elektrischem Rasierapparat, und Jacko hatte das sehr spannend gefunden.

Bei der Vorstellung, daß Jacko sich rasieren würde, überkam Laura eine plötzliche Melancholie. »Wär's nicht schön, wenn er für immer und alle Zeiten drei Jahre alt bleiben würde?« fragte sie mit rührseliger Stimme.

»Um ein Haar wär's so weit gekommen«, gab Sorry bedeutungsvoll zurück. »Mach schon, Chant! Krieg dich wieder ein! Ich trag dir deine Schulsachen rein.«

»Die kann ich doch selber tragen«, verkündete Laura sofort.

»Das weiß ich«, sagte Sorry. »Aber da ich nun schon mal da bin, sollst du doch auch etwas davon haben. Ich werde nicht immer bei der Hand sein. Darüber wollte ich mit dir reden.«

»Du willst doch nur, daß ich dir Tee koche und schnell ein paar Milchbrötchen backe«, murrte Laura, während sie mit Jacko den Gartenweg entlangging.

»Und einen englischen Kuchen«, rief Sorry ihr hinterher. »Wir können ruhig die traditionellen Werte pflegen, wo sich gerade so eine günstige Gelegenheit dazu ergibt.«

Laura machte tatsächlich Tee und Käsebrote. Den alten, undichten Flötenkessel gab es nicht mehr. Chris hatte Kate einen blitzenden Elektrokessel gekauft, der ihnen das Leben leichter machte, obwohl Laura das wilde Kreischen des alten Kessels ziemlich vermißte.

Als sie ins Wohnzimmer kam, waren Sorry und Jacko auf dem Fußboden in ein Spiel vertieft. Laura stellte die Keramiktassen auf dem Tisch ab und musterte Jackos weiche, glänzende, goldbraune Locken und Sorrys etwas struppigeren, helleren Haare, die von der Sommersonne gebleicht waren. Heute abend in seinem Studierzimmer würde er den schwarzen Morgenmantel anziehen und die Ringe anstecken und jemand ganz anderes werden – ein Wesen der Phantasie, der Zauberer im dunklen Turm. Aber so oder so war er ein strittiger Punkt in ihrem Leben, der sie manchmal zu einer Entscheidung zu drängen schien, wenn sie die Sache langsam angehen wollte, und dann wieder zögerte, wenn die ungelösten Rätsel sie ungeduldig machten und sie alles geklärt haben wollte.

Voll Freude und nervös zugleich sah sie nun, daß er zu Jackos Ergötzen eine kleine Farm auf dem Teppich errichtete. Seine Hand beschrieb einen Bogen in der Luft, und wie herbeigestreichelt wuchsen grasbewachsene Hügel darunter und machten einen Buckel, als wären sie grüne Kätzchen. Es gab kleine Kühe, kleine Schafe und rosa und schwarze Schweine. Das Farmgebäude hatte einen Blumengarten, und hinter dem Haus wuchs Gemüse, die Kohlköpfe so groß wie Stecknadelköpfe.

»Sag ihm, daß das kein Spielzeug ist«, sagte Laura besorgt. »Es ist nur ein Spaß, Jacko. Es wird wieder wegschmelzen, so wie ein Eisblock.« Aber sie kniete sich neben Sorry hin und sah ihm über die Schulter zu, wie er mit dem Finger eine Linie zog und zwischen zwei abgeschabten Stellen im Teppich ein kleines Flüßchen entstehen ließ, das dann im Gewebe verschwand und zu einem Nichts versiegte.

»Du hast was vergessen«, sagte sie und lehnte sich an seinen Rücken, während sie jetzt ihrerseits die Hand zum Fluß hinunter ausstreckte. In ihrem Kopf entstand ein Bild, das sie durch sich hindurchströmen ließ, bis es auf der Farm Gestalt annahm. »Rosa Krokodile.«

Fünf oder sechs Krokodile so groß wie Stopfnadeln sonnten sich an der Uferböschung. Jacko warf die Arme hoch und schlug vor Entzücken die Hände überm Kopf zusammen, aber Laura und Sorry wurden nun ganz still, wie zwei Leute unter einem Zauberbann. Durch ihr Kleid und sein rotes Hemd hindurch konnte Laura die Wärme seiner Haut an ihrer eigenen spüren.

»Ich weiß nicht«, sagte Sorry endlich. »Eigentlich müßte sich *meine* Mutter Sorgen machen, nicht deine. Ich geb mir ja alle Mühe, keine finsteren Absichten zu hegen, aber du machst es mir ganz schön schwer, Chant.«

Jacko ging Rosebud holen, um ihr die kleinen Krokodile

zu zeigen, und Sorry und Laura küßten sich hinter seinem Rücken.

»Hast du Tee gemacht?« fragte Sorry.

Laura gab ihm seine Tasse und stellte den Teller mit den Broten zwischen sich auf den Fußboden.

»Ein Picknick!« sagte Jacko, und tatsächlich war es auf dem Teppich neben der kleinen Farm ganz wie bei einem Picknick.

»Miryam und Winter haben ein bißchen Schmu mit dir getrieben«, sagte Sorry. »Seit du aufgetaucht bist, sind sie sehr viel entspannter geworden. Bis vor wenigen Wochen hat sich Miryam immer noch Vorwürfe gemacht, weil sie mich weggegeben hatte, und Winter bereute, daß sie Miryam überhaupt erst ein Kind bekommen ließ, um ihre alte Farm zu retten...« Er wies auf die Farm zwischen ihnen am Fußboden.

»Bereuen sie das nicht immer noch?« fragte Laura.

»Na ja, sie finden, daß es mit mir aufwärtsgeht«, sagte er. »Ich nehm an, sie sehen jetzt doch noch Hoffnung für mich, und das läßt sie aufatmen. Heute morgen habe ich gemerkt, wie Miryam mich ansah. Sie hat dabei ein schon fast selbstgefälliges Gesicht gemacht und nicht mehr so dreingeschaut, als hielte sie ein gefährliches Haustier an einem zerschlissenen Strick.« Er lächelte in sich hinein. »Es ist wie ein weit zurückliegender Kindheitstraum. Dabei war ich mir noch vor ein paar Wochen völlig sicher, daß ich nie wieder irgend jemanden ins Herz schließen wollte.«

»Ich wollte nichts mehr mit meinem Vater zu tun haben«, sagte Laura.

»Weißt du noch – die Psychotherapeutin in Sydney, von der ich dir erzählt habe?« fragte Sorry. »Sie hat Miryam und Winter gesagt, ich wäre hochgradig entfremdet. Ich hab's im Lexikon nachgeschlagen, und da stand ›beziehungsgestört‹ und ›für einen anderen als den ursprünglichen Zweck verwendet‹. Na, wir sind jetzt beide entfremdet, Chant. Ich bin beziehungsgestört, und du wirst zweckentfremdet benutzt. Die beiden haben mich für eine Art – sagen wir mal: eine unkontrollierte elektrische Ladung gehalten und dich als eine Möglichkeit, den Strom zu erden – ihn wieder in geregelte Bahnen zu lenken.«

»Wozu erzählst du mir das alles?« sagte Laura nach einer Weile. »Ich hab's doch schon gewußt.«

»Ich gehe weg«, sagte Sorry. »Nicht sofort, aber bald – Anfang Januar. Ich hab einen Ausbildungsplatz beim Naturschutz bekommen. Die stellen nur alle zwei Jahre fünf oder sechs Leute ein, ich habe also wirklich Glück gehabt. Ich bin mit meinen Vogelbildern hin, und na ja, ich weiß eine Menge über Vögel und hab auch schon mal Wanderungen gemacht – das Entscheidende ist jedenfalls, daß sie mich genommen haben.«

Laura schaute ihn groß an. »Du läßt mich hier allein?« rief sie fassungslos.

»Allein!« rief Sorry. »Ja, völlig allein, abgesehen von deiner Mutter, dem Freund deiner Mutter, deinem Bruder, meiner Mutter, meiner Großmutter, deiner Freundin Sally, deiner Freundin Nicky, mal ganz zu schweigen von dem verdammten Barry Hamilton und Gott weiß wem noch alles.«

»Du weißt, was ich meine«, sagte Laura.

Sorry, der Jacko dabei zugesehen hatte, wie er sich über seine rosa Krokodile beugte, schaute lächelnd auf.

»Es ist vielleicht gar nicht mal das Schlechteste, meinst du nicht?« sagte er. »Ich wünsche mir dauernd, ich könnte mit dir schlafen. Zuerst hat das so einfach ausgesehen. Ich wußte, daß ich dich dazu bringen konnte, es ebenfalls zu wollen. Aber es ist überhaupt nicht einfach.«

Jacko wurde es allmählich etwas langweilig. »Meine Rosebud mag diese kleinen Krokodile«, sagte er. »Gibt es auf der Farm auch Tiger?«

»Tiger würden die Schweine auffressen«, sagte Sorry.

»Einen Tiger«, sagte Jacko und hielt den Zeigefinger hoch. »Er kann ja Kohl fressen.«

»Hol dein Tigerbuch, Jacko«, sagte Laura, denn sie wußte, daß es eine Weile dauern würde, bis er es gefunden hatte. »Wir könnten die Tigergeschichte lesen.«

Jacko trollte sich fröhlich in sein Zimmer.

»Wieso warst du dir denn so sicher, daß du mich dazu bringen könntest?« fragte Laura halb neugierig und halb spöttisch.

»Woher wußtest du, daß ich eine Hexe bin?« Sorry zuckte mit den Schultern. »Damit hast du etwas so Intimes von mir gewußt, daß ich das Gefühl bekam, wir hätten uns schon geliebt. Für mich war das so, als hättest du mich nackt gesehen. Winter und Miryam waren hell entzückt, als ich ihnen sagte, ich wäre von einem Mädchen erkannt worden, aber sie meinten, ich solle warten, bis du älter geworden seist. Das hätte ich auch getan, aber da kamst du anspaziert. Chant, ich schwör dir, wie ich damals aufgeschaut habe und dich in der Tür stehen sah, bin ich vor Erstaunen fast zerschmolzen. Sie kommt mich holen, dachte ich. Meine Stunde ist gekommen.«

»Das war sie doch auch«, bestätigte Laura.

»Na, das find ich nicht – jedenfalls nicht ganz!« sagte Sorry mißvergnügt. »Du bist wirklich zu jung. Es ist sogar gesetzlich verboten. Das spielt zwar keine so große Rolle, aber du verstehst dich gut mit Kate, und ich will keine weiteren Familienkräche mehr verursachen. Und außerdem, wenn ich dich in der Schule sah, hab ich die ganze Zeit über gefunden, daß du viel älter aussiehst als vierzehn. Aber wie du auf meinem Sofa im Studierzimmer eingeschlafen bist, hast du sehr viel jünger ausgesehen. Ich wollte dich beschützen, dabei hattest du inzwischen nur noch vor mir selber Schutz nötig.«

»Und da hast du alle anderen Gedanken flugs aufgegeben!« rief Laura höhnisch.

»Ich hab sie nicht aufgegeben«, sagte Sorry. »Sie haben sich nur mit vielen anderen Dingen vermengt. Du hast noch mindestens drei Jahre Schule vor dir und ich vier Jahre Ausbildung. Ungefähr um diesen Zeitpunkt herum könnten wir, ach . . .« Er hörte sich plötzlich verärgert an. ». . . heiraten, nehm ich an. Irgendwie zusammenleben.«

»Du wirst ein anderes Mädchen kennenlernen, ein älteres«, sagte Laura.

»Spinn nicht rum, Chant!« befahl Sorry. »Wir stehen beide am selben Ufer, du und ich, weißt du noch? Und überhaupt – daß du einen anderen kennenlernst, ist genauso wahrscheinlich.«

»Wenn es so wäre, würde es dir jedenfalls ganz recht geschehen!« rief Laura.

»Ja, nicht wahr?« stimmte Sorry ihr unerwartet zu und schlug sich mit der geballten Faust aufs Knie. »Zwischendurch denke ich, daß ich blöd bin. Ich weiß nicht, was mit mir los ist. Ich will nicht so sein.«

»Lolly, ich kann's nicht finden«, rief Jacko.

Laura wollte aufstehen, um ihm zur Hilfe zu kommen, aber Sorry hielt sie am Arm fest, sagte: »Einen Augenblick noch, Chant«, und küßte sie noch mal. »Ich brüte bestimmt eine schreckliche Krankheit aus«, klagte er. »Reife oder irgendein anderes Sozialverhalten.«

Laura spürte seine linke Hand, seine unheimliche Hand, zwischen ihrem Kleid und ihrer Haut. »Es wird dich wahrscheinlich nicht sehr schlimm erwischen«, sagte sie nervös, aber gleichzeitig auch wie verzaubert. »Jedenfalls nichts Lebensgefährliches.«

»Komm, wir gehen nach nebenan in dein Zimmer«, schlug Sorry vor. »Mach schon, Chant! Bitte mich herein. Wenn du meinst, daß ich was Falsches tue, dann mußt du nur sagen, was du willst, und ich werde mich danach richten.«

»Da ist doch noch Jacko«, sagte Laura. »Und Kate kann

jeden Augenblick nach Hause kommen.« Sie konnte Sorrys Gesicht nicht sehen, weil er es an ihrem Hals und ihrer Schulter verborgen hielt, aber sie spürte, wie er lächelte.

»Du hast mehr Angst, als du zugibst«, sagte er mit undeutlicher Stimme. »Dich interessiert romantische Liebe mehr als Sex, und warum auch nicht?«

»Lolly!« rief Jacko kläglich, aber Sorry ließ sie immer noch nicht los. »Das Problem ist, daß man sich auf mich nicht verlassen kann«, sagte er.

»Liebst du mich?« fragte Laura. Darüber hatte sie in letzter Zeit schon oft nachgedacht.

»Woher soll ich so etwas wissen?« gab er voller Unruhe zurück. »Es könnte auch nur schiere Triebhaftigkeit sein. Ich bin vielleicht der Bösewicht, nicht der Held.«

»Also, ich glaub, ich liebe dich«, sagte Laura. »Das macht vielleicht den Unterschied aus.«

»Lolly!« sagte Jacko wieder. Es klang so, als wolle er sie suchen kommen, deshalb wehrte sie Sorry ab und fand das Tigerbuch fast sofort, weil sie nämlich wußte, daß es nicht bei den anderen Büchern von Jacko war, sondern versteckt unter seinem Kissen lag.

Als sie mit Jacko zurückkam, war Sorry in der Küche und schrubbte eilig Kartoffeln sauber, was Laura aufgetragen worden war. Dabei sang er leise vor sich hin.

»Ich komme zuerst nach Wellington«, rief er ihr zu. »Und dann – ich weiß nicht wohin – ins Fischfanggebiet an den Seen im Süden oder irgendwo in die Gegend von Rotorua-Taupo. Im Lauf der Zeit komme ich auch irgendwann ins Mount-Bruce-Reservat. Das wird mir Spaß machen. Ich liebe Vögel. Bei Fischen bin ich mir da nicht so sicher, aber ich werde sie ganz bestimmt auch gern haben, wenn ich sie erst mal richtig kenne. Natürlich krieg ich auch Urlaub . . . ich werde oft am Wochenende arbeiten und dafür an anderen Tagen freihaben. Ich freu mich schon darauf.«

Auch Laura fing an, sich ganz unerwartet erleichtert zu fühlen. Ihr Leben würde wieder zur Ruhe kommen, und ihr würde noch etwas länger Zeit bleiben, Kates Tochter und Jackos Schwester zu sein.

Etwas von dem, was Sorry gesagt hatte, erinnerte sie an ein früheres Rätsel, das immer noch ungelöst war.

»Sorry!« rief sie.

»Ich bin hier!« meldete er sich.

»Ich möchte dich was fragen.«

»Nur zu!«

»Ich will dich aber sehen, wenn ich dich frage.«

Es herrschte Stille, dann tauchte Sorry im Türrahmen der Küche auf.

»Versuch nur all deine Tricks!« sagte er. »Ich bin gegen alles gefeit, denn mein Herz ist rein, so ein Pech aber auch.«

»Daß ausgerechnet du mich der romantischen Liebe beschuldigst!« hielt Laura ihm streng vor. »Du liest doch selber diese Liebesschmöker.«

»Und du willst wissen, warum?« riet er.

»Warum?« fragte Laura.

Sorry seufzte tief auf. »Das ist eine tückische Frage«, bemerkte er. »Also! Na gut! Meine Mutter hat diese Dinger gelesen, so ein oder zwei pro Woche. Liebesromane aus dem Supermarkt, beim Waschpulvereinkauf gleich mit besorgt.«

»Miryam?« rief Laura ungläubig. Fast hätte sie gelacht.

Sorry hielt eine abgeschrubbte Kartoffel in der Hand. Er warf sie in die Luft und fing sie wieder auf. Dann schüttelte er den Kopf.

»Meine andere Mutter«, sagte er. »Ich habe sie lange Zeit sehr vermißt. Sie fehlt mir immer noch. Ich hab mir schon oft gewünscht, ich könnte sie wiedersehen, aber so ist es nun mal – sie liebte Babys und keine ausgewachsenen Männer, die sich schon rasieren. Und außerdem ist alles so schrecklich geworden. Im Zusammenhang mit mir kann sie an gar nichts anderes denken als daran, daß es nicht geklappt hat und daß ich ihr einen Haufen Probleme ins Haus gebracht habe. Also habe ich diese Liebesschmöker gelesen – damit ich in Verbindung mit ihr blieb, nehm ich an. Und auf ihre Art sind sie auch ganz interessant. Ich weiß, sie sind gräßlich, aber sie sind so beliebt, daß etwas an ihnen dran sein muß, was Frauen unwiderstehlich finden. So was wie Lebertran bei Katzen. Wenn ich genauso ausklamüsern könnte, was es ist, und es dann herausfiltere, wäre ich genauso unwiderstehlich.«

»Es könnte sein, daß du mit diesen Heftchen Schluß machen mußt«, bemerkte Laura dunkel.

»So weit kommt's noch! Du hast mir mein Poster weggenommen, und jetzt rückst du auch noch meinen Liebesschmökern zu Leibe«, sagte Sorry nach einer Pause. »Sieh bloß zu, daß du mir als Ersatz auch etwas Ordentliches zu bieten hast, Chant.«

Er ging in die Küche zurück, und Laura las Jacko ein paar Seiten aus seinem Tigerbuch vor. Die kleine Farm auf dem Fußboden verflüchtigte sich. Draußen erklangen Schritte, eine Autotür wurde zugeschlagen. Jacko vergaß die Geschichte und sprang auf.

»Da kommt meine Mami«, sagte er. »Mami ist wieder da.«

»Komm noch schnell mal in meine Arme«, sagte Laura. Sie verspürte eine solche Zärtlichkeit der Welt gegenüber, daß sie dieses Gefühl irgendwie abreagieren mußte.

Sorry tauchte an der Küchentür auf. »Chant!« zischte er. »Chant, dein Kleid ist ganz schief zugeknöpft. Kein Mensch läuft in der Schuluniform so rum.« Er knöpfte ihr das Kleid auf und dann ordentlich wieder zu.

»Das ist eine meiner letzten Amtshandlungen als Aufsichtsschüler.«

Jacko hüpfte an der Tür auf und ab, und als der Griff sich drehte, schlang Laura die Arme um Sorry.

»Du bringst mich noch vor ein Erschießungskommando«, zischte er.

»Sie sollen sich ruhig dran gewöhnen«, sagte Laura.

Die Tür ging auf, und Kate kam herein, hinter ihr Chris Holly, der Jacko in die Arme schloß und ihn drückte, bis er vor Protest und Lachen quietschte. Kate sah Laura und Sorry über Jackos Kopf hinweg, und ihr Lächeln geriet tatsächlich etwas ins Wanken.

»Hoffentlich hast du die Kartoffeln hergerichtet«, sagte sie. »Bleibst du zum Essen, Sorry?«

»Nein, ich muß jetzt los«, sagte Sorry. »Meine Mutter rechnet damit, daß ich mit ihrem Wagen wieder aufkreuze. Außerdem gibt es bei uns heute abend meinen Lieblingsnachtisch – Stachelbeercreme.«

»Komm morgen zu F & F«, schlug Laura vor. »Bei Fisch mit Fritten laß dich nicht lange bitten.‹«

Mit einem vorsichtigen Blick zu Kate hinüber sagte Sorry, daß er vielleicht kommen würde, wenn es allen recht wäre.

»Natürlich ist es uns recht«, sagte Laura. Kate stimmte ihr zu, zwar freundlich, aber ohne echte Begeisterung. Und dann, vielleicht weil sie selbst spürte, wie kühl sie war, fügte sie gleich anschließend hinzu: »Du scheinst Laura zur Zeit öfter zu sehen zu kriegen als ich.«

Sorry sah Laura von der Seite an. Sie konnte die verschiedenen Antworten, die ihm durch den Kopf gingen, fast so spüren, als wären es ihre eigenen Gedanken.

»Tja, also, Sie dürfen das nicht so sehen, als würden Sie eine Schülerin der vierten Klasse verlieren, Mrs. Chant«, sagte er schließlich. »Betrachten Sie's doch mal so, daß Sie einen Aufsichtsschüler hinzugewinnen.«

»Oder jemanden vom Naturschutz«, warf Laura ein. Dann machte sie die Tür auf, um ihn hinauszulassen.

»Tschüs erst mal, Chant«, sagte er und entfernte sich über den Gartenweg. »Paß auf dich auf.«

Kurz darauf hörte sie, wie er den Wagen seiner Mutter anließ und davonfuhr. Sie konnte den Motor unter allen anderen heraushören.

»Das war ein bißchen keck.« Kate sah ihm mit gerunzelter Stirn nach. »Lolly, warum um alles in der Welt hast du ihn denn für morgen eingeladen? Die Donnerstage sind doch unsere Familientage.«

»Chris kommt doch auch«, stellte Laura klar, und im selben Augenblick sagte Chris: »Wach auf, Kate. Was meinst du wohl, warum sie ihn eingeladen hat?« Er legte ihr die Hand auf die Schulter und schüttelte sie leicht.

Kate nahm Jacko noch einmal in die Arme und ließ ihn wieder los.

»Ich hab ihm gerade seine Tigergeschichte vorgelesen«, sagte Laura. »Aber er hat nicht mehr weiter zugehört, wie ihr gekommen seid. Chris kann jetzt weitermachen. Ich hab sie schon tausendmal gelesen.«

»Ich koche das Abendessen«, sagte Chris. »Jacko kann mir dabei zur Hand gehen, wenn er will. Oder er kann mir sein Buch in der Küche vorlesen.«

»Du kannst Sorry Carlisle doch nicht mit Chris vergleichen«, sagte Kate schon fast empört. Sie dachte immer noch an Sorry und F & F und die Donnerstagabende.

»Kate!« sagte Chris. »Laura und du, ihr seht euch nicht sehr ähnlich, aber es ist mir nicht entgangen, daß du den jungen Carlisle mit haargenau den gleichen Blicken bedacht hast, wie Laura mich bei meinem ersten Besuch hier angesehen hat. Das war ebenfalls an einem Donnerstagabend, wenn ich mich recht erinnere.«

Laura hörte die Stimmen weiterreden, während sie zum Umziehen in ihr Zimmer ging. Sie zog Jeans an und ein T-Shirt und schaute in den Spiegel, um sich zu kämmen – und da war es, genau das Gesicht, das ihr vor Wochen am Tag der Warnungen verheißen worden war.

War es möglich, sich in jemanden zu verlieben, der kein richtiges Herz haben wollte? Und war es eine weise Entscheidung, wenn er es jetzt doch wieder in Erwägung zog, in die Welt der Gefühle zurückzukehren? Wo Gefühle einen Menschen doch ganz und gar zerfleischen konnten? Vielleicht hatte er mit seiner Entfremdung eine kluge Wahl getroffen und sollte lieber entfremdet bleiben, selbst wenn er bei ihr möglicherweise Trost und Zuflucht finden konnte.

»Laura!« rief Kate. »Laura, es tut mir leid, daß ich mit dir herumgemeckert habe, kaum daß ich zu Hause war. Komm her und sprich mit mir.«

Laura mußte sich erst wieder auf Geselligkeit einstellen. Sie nahm sich deshalb noch einen Augenblick Zeit, bevor sie aus ihrem Zimmer kam. Kate saß auf der Tischkante und zählte Geld.

»Zweiundvierzig Cents!« sagte sie. »Das ist meine gesamte Barschaft. Morgen muß ich zur Bank. Ich hab tatsächlich einen Scheck zum Einlösen. Stephen hat die Krankenhausrechnung bezahlt und noch einen kleinen Zuschuß mitgeschickt.«

»Na und?« sagte Laura, aber sie lächelte dabei. »Das hält vielleicht nicht lange an.«

»Damit rechne ich auch nicht«, sagte Kate. »Aber es ist schön, solange es dauert. Ich kann verstehen, daß er es mit den Zahlungen nicht so eilig hat. Weißt du, in gewisser Weise gibt es den Mann gar nicht mehr, den ich mal geheiratet habe. Ich muß ihm wie ein längst vergangenes Märchen vorkommen, während Geld auf der Hand immer etwas sehr Wirkliches ist. Nach einer Weile muß er das Gefühl kriegen, daß er Gespenster finanziert.«

»Du warst noch gar nicht so alt, als du geheiratet hast, oder?« fragte Laura beiläufig.

Kate sah sie von der Seite an. »Ich war achtzehn, das weißt du ganz genau«, sagte sie. »Bilde dir aber deshalb bloß nichts ein. Ich würde dich nie im Leben den gleichen Fehler machen lassen.«

»Dann muß ich wohl meine eigenen Fehler machen, nicht wahr?« gab Laura zurück.

»Sehr schlagfertig!« rief Kate aus. »Wirklich pfiffig! Woher du das wohl auf einmal hast?«

»Ich bin auf meine Art schon immer pfiffig gewesen«, sagte Laura. »Mama, daß du mit achtzehn geheiratet hast, war doch nicht nur eine Katastrophe. Du hast Jacko und mich.«

»Ich weiß«, sagte Kate. »Darüber habe ich mir schon oft und oft Gedanken gemacht. Mein größter Fehler und meine liebsten Menschen! Wie soll man da zu einem Ergebnis kommen, wenn alles so durcheinander ist? Aber man muß trotzdem Entscheidungen fällen.«

Es kam Laura so vor, als würde Kate das gleiche sagen, was Sorry vorhin gesagt hatte.

»Ich gebe zu«, sagte Kate nachdenklich, »daß mir diese Sache mit Sorensen Carlisle und dir allerhand Sorgen macht. Er ist allzu wissend, zu – zu ernst. Er sollte sich eine gleichaltrige Freundin suchen – und die Tochter von jemand anderem«, fügte sie hinzu und grinste etwas verschämt. »In einem solchen Fall wäre ich so richtig tolerant. ›Ach was, so sind junge Mädchen nun mal‹, würde ich dann sagen. Aber Lolly – wenn es um dich geht, kann ich beim besten Willen nicht so locker sein. Und du bist einfach zu jung.«

»Das sagt Sorry auch«, stimmte Laura ihr zu, verschwieg dabei aber, daß er außerdem noch Unzuverlässigkeit eingestanden hatte.

»Das hat er gesagt?« fragte Kate. Sie baumelte mit den Beinen, als wäre sie selbst erst vierzehn, und ließ ihr Vermögen klimpern. »Sei auf der Hut, Lolly, das ist alles! In meinen Ohren hört sich das nach einem Trick an. Sei vor ihm auf der Hut! Aber da wir gerade beim Thema sind – würde es dir etwas ausmachen, Laura – wäre es sehr schlimm für dich, was ich mir natürlich gar nicht vorstellen kann, aber – hättest du was dagegen, wenn Chris und ich allmählich mal an Heirat denken würden?«

»Ich hab nichts dagegen, daß ihr daran denkt«, sagte Laura so listig, wie es auch Sorry nicht besser hingekriegt hätte. »Werdet ihr's auch tun?«

»Wir haben ein paarmal Andeutungen gemacht«, sagte Kate. »Letzte Woche hätte ich ihn fast gefragt, aber dann hab ich's für unfair gehalten, drei Leute gegen einen. Vor etwa zehn Minuten ist er aber selber mit einem direkten Vorschlag angekommen. Er sagte, wir könnten in der Familie einen hellen, klaren Kopf brauchen. Er meint, wir wären zu ausschließlich aufeinander fixiert – du und ich, heißt das –, und er wäre da vielleicht gerade der Richtige.« Kate lachte beim Sprechen und warf die Arme hoch, so daß ihre zweiundvierzig Cents kreuz und quer durchs Zimmer flogen.

Laura war hell begeistert. »Heb's nicht auf!« rief sie. »Laß es liegen! Unser gesamtes Familienvermögen in alle Winde zerstreut!«

Chris kam herein, angetan mit einer Schürze, die Kate sonst gar nicht erst umband. Er trug das Tigerbuch wie ein Tablett, mit vier Gläsern darauf und einer Packung Apfelsaft daneben. Jacko kam stolz hinterher und schleppte eine grüne Flasche mit goldener Verschlußkappe.

»Champagner – jedenfalls so gut wie!« verkündete Chris.

»Laß mich mal sehen!« forderte Kate, nahm die Flasche und las das Etikett. »O ja, ein sehr guter Jahrgang, der ordentlich schäumt! Bei einer solchen Gelegenheit sind die Sprudelblasen wichtiger als der ganze Wein.«

»Und Musik!« stimmte Chris ihr zu. »Wo bleibt unser Streichquartett?«

Er plagte sich mit dem Korken ab, bis er schließlich mit einem Knall herauskam und eine blaßgelbe, zischende Weinfontäne nach oben steigen ließ, die fröhlich in die Höhe schoß und sie alle vier vollspritzte.

Jacko schrie vor Begeisterung und ging in die Knie, als ob er einen hohen Luftsprung machen wollte, aber als er dann tatsächlich hochhüpfte, kam er nur ein paar Zentimeter vom Boden weg.

»Auf daß wir alle einmal so abtreten, wenn unsere Zeit gekommen ist!« sagte Chris und goß das, was in der Flasche noch übriggeblieben war, in die hohen Gläser, die früher einmal Erdnußbutter enthalten hatten.

»Ach herrje«, sagte Kate zu Laura. »Ich bin auf einmal so glücklich, daß ich's schon gar nicht mehr aushalten kann. Dabei kommt mir dieses Glücksgefühl überhaupt nicht unnatürlich vor. Es ist ein Gefühl, als wäre das der wahre Zustand im Leben eines Menschen.«

Chris stellte das Radio an und suchte nach annehmbarer Musik.

»Auf zum Tanz«, sagte er. »Geben wir uns grenzenlosen Freuden hin.«

Musik flutete durch das Zimmer. Er wandte sich Laura zu. »Schenkst du mir einen Tanz, du meine Schöne?«

»Gleich«, sagte Laura. »Zuerst tanz ich mit Jacko.«

Chris erhob keine Einwände. Er und Kate fingen an zu tanzen, Kate mit dem Weinglas in der Hand und Chris immer noch mit der Küchenschürze um den Bauch.

Ganz plötzlich wußte Laura, daß Sorry recht gehabt hatte. Wie bei einem Hologramm enthielt jedes Teilstück der Welt die ganze Welt mit allem Drum und Dran, wenn man den richtigen Blickwinkel hatte. In aller Klarheit sah sie hier im Zimmer sich selbst und Sorry an der Flußmündung spazierengehen, sah den grauen Reiher fliegen und den Eisvogel mit dem Schnabel klappern, sah die Krebse herumkrabbeln und einander freundliche Einladungen und wilde Drohungen signalisieren. Sie schaute nach oben und sah die Zimmerdecke samt den Spinnweben, aber sie sah auch einen trüben Mond, der von Sturmwolken aus dem Nordwesten herumgeschubst wurde. Und als sie ihren Blick wieder ins Zimmer zurücklenkte, konnte sie die Wand sehen, aber irgendwie auch durch die Wand hindurch. Sie sah eine Straße in der Stadt mit einer eilig laufenden Gestalt, von der sie wußte, daß sie selbst es war, in die Vergangenheit zurückversetzt, um für immer und ewig Janua Caeli zuzustreben, ein Name, der ›Himmelstür‹ bedeutete. Das hatte Sorry ihr gesagt.

Zu ihrer großen Überraschung sprach Sorrys Stimme sie an, so klar und deutlich, als stünde er neben ihr.

»Chant, was hast du in meinem Kopf zu suchen? Hör auf, da herumzuspazieren, und bleib hübsch artig in deinem eigenen Schädel.«

»Ich habe an die Flußmündung gedacht«, sagte sie.

»Deshalb also«, gab er zurück. »Ich nämlich auch. Du weißt, was das bedeutet?«

»Ja«, sagte Laura. »Wenn ich nächstes Jahr die erste Abschlußprüfung in der Schule mache, kannst du mir dabei helfen. Ich werde alle Fragen hundertprozentig beantworten und die Beste von ganz Neuseeland sein.«

Jacko kam zu Laura und lehnte sich an sie. »Sorry hat eine kleine Farm gemacht«, flüsterte er.

»Ja«, bestätigte Laura.

»Mit kleinen Schweinchen und Krokodilen!« sagte Jacko. Er hielt seine Schmusedecke im Arm und steckte den Daumen in den Mund.

»Die Krokodile habe ich gemacht«, stellte Laura richtig und nahm ihn auf den Schoß. In seinen Haaren konnte sie das Familien-Shampoo riechen, und als er lächelte, zogen sich links und rechts von seinem Daumen die Mundwinkel nach oben.

»Denkst du gerade an mich, Chant?« fragte Sorry. »Du fühlst dich so zärtlich an.«

»Ich schmuse mit Jacko«, erklärte Laura. »Du fühlst dich aber auch zärtlich an. Denkst du an mich?«

»Also, eigentlich habe ich an den Nachtisch gedacht, den es heute abend geben wird«, sagte er. »Stachelbeercreme! Aber das ist ja auch kein so großer Unterschied.«

»Du hältst mich für einen Cremepudding?« rief Laura empört.

»Es ist meine *Liebling*screme«, versicherte Sorry ihr. »Sie ist sahnig und gleichzeitig herb. Chant, vier Jahre sind eine verfluchte lange Zeit, wenn man warten muß, nicht wahr? Selbst drei Jahre!«

»Die erste Stunde ist schon rum«, gab Laura zurück.

Kate und Chris tanzten fast im Takt mit der Musik. Jacko lehnte seinen Kopf an Laura und sah ihnen verträumt zu. Plötzlich fiel ihm etwas ein. Er setzte sich auf und wandte sich zu ihr um.

»Halt noch ein Weilchen durch!« sagte er, und er schaute Laura dabei ins Gesicht, als sähe er es zum ersten Mal. »Das hast du doch zu mir gesagt, Lolly, stimmt's? ›Halt dich gut fest!‹ hast du gesagt, und ich *hab* mich festgehalten. *So* hab ich festgehalten...« Er verzog das Gesicht und ballte die Hände zu Fäusten. »Ich hab durchgehalten, und du bist gekommen und hast mich geholt.«

»Von wo geholt?« fragte Laura im Flüsterton.

»Aus dem Dunkel«, sagte er unsicher. »Da hat's mir nicht gefallen, Lolly. Ich hab mich gut festgehalten, ja?«

»Du hast dich wunderbar festgehalten«, sagte Laura, und er lehnte sich wieder mit dem Kopf an sie, nickte vor sich hin und lutschte weiter am Daumen. Deshalb sah er auch nicht, daß Laura ein bißchen weinte, mit gesenktem Kopf, in diesem Zimmer voller Wein und Tanz und Musik.

Sorry war in der Dunkelkammer hinten in der Garage an der Arbeit. Während er den Film entwickelte, pfiff er in der Dunkelheit leise vor sich hin, machte dann das Rotlicht an und sah zu, wie die Bildobjekte, die er sich ausgesucht hatte, nun wie durch Zauberei aus der Vergangenheit zu ihm zurückgeschwommen kamen und auf dem Fotopapier dunkler wurden. Das Rotlicht warf einen dämonischen Schein über sein Gesicht. Sein Ausdruck war strahlend, aber ungewöhnlich sanft. Langsam nahm Laura auf dem Papier Gestalt an, lesend, laufend, lachend. Sorry wässerte die Fotos.

»Du bist wunderbar entwickelt, Chant«, teilte er ihr quer durch Gardendale mit.

»Bist du gerade mit den Fotos zugange?« fragte Laura, und er stöhnte und sagte: »Die Romantik verschwindet aus meinem Leben, noch bevor sie richtig da ist. Ich bin allmählich schon ein offenes Buch für dich. Na, macht nichts. Ich werd dich schon auf mich fixieren!« Und damit legte er die Fotos ins Fixierbad.

»Ich weiß etwas, was du nicht weißt«, sagte Laura unerwartet triumphierend, denn eine Gewißheit, so klar und funkelnd wie eine Meereswoge, war über sie hereingebrochen. »Du bist hier der Fixierte, du Armer, in Liebe fixiert, auch wenn du noch soviel Angst davor hast. Du kannst dich nicht mehr herauswinden. Ich bin wenigstens klug genug, das von vornherein zu wissen.«

»Ein aufgedrückter Stempel, für immer fixiert«, sagte Sorry unsicher. »Nicht wanken und n-nicht weichen und g-gemeinsam allen Stürmen t-trotzen und all das? Vielleicht hast du ja r-recht, aber das wird erst die Zeit erweisen. Die Z-Zeit erweist alles, wenn man ihr nur Zeit läßt.«

Draußen in der Stadt sprang das Licht an den Ampeln um, die in raschem Wechsel ihren Zauberbann verhängten und wieder lösten. Autos verharrten zögernd, heulten dann laut auf und fuhren in rasender Hast wieder los, durch den Irrgarten der Gardendale-Vorstadtsiedlung hindurch, ein Labyrinth, in dem man aber doch ebensogut wie im Märchen oder im Spiegelland mit seinen unendlich vielen Weggabelungen die Feder eines Feuervogels finden konnte oder einen gläsernen Pantoffel oder die Fußspur des Minotaurus. Kate und Chris tanzten, die Kartoffeln verkochten sacht, Sorry hängte seine Bilder sorgfältig zum Trocknen auf, und seine Katze schaute ihm dabei zu und schnurrte ohne jeden Grund, Laura träumte von vielen Dingen, und Jacko, vom Leben anderer beglückt und verwirrt, schlief auf ihrem Schoß ein, während die losen Wollfäden am Saum der Schmusedecke sich mit dem kleinen Gezeitenstrom seiner ruhigen Atemzüge hoben und senkten.